FOLIO JUNIOR

Pour Caroline Sheldon,
avec des remerciements particuliers
à Jo Boardman pour l'écureuil.

Titre original : *The Mistmantle Chronicles*
Book one : Urchin of the Riding Stars
Édition originale publiée par Bloomsbury Publishing Plc, Londres, 2005

M. I. McAllister

LE ROYAUME D'OUTREBRUME

I. Oursin des Étoiles

Illustrations de Omar Rayyan

Traduit de l'anglais par Philippe Morgaut

FOLIO JUNIOR/GALLIMARD JEUNESSE

Prologue

Sur l'île d'Outrebrume, une nuit d'automne peu avant l'aube, une femelle écureuil couchée sur le flanc regardait les étoiles filantes traverser le ciel en tous sens. Cela lui faisait oublier sa douleur.

Elles étaient rares, ces nuits où les étoiles quittaient leur orbite pour aller tournoyer dans le ciel, si près de la terre qu'on avait l'impression de pouvoir les toucher rien qu'en tendant la main. Il n'y en avait pas souvent, des nuits comme ça et, quand c'était le cas, cela voulait toujours dire qu'un grand événement se préparait. Pour le meilleur ou pour le pire ? Qui aurait pu le dire ? Pas même le vieux Frère Sapin, qui contemplait ce spectacle du haut de la Tour de l'île d'Outrebrume.

La maman écureuil ne le savait pas non plus et ne s'en souciait guère. Elle gisait, haletante, désespérant de recevoir de l'aide en son long et pénible accouchement. Mais, étrangère dans cette île, elle n'y connaissait personne.

Son île à elle était loin de là, et y rester aurait été dangereux. Une prophétie y circulait à propos de son bébé : « Il provoquera la chute d'un puissant souverain. » Si le roi en avait entendu parler, impitoyable comme il l'était, il aurait sûrement fait tuer le bébé. Elle s'était enfuie, cachée à bord du premier bateau de commerce qu'elle avait pu trouver.

Elle espérait que ce bateau se rendrait à l'île d'Outrebrume. Elle avait entendu dire des choses extraordinaires au sujet de cette île secrète qu'un roi d'une grande bonté gouvernait du haut d'une tour sur les rochers, et où des écureuils roux, des hérissons, des taupes et des loutres vivaient et travaillaient ensemble. C'était un endroit agréable et sûr, protégé par les brumes enchantées qui s'enroulaient autour d'elle comme une cape. Du fait de ces sortilèges, très peu de navires abordaient l'île… mais, finalement, celui-là y parvint. Bien que le travail de l'accouchement eût déjà commencé, elle s'était laissée glisser du bateau jusqu'au rivage et avait rampé pour se mettre à l'abri des rochers.

Il n'y avait pas âme qui vive dans les parages. Ceux qui ne dormaient pas étaient tout en haut des collines pour regarder les étoiles. Soudain, une douleur fulgurante la coucha sur le côté, le souffle coupé, suffoquant au point de ne pas même pouvoir crier.

Non, ce n'était pas normal qu'un accouchement se

passe comme ça. C'était terrible, il y avait quelque chose qui n'allait vraiment pas, et elle était toute seule. En relevant la tête, elle voyait briller des lumières en haut de la Tour d'Outrebrume dont la silhouette s'élançait à la rencontre du ciel nocturne, mais loin, si loin de là.

Sous ce carrousel d'éclats lumineux tourbillonnant au-dessus de l'île, le bébé écureuil se faufila dans le monde, pâle petite chose dont la mince fourrure duveteuse brillait à la lueur des étoiles. Au prix du plus grand effort de sa vie, la mère parvint à s'asseoir, le caressa du bout du museau et coupa le cordon d'un coup de dents.

– Que le Cœur te garde, murmura-t-elle en pressant contre lui la tiédeur de son museau. Sois heureux. Puisse quelqu'un te trouver et t'aimer.

Elle mourut avant d'avoir pu lui donner un nom.

Le bébé était allongé sur le rivage, sa pâleur de lune se détachant nettement sur les rochers sombres. Un goéland qui volait au-dessus de lui aperçut quelque chose qui ressemblait à un petit morceau de poisson. Il plongea en piqué, s'en empara et remonta dans le ciel. La Tour de l'île d'Outrebrume n'était pas loin. Ce serait un bon endroit où se percher pour engloutir cet en-cas.

Dans une traînée d'argent, une étoile filante les dépassa à toute vitesse, puis une autre. Le goéland fit un écart et remonta en flèche. Une étoile l'éblouit, une autre le fit virer de bord. Terrifié, exaspéré, le goéland ouvrit le bec pour crier.

L'écureuil nouveau-né tomba en virevoltant, de plus en plus vite. S'il avait atterri sur les rochers, il n'aurait pas survécu, mais il s'échoua en eau peu profonde et les vagues l'envoyèrent rouler sur le sable humide et froid.

Dans la Tour de l'île d'Outrebrume, des animaux s'étaient agglutinés autour des fenêtres pour admirer toute la nuit la course des étoiles. Le spectacle était à présent terminé, pour l'essentiel du moins, et ils étouffaient des bâillements derrière leurs pattes en se calant plus commodément dans leurs abris pour un bref somme. Mais, dans la tourelle la plus haute, Frère Sapin continuait à regarder, les pattes reposant sur l'appui de la fenêtre pour soulager sa jambe boiteuse. Ce prêtre écureuil était âgé, mais son regard encore aigu ne laissait rien lui échapper. Quand il vit quelque chose de blanc descendre du firmament, il se pencha au-dehors pour mieux voir. Parfois, au passage des étoiles, il arrivait que des fragments de rochers tombent sur la terre, et cela aurait bien pu en être un.

Plus bas, d'une autre fenêtre, Crispin tendit le cou en regardant vers le ciel. Ce jeune écureuil vivait dans la Tour, où il servait le roi Cœurdepique, un hérisson. Malgré sa jeunesse, il venait tout juste d'être nommé membre du Cercle, le petit groupe des animaux les plus proches du roi. Il étira son cou au maximum à l'extérieur. Quand il vit, lui aussi, quelque chose de blanc descendre en tournoyant, il bondit de la fenêtre et dévala le mur avec agilité jusqu'au rivage.

Dans la faible lueur du petit jour, Crispin s'agenouilla au bord de l'eau pour examiner l'objet. Il s'attendait à découvrir une météorite dure et brillante, ou une pierre précieuse, par exemple, mais il ne vit qu'un petit bout de chose replié sur lui-même et qui aurait pu être n'importe quoi. Peut-être une étoile de mer ?

La chose se mit à bouger. Sous les yeux de Crispin, et avec un petit cri, elle se déplia en agitant une patte minuscule. Crispin entendit derrière lui le pas traînant de Frère Sapin, mais il était trop fasciné pour se retourner.

– C'est un bébé ! s'exclama-t-il.

– Eh bien, que le Cœur le bénisse, ainsi soit-il ! répondit Sapin. Prends-le, mon jeune ami, ne le laisse pas là !

Crispin n'avait pas l'habitude des bébés. Il le recueillit maladroitement au creux de ses pattes, craignant de le blesser, mais le bébé s'étira en gigotant et, sans réfléchir, Crispin se mit à le bercer dans la chaleur de son torse. Le Frère Sapin quitta sa vieille cape grise.

– Vous autres, les jeunes écureuils, vous n'avez jamais froid, dit-il. Vous sortez toujours sans vos capes. Enveloppe-le là-dedans avant qu'il ne soit gelé.

– Comment est-il arrivé là ? s'étonna Crispin qui dévisageait le bébé tout en l'enroulant dans la cape. Apparemment, il vient tout juste de naître.

– Il n'a que quelques heures, je pense, répondit Sapin. Et il n'est vraiment pas comme les autres. Regarde-moi cette fourrure !

Crispin ne savait pas à quoi les nouveau-nés étaient censés ressembler, mais il voyait bien que celui-là avait quelque chose de bizarre. Il était plus clair que le sable lui-même.

– Il faut qu'on trouve sa mère, dit-il. Elle doit se faire du souci.

– Elle est sans doute morte, répondit Sapin abruptement. Ou en train de mourir, ou bien elle l'a rejeté. Une mère séparée de son bébé pousserait des cris à fendre les rocs. Elle aurait retourné toute l'île pour le retrouver.

Crispin lui tendit le nourrisson, fit le tour de la plage au pas de course pour trouver un groupe de loutres et leur demanda de partir à la recherche de la mère de ce nouveau-né. Quand il revint, il aperçut une femelle écureuil toute grassouillette qui descendait sur la plage en bondissant assez lourdement et, malgré la distance, il l'entendit crier quelque chose à Sapin :

– Qu'est-ce que vous avez trouvé ? mugissait-elle. Une de ces fameuses étoiles ?

Crispin tressaillit. Pomme était une femelle écureuil au grand cœur, mais pas vraiment futée et extrêmement bavarde.

– 'Jour, Frère Sapin, mes respects… Ah ! 'Jour, Crispin, je suis venue voir si je trouvais des étoiles, je veux dire, des morceaux d'étoiles, j'ai passé la nuit en haut d'un arbre à les regarder, ces étoiles. J' sais pas à quoi peuvent ressembler des petits bouts d'étoiles une fois qu'ils sont tombés sur la plage, mais je suis venue voir quand même. Vous en avez trouvé un ?

– Bien mieux qu'une étoile, lui dit Sapin.

Il souleva un coin de la cape, et le bébé cligna des yeux, tout ensommeillé.

– Un bébé !

Les yeux de Pomme, d'un brun sombre, s'écarquillèrent.

– Je peux le tenir un petit peu ?

Crispin se disait que ce n'était peut-être pas une bonne idée, mais Sapin lui tendit le bébé. Elle fit entendre de petits bruits rassurants à son intention et il se blottit contre sa fourrure.

– À qui est-il ? demanda-t-elle.

– Il est perdu, lui répondit Sapin. Il a été rejeté par les vagues et on est en train d'essayer de retrouver sa mère.

– Si vous ne la retrouvez pas, je l'adopterai, s'empressa-t-elle de dire. Ça ne m'ennuie pas. Je le soignerai bien. Moi, j'aime les bébés.

– Merci, Pomme, lui dit Sapin en lui reprenant le petit. On va l'emmener dans ma tourelle, pour le réchauffer près du feu. Est-ce que vous pourriez chercher une nourrice pour l'allaiter, au cas où on ne retrouverait pas sa mère ?

– Je m'occuperai de lui, cria Pomme par-dessus son épaule en s'éloignant à grands bonds.

– Ne la laissez pas l'approcher ! s'exclama Crispin. Elle n'est pas capable de distinguer ses dents du bout de sa queue. Elle le poserait quelque part et ne se rappellerait plus où elle l'a laissé.

– C'est une âme maternelle, le reprit Sapin. Et elle ne l'élèverait pas seule. Au Bois des Anémones, il y a toute une colonie d'écureuils et ils s'entraident. À eux tous, ils sont capables d'élever un gamin de plus. Avec les leurs, ils s'en sortent pas mal. Apparemment, tu as survécu.

Ils entamèrent leur longue montée pour retourner vers la Tour. Crispin se serait bien élancé pour escalader prestement les murs, mais il ralentit pour régler son pas sur celui de Sapin.

– Vous lui avez dit qu'il avait été rejeté par la mer, fit-il remarquer.

– Hum. Oui, je lui ai menti, concéda Sapin. Il est presque à coup sûr orphelin, et pas d'ici. On n'a jamais eu d'écureuil de cette couleur. Cela le rend déjà assez différent des autres sans qu'ils aient besoin de se dire qu'en plus, il a dégringolé du ciel par une nuit d'étoiles filantes. Et, telle que je connais Pomme, elle ne tardera pas à oublier qu'on a quoi que ce soit à voir avec lui. Laissons-la penser que c'est elle qui l'a trouvé. Nous lui dirons, à lui, tout ce qu'il aura besoin de savoir, mais quand le moment sera venu.

Ils s'arrêtèrent devant une fenêtre pour que Sapin puisse soulager sa jambe boiteuse et reprendre son souffle. Crispin jeta un coup d'œil en bas sur le rivage parsemé de toutes sortes de coquillages, de galets colorés, de morceaux de bois à la dérive, de paquets d'algues luisantes, de plumes déchiquetées et de coquilles d'oursins tout hérissées de piquants.

– Oursin, dit-il. On ne pourrait pas l'appeler Oursin ? On l'a trouvé sur la plage.

Sapin leva une patte.

– Que le Cœur te bénisse et t'ait en sa sainte garde, Oursin de l'île d'Outrebrume, dit-il.

Loin de là, de l'autre côté de l'île, une vague souleva la mère d'Oursin et, en la berçant, l'emporta doucement vers le large.

Chapitre 1

Du point le plus haut de la Colline d'Observation, Oursin découvrait l'île dans toute son étendue.

Jour après jour, écureuils et hérissons avaient traîné des branches mortes en haut de cette colline. Leur tas de bûches était maintenant prêt à être allumé, et s'élevait si haut qu'Oursin se sentit obligé d'y monter. Il était assez grand pour y arriver, et encore assez gamin pour en avoir envie. Bondissant avec agilité d'une branche à l'autre en se servant de sa queue pour rester en équilibre, il parvint tout en haut, s'y accrocha avec les griffes de ses pattes de derrière et épousseta les petits morceaux de mousse qui faisaient tache sur sa fourrure. Il était toujours pâle comme le miel, avec seulement la queue et le bout des oreilles d'un roux écureuil. Quand il se redressa et promena son regard sur Outrebrume, il se sentit le maître de cette île.

Ce soir, ce serait une nuit d'étoiles filantes. Quand l'air fraîchirait, les animaux se réuniraient là pour allumer le feu, regarder les étoiles danser et tournoyer partout dans le ciel qui s'assombrirait, et spéculer sur les grandes choses qui étaient sur le point d'advenir.

Sous ses yeux, le Bois des Anémones s'étendait vers le sud, et les premières atteintes de l'automne posaient sur ses feuilles une touche d'or clair. Au-delà, sur le rivage, des loutres jouaient à se courir après. Une rangée de petits bateaux à rames dansaient sur l'eau. Oursin n'avait jamais compris pourquoi les loutres étaient tellement passionnées de bateaux, alors qu'elles nageaient si magnifiquement. Peut-être qu'elles aimaient simplement tout ce qui avait un rapport avec l'eau.

Un grand navire était amarré à la jetée, les voiles carguées, et sa figure de proue brillait de mille couleurs au soleil. Une équipe de corvée faisait la chaîne pour le décharger, écureuils et loutres faisant de même pour se passer les caisses. Oursin se demanda ce que ces caisses pouvaient bien contenir. De la laine pour les capes, peut-être, de la peinture pour les ateliers, ou de grands vins pour les celliers du roi Cœurdepique ? Demain, il serait lui-même là-bas, et ferait un vrai travail, un travail d'adulte, en aidant à charger le navire avec du bois de construction.

Il ne tenait pas vraiment à penser au lendemain. Assurant son équilibre en recourbant ses griffes de derrière, il tourna un peu plus sur lui-même pour regarder au loin par-dessus la cime des arbres en direction de la Tour de l'île d'Outrebrume, et ce fut comme si son cœur s'élançait vers elle.

La Tour, voilà l'endroit qui le faisait rêver. Sur une saillie rocheuse haut perchée, avec ses reflets rose coquillage, blanc et jaune pâle d'un grès proche de l'or, la Tour de l'île d'Outrebrume ressemblait à une statue s'élevant vers le ciel. En haut d'une tourelle, un fanion flottait dans la brise. Une jeune femelle écureuil grimpait les marches quatre à quatre en portant quelque chose dans un panier, et les taupes de garde s'écartaient pour la laisser passer. Ce devait être une des servantes de la reine. Oursin l'enviait. Il enviait même la fille de cuisine qui apparaissait à une des fenêtres du bas pour jeter de l'eau sale dans un caniveau. Pour tous, du roi dans la Salle du Trône jusqu'à la taupe de service dans l'arrière-cuisine, la vie dans la Tour devait être merveilleuse.

Bien sûr, il y était déjà allé. Tous les animaux de l'Île d'Outrebrume y étaient reçus pour les grandes occasions, pour le Festival de Printemps, par exemple. Pomme lui racontait que, quand elle était petite, on y donnait toutes sortes de merveilleuses fêtes et festivals avec des banquets, de la musique et des guirlandes de fleurs. Il n'y avait plus grand-chose de ce genre à présent mais, en tout cas, Oursin savait ce que c'était que de se trouver dans la vaste Salle des Assemblées, au cœur de la Tour.

Il s'y était rendu pour la cérémonie de baptême du prince Culbute, l'unique enfant du roi Cœurdepique et de la reine Fuseaux. Ce jour-là, on avait l'impression que toutes les bêtes de l'île étaient accourues pour se presser dans la Tour. De merveilleuses tapisseries étaient accrochées aux murs, des tableaux tissés et rebrodés évoquant des légendes de l'île, mais on n'avait ni la place, ni le temps de bien les regarder. Rien que de monter les escaliers, emporté par la foule, avait été une expérience déroutante. Oursin s'était demandé comment faisaient tous ces animaux pour trouver leur chemin.

La procession avait été somptueuse. Les animaux du Cercle étaient entrés les premiers, puis on avait eu le souffle coupé d'admiration en voyant les trois capitaines de l'île d'Outrebrume s'avancer fièrement dans la Salle, avec les bandeaux d'or qui leur ceignaient la tête et tout cet or et cet argent qui étincelaient sur leurs robes. En tête, Bogue l'écureuil, puis Crispin l'autre écureuil, et Pastor la loutre. Le Frère Sapin les suivait en boitant, dans sa tunique blanche. Puis enfin, grand, fort, splendide, le roi Cœurdepique avec la reine Fuseaux à son côté et, sur leurs manteaux de cour, des joyaux étincelant de toutes les couleurs possibles. Et puis aussi l'amie de la reine, Lady Belle l'écureuil, portant dans ses bras le bébé hérisson tout gigotant et aux yeux brillants, le prince Culbute. Pour finir, tandis que tous les animaux se dressaient sur la pointe de leurs griffes, Frère Sapin avait élevé le prince Culbute vers le ciel et l'avait béni.

Oursin n'était jamais retourné dans la Tour depuis lors. Il regarda plus loin, vers les brouillards magiques qui entouraient et protégeaient l'île si efficacement que peu de bateaux l'atteignaient jamais. Si des habitants de l'île la quittaient par la mer, ils ne pouvaient jamais faire la traversée en sens inverse. Les brumes les en empêchaient. D'ailleurs, les loutres veillaient à ne jamais les franchir dans leurs bateaux à rames.

Alors qu'il supputait combien de temps il restait avant la tombée de la nuit, une pomme de pin le frappa à l'épaule.

– Il fait le malin, dit une voix d'écureuil.

– Ignore-le, répondit une autre.

Deux jeunes femelles écureuils – La Semeuse et Criquette – venaient d'arriver en haut de la colline. On ne les voyait jamais l'une sans l'autre, et elles regardaient toujours Oursin comme si elles étaient en train de comploter contre lui un très mauvais coup. Criquette, la plus jeune, feignait toujours de ne pas l'avoir fait exprès quand elle lui causait des problèmes, tandis que La Semeuse, elle, ne prenait même pas cette peine.

En regardant derrière elles, Oursin aperçut d'autres animaux qui gravissaient la colline, les écureuils prenant des raccourcis en bondissant d'arbre en arbre. La Semeuse et Criquette étaient suivies par Finaiguille, la grande amie d'Oursin, une hérissonne aux piquants exceptionnellement acérés. Autour de Finaiguille, mais ne la serrant pas de trop près, toute une bande de très jeunes écureuils, à peine en âge de gravir la Colline d'Observation sans se faire porter, trottinait ou escaladait la pente à grand-peine. Derrière eux, la mère adoptive d'Oursin, Pomme, montait d'un pas pesant sans guère quitter le sentier. S'il lui arrivait de bondir sur une branche, elle la faisait plier de façon inquiétante.

– Oursin ! couina un petit écureuil tout excité.

– C'est Oursin ! s'exclama un autre en bondissant en avant.

– Ne bougez pas ! leur cria Oursin.

S'ils se mettaient à escalader les bûches pour le rejoindre, ils allaient sûrement les faire s'effondrer sur eux. Par bonds, il descendit donc à leur rencontre. Il était très aimé des jeunes écureuils et, en un rien de temps, ils furent tous agglutinés autour de lui, certains pour qu'il les promène sur son dos, tandis que d'autres lui tendaient les pattes pour qu'il les fasse voltiger en rond. Finaiguille vint s'arrêter à côté de lui.

– Le capitaine Crispin est sur la plage, dit-elle. Le capitaine Pastor aussi.

Sur le rivage en contrebas, Oursin vit Pastor, le capitaine loutre, sortir de l'eau à grandes enjambées maladroites et se rouler dans le sable pour sécher sa fourrure. Le capitaine Crispin, qui se tenait à côté de Pastor, lui tendait sa cape.

Les trois capitaines étaient amis depuis leur petite enfance. Le moment venu, ils avaient été choisis pour servir dans la Tour comme pages, puis promus membres du Cercle, et ils étaient à présent capitaines, le plus haut grade de l'île. Le capitaine Bogue, l'ami le plus proche et le conseiller le plus écouté du roi, passait le plus clair de son temps dans la Tour. Le capitaine Pastor s'était toujours occupé plus spécialement des rivages, et des animaux vivant près de l'eau. Crispin, lui, se souciait surtout des forêts et des animaux qui vivaient dans le Bois des Anémones – apparemment, il veillait particulièrement sur Oursin.

Il était en tout cas son héros. Si l'on avait demandé à Oursin ce qu'il aurait aimé être, il n'aurait pas menti en répondant « je veux être comme le capitaine Crispin ». Mais cela, il ne voulait le dire à personne. C'était un rêve secret, précieusement entretenu, qu'il ne pouvait confier à quiconque. Et d'ailleurs, on se serait contenté d'en rire.

En outre, *personne* ne lui avait demandé ce qu'il aimerait être plus tard. Et il allait charger du bois de construction à bord des navires jusqu'à la fin de sa vie.

La plus petite des bébés écureuils était tombée sur le derrière et elle pleurait. Oursin la prit dans ses bras puis s'assit sur un rondin avec la petite sur ses genoux, à côté de Finaiguille.

– Vue d'ici, elle est pas belle, la vie ? lui dit-elle. Regarde-moi ce bateau !

Puis elle baissa les yeux.

– Désolée.

– Pas de souci, répondit Oursin. Je m'en fiche.

Il savait bien qu'elle ne l'avait pas fait exprès, de lui rappeler qu'il avait devant lui un avenir de docker.

D'un bond, Criquette surgit derrière eux.

– Alors, comme ça, Finaiguille nous adresse encore la parole, dit-elle. Finaiguille, ne nous dis pas que tu lui parles encore. Il va rejoindre une équipe de vulgaires ouvriers alors que tu es, toi, une hérissonne de la Tour.

Demain, tu partiras pour les ateliers royaux, non ? Pour peindre, tisser, coudre, fabriquer des tapisseries, et Dieu sait quoi d'autre. On est si douées, non ? De vraies privilégiées. Beaucoup trop bien pour parler aux autres.

Finaiguille se retourna d'un mouvement brusque.

– Aïe ! gémit Criquette.

– Oh, tu t'es accrochée dans mes piquants ? s'enquit poliment Finaiguille. Tu ne devrais pas rester si près de moi. Oublie-la, Oursin.

– Tu dois être impatiente d'être à demain, lui dit Oursin.

– J'aurais préféré éviter de parler de ça, lui répondit-elle, gênée.

– Quoi, parce qu'on t'a sélectionnée pour un stage dans la Tour et pas moi ? repartit Oursin. Parles-en tant que tu voudras. Je suis très content pour toi. C'est seulement que…

Il reporta son regard sur la plage. Le capitaine Crispin ne s'y trouvait plus. Assis sur la jetée, quelques marins et quelques loutres laissaient tremper leurs pattes dans l'eau.

– Je me faisais des idées, dit-il à voix basse. Parfois, je me dis que je suis appelé à faire quelque chose d'important.

Il agita les pattes en se tortillant.

– C'est peut-être le fait de ne pas savoir qui je suis. Je ne sais même pas comment je suis arrivé ici, ni d'où je venais. Qui sont mes parents, ou qui ils étaient, je ne le sais pas et, en plus, je ne ressemble à aucun d'entre vous. Pomme m'a toujours dit que j'étais quelqu'un de particulier. Je me suis peut-être habitué à croire que j'avais été choisi pour accomplir une mission. Je… Tu vas pas rire, hein ?

– Bien sûr que non ! s'exclama Finaiguille.

Il n'aurait pu dire ça à personne d'autre que Finaiguille. Et, même avec elle, ce n'était pas facile.

– Je suis né une nuit d'étoiles filantes, lui confia-t-il. On dit que ces nuits doivent annoncer des choses extraordinaires, mais je ne crois pas qu'il se soit rien passé de folichon à la suite de celle-là. C'était comme si… enfin, comme si ce qui devait arriver, c'était moi. Comme si on m'avait envoyé ici, cette nuit-là, pour faire un truc vital. Et je me suis toujours donné beaucoup de mal, vraiment, pour tout ce qu'on m'a demandé de faire. Comme je savais que je n'étais pas vraiment un écureuil d'Outrebrume, je devais faire un effort pour en devenir un. Et cet effort, je l'ai fait, mais ça n'a rien donné. Rien, sauf que je vais décharger des bateaux pendant tout le reste de ma vie.

– Qu'est-ce qui te fait croire que c'est pour toute ta vie ? demanda Finaiguille. Après ça, tu pourrais bien…

Elle s'interrompit, car Pomme venait enfin d'arriver en haut de la colline. En attendant d'avoir repris son souffle, elle regardait le bateau amarré en bas.

– Il pourrait bien… charger des bateaux ! grommela-t-elle en s'affalant lourdement sur le tronc entre Finaiguille et Oursin.

Le rondin oscilla sous le choc, faisant couiner la petite femelle écureuil sur les genoux d'Oursin.

– Ça va pas, tout ça. On n'a jamais vu faire des choses pareilles. Y a jamais eu leurs équipes de corvée, là, tout ça, et puis tout le travail qu'y fallait faire, eh bien, il était fait tout pareil, et on s'amusait beaucoup plus dans ce temps-là.

Oursin et Finaiguille échangèrent un sourire furtif. Quand Pomme avait quelque chose sur le cœur, ce n'était pas la peine de chercher à discuter, ni même à dire quoi que ce soit.

– Les bateaux, tous les bateaux, ils étaient chargés et déchargés pareil, toutes les baies et les noisettes et tout ça, on les ramassait et on en faisait des réserves, et les capes qu'on fabriquait, et l'eau-de-vie et puis la pêche et le travail sur les bateaux, et puis s'occuper de la Tour ou préparer des remèdes, et puis aussi garder nos nids bien rangés, bien propres, tout ça, tout ça on le faisait. Et puis voilà que maintenant, y a plus que des équipes de corvée, vous avez vu ça ?

Elle regarda autour d'elle, en quête d'approbation.

– C'est-y pas vrai ?

– Oui, Pomme, lui répondit Finaiguille.

– C'est des équipes de corvée sans arrêt, à présent, et vous êtes pas encore levé le matin que c'est « toutes les loutres de la côte ouest doivent se présenter pour nettoyer la plage » ou « tous les écureuils du Bois des Anémones doivent se présenter aux magasins de stockage des pommes de pin » et je sais pas quoi d'autre encore. Tiens, regarde Oursin qui s'occupe des tout-petits, là – bonjour, tout-petit !

– qui grimpe aux arbres et tout ça, enfin, le genre de choses qu'on doit faire à son âge… Et maintenant, il faut qu'il aille…

– Décharger des poutres ! glousse La Semeuse en se trémoussant.

Les piquants de Finaiguille se hérissèrent.

– Et quel genre de travail tu vas faire, toi, La Semeuse, s'enquit-elle d'une voix douce.

– On me l'a pas encore dit, rétorqua-t-elle en se tortillant et en haussant les épaules. Ils réfléchissent encore à mon sujet. Ils pensent peut-être à moi pour un travail dans la Tour.

Elle se trémoussa encore.

– Bien sûr, je ne suis pas sûre d'être sélectionnée, mais c'est déjà très bien quand on pense à vous.

– Qui t'a dit qu'on pensait à toi ? demanda Finaiguille.

– Occupe-toi de tes oignons, jappa La Semeuse.

Et, dans un murmure, elle ajouta :

– On aurait dû t'euthanasier à la naissance.

– L'*euthanasier* ? s'exclama Oursin. Ne plaisante pas avec ça !

– Voilà encore une chose qui n'arrivait jamais autrefois, intervint brutalement Pomme. Il n'y avait pas d'euthanasie, pas du tout.

La petite femelle écureuil se tortilla pour regarder Oursin.

– Euthanasie, qu'est-ce que c'est ? demanda-t-elle.

– Écoute pas ça, toi, avec tes petites oreilles ! lui dit Pomme.

– La semaine dernière, on est venu chercher un bébé taupe pour l'euthanasier, clama haut et fort Criquette.

– Toi, là, ça suffit comme ça ! s'écria Pomme.

– Mais ce n'est pas méchant, vous ne trouvez pas, de tuer ceux qui sont faibles ? ajouta La Semeuse tandis que Finaiguille prenait la petite femelle écureuil par la patte pour l'emmener jouer plus loin. C'est cruel de les laisser vivre s'ils sont maladifs ou pas normaux. Il est beaucoup plus raisonnable de les éliminer. Leur petite affaire est réglée très vite.

– On les drogue d'abord, non ? demanda Criquette.

– Vous allez vous taire ? aboya Pomme par-dessus son épaule. C'est une chose terrible, et on ne faisait jamais ça autrefois.

La Semeuse se redressa toute droite sur son séant.

– C'est la loi du roi ! dit-elle avec indignation. Tu n'as pas le droit de dire que le roi a tort !

Tous les animaux d'Outrebrume étaient farouchement loyaux envers leur roi, et l'avaient toujours été. Il était impensable de s'opposer à lui. Les hérissons, particulièrement, étaient réputés pour leur fidélité et leur ardeur au travail, tout comme les loutres étaient reconnues pour leur courage et leur bonne humeur, et les écureuils pour leur enthousiasme. Quant aux taupes, elles passaient tellement de temps sous terre qu'il n'était déjà pas évident d'en rencontrer une, mais elles étaient fiables et déterminées.

– C'est vraiment un bon roi, oui, un bon roi, acquiesça Pomme avec énergie. C'est juste qu'il a fait quelques lois un peu bizarres, c'est tout. Comme celle-là…

Elle jeta un coup d'œil vers la petite femelle écureuil qui venait d'échapper à Finaiguille et entreprenait d'escalader la jambe d'Oursin.

– … comme cette loi, qu'on disait là tout de suite, et leurs équipes de corvée. Et ça, c'est pas des bonnes lois, en fait, cette chose, là, dont on parlait, c'est une mauvaise loi, y a rien de bien là-dedans, c'est impossible, mais lui, c'est un bon roi, un roi comme il faut, c'est seulement que leurs lois, là, c'est pas des bonnes lois, voilà tout, il a fait quelques mauvaises lois.

– Tu disais ? intervint Oursin.

– Oh, lui fais pas tout répéter, soupira La Semeuse.

– J'aurais quand même préféré qu'on ne les fasse pas, ces lois, dit Finaiguille à voix basse. Ma maman va avoir un autre bébé et j'espère seulement, oh oui, j'espère et je prie pour qu'il soit bien comme il faut. Je pourrais pas le supporter si…

Oursin regarda la petite femelle écureuil, mais elle était fascinée par quelque chose d'autre, un peu plus loin.

– Le bébé sera sûrement très bien, dit-il.

– Mais même des bébés qui sont juste un peu faibles ou un peu petits sont euthanasiés, dit Finaiguille. Ou alors un tout petit peu boiteux ou myopes.

– Qu'est-ce que cette petite femelle écureuil regarde comme ça ? s'interrogea Pomme d'une voix forte. Oh, mon Dieu, c'est lui !

– C'est le capitaine Crispin ! s'exclama Oursin.

Bondissant sur ses pattes de derrière, il faillit faire tomber la petite femelle écureuil au moment où, sautant du haut d'un arbre, le capitaine Crispin atterrissait sur la colline.

– Bonjour ! clama-t-il à la ronde. Quel magnifique feu cela va être !

En tant que capitaine, il portait un bandeau d'or sur la tête et une épée était sanglée sur sa hanche. À la fois tout excité et un peu troublé, Oursin esquissa maladroitement une courbette en se demandant si sa fourrure n'était pas sale ou toute dépeignée. On devait voir des traces de boue. Et puis, il aurait préféré que Crispin le trouve en train de faire quelque chose de plus valorisant que de s'occuper d'un bébé. Il bégaya un bonjour.

Pomme fit une révérence en vacillant un petit peu.

– Bonjour, capitaine Crispin, quelle belle matinée, capitaine Crispin, sauf votre respect, on a préparé notre feu, capitaine, on est tous prêts pour les étoiles ce soir, on va avoir un souper formidable ici même, j'ai apporté de mon cordial à la pomme et à la menthe, vous voulez pas un peu de cordial, capitaine ?

Gêné, Oursin sentit ses griffes se contracter. Le cordial de Pomme était réputé pour faire fuir les insectes mais, au goût, il était redoutable.

– Merci, madame Pomme, mais je vais me passer de ce plaisir pour aujourd'hui, répondit Crispin. En revanche, j'aimerais parler au jeune Oursin, si c'est possible. Tu viens avec moi, Oursin ?

Pris de court, Oursin tenta de bredouiller une réponse. Il jeta un regard vers Pomme pour quêter de l'aide, en vain, et ce fut à peine s'il pensa à tendre à Finaiguille le bébé écureuil. Il s'épousseta les poils tout en courant rejoindre le capitaine Crispin pour descendre à son côté le sentier à flanc de colline.

Crispin lui demanda des nouvelles de la santé de Pomme, quel travail on avait choisi pour lui, et comment avançait la cueillette d'automne, tout cela pendant qu'Oursin se creusait la tête pour trouver les meilleures réponses possibles et pour dire quelque chose d'intelligent sans avoir l'air de faire le malin... Mais le capitaine Crispin était si amical, si naturel que peu à peu il en oublia d'être intimidé. Pour finir, Crispin se tourna vers lui et lui demanda :

– Tu seras sur la Colline d'Observation, ce soir, pour regarder les étoiles filantes ?

– Oh oui, mon capitaine ! répondit Oursin.

– Parce que, si tu en as envie, tu peux venir à la Tour, lui dit Crispin. Le capitaine Pastor et moi, on va dans la tourelle de Frère Sapin pour regarder de là-haut. C'est sans doute de là qu'on voit le mieux, sur toute l'île. Tu es invité, si tu veux te joindre à nous.

Bien qu'il soit sûr d'avoir sans doute mal entendu, Oursin ne put empêcher un frisson de joie de parcourir tout son pelage. Il ouvrit la bouche, mais aucun son n'en sortit. Enfin, il parvint à articuler :

– Moi, mon capitaine ? Dans la Tour ?

– Toi, bien sûr, Oursin, s'ils peuvent se débrouiller sans toi ici, et si le feu ne risque pas trop de te manquer. Viens tout seul à la Tour, vers le crépuscule, je préviendrai les gardes à l'avance. Ils t'indiqueront comment aller à la tourelle de Sapin.

– Merci, mon capitaine ! s'étrangla Oursin.

– Merci à toi, Oursin ! lui répondit Crispin.

Et, en bondissant, il descendit la colline. Oursin ne le quitta pas des yeux jusqu'à ce qu'il disparaisse, puis courut d'une seule traite jusqu'à l'arbre le plus proche, y grimpa et enchaîna les sauts périlleux pour son seul plaisir. Une nuit d'étoiles filantes, en plus, la Tour, et puis Crispin…

Chapitre 2

Oursin était lavé et brossé pour que son pelage pût briller à la lumière des lampes dans la Tour d'Outrebrume. Il portait une cape d'un rouge sombre, toute neuve, parce que les nuits fraîchissaient, mais aussi en l'honneur de cet événement. Pour aller dans la Tour, il lui fallait un vêtement décent. Le garde lui indiqua la direction d'un escalier et il s'y élança quatre à quatre avant de se rappeler qu'il était là dans la Tour d'Outrebrume, où il devait retrouver deux capitaines et un prêtre. Il se mit alors à gravir les marches avec légèreté, s'imaginant avec une épée au côté.

Il passa devant les ateliers où Finaiguille allait venir travailler le lendemain. Pour l'instant, ils étaient fermés à clef, mais il les imagina pleins de papier-parchemin, de canevas, de soie, d'aiguilles, de navettes et de fils de toutes les teintes imaginables. Des rouleaux de tissu et des urnes de pierre contenant de la teinture étaient rangés devant les portes, avec des écheveaux d'une laine soyeuse.

En atteignant l'étage supérieur, il fut ébloui par les couleurs. Là, les murs étaient couverts de tapisseries et de tableaux où étaient représentés les héros de l'île et des épisodes de son histoire. Certains de ces tableaux étaient un peu vieux et auraient eu besoin d'être époussetés, mais cela n'empêchait pas Oursin de les admirer. Les animaux y paraissaient aussi nets et présents que s'ils avaient été vivants. Couleurs et dessins le tenaient sous leur charme. Enfin, il se reprit et repartit en trottinant dans le grand escalier, en se disant qu'il ne fallait pas faire attendre le capitaine Crispin. Plus loin, il y avait un autre escalier, étroit et en colimaçon, puis un autre, en haut duquel il se retrouva en face de la petite porte de chêne.

La patte tremblante, il prit une grande inspiration, frappa à la porte, pas trop fort, et attendit qu'un garde lui réponde de l'intérieur. Mais, à sa grande surprise, la porte s'ouvrit sur une loutre de haute taille et au visage avenant, le front ceint d'un bandeau d'or et portant une épée.

– Capitaine Pastor ! s'étrangla-t-il.

La surprise faillit le faire basculer en arrière dans les escaliers mais, d'un coup de queue, il retrouva son équilibre et esquissa une courbette. Il y avait quelque chose de plus grand que nature chez Pastor, le capitaine loutre. Mais il avait une expression aimable, ouverte, un regard intelligent et l'air d'être toujours prêt à rire.

– Oursin ! Entre donc ! Bienvenue à toi ! dit-il en lui tendant une patte à serrer. Je suis Pastor. Crispin, arrête de regarder par les fenêtres et viens accueillir ton invité.

Les bûches qui crépitaient paisiblement dans l'âtre emplissaient la petite pièce ronde d'une odeur douce, chaleureuse, de fumée et de pomme. D'une propreté impeccable, elle était meublée avec simplicité, et il y avait un pichet et des gobelets de bois sur une table basse. On avait tiré un banc près du feu. Et tout autour, il y avait des fenêtres, hautes, cintrées, certaines entrouvertes sur le soir d'automne. Dans le crépuscule, elles laissaient voir un ciel aux teintes de violette et d'abricot. Crispin vint à la rencontre d'Oursin, avec un gobelet de vin épicé.

– Tu comprends maintenant pourquoi la tourelle de Sapin est le meilleur endroit de l'île pour admirer les étoiles, lui dit-il. Entre toutes ces fenêtres, on n'a que l'embarras du choix.

– Merci de m'avoir fait venir, Frère Sapin, dit Oursin.

Le vieux prêtre cligna des yeux.

– Il faut que tu voies mes jardins. Hum ! Tu savais, toi, qu'il y avait des jardins, ici même, en l'air ?

Oursin se pencha à l'une des fenêtres et se rendit compte pour la première fois de l'altitude à laquelle il se trouvait. Loin, très loin en dessous de lui, la mer bruissait à intervalles réguliers, et dans le ciel les étoiles semblaient à portée de la main.

– Tu habites dans le Bois des Anémones, non ? lui

demanda Sapin. Viens par ici. De la fenêtre nord-ouest, on l'aperçoit.

Il promena Oursin d'une fenêtre à l'autre. Il commençait à faire noir, mais Oursin distingua son pin favori, et la Colline d'Observation où de petites lumières se déplaçaient en tressautant tandis que les animaux se rassemblaient pour observer les étoiles. Avec fierté, Sapin lui montra ses petites serres posées sur l'appui des fenêtres.

– Persil, marjolaine, basilic, menthe, thym, dit-il devant l'une d'elles, avant d'enchaîner avec la suivante. Pervenche, et…

Il s'arrêta net, levant les yeux vers le ciel.

– Hum. Voilà une étoile qui passe. Vous avez vu ?

Pastor et Crispin se précipitèrent vers les fenêtres. Une lueur argentée traversa le ciel en tourbillonnant et en scintillant, puis encore une et une autre encore. Il y eut une pause puis, surgies du ciel à l'est, les étoiles apparurent en tournoyant les unes autour des autres comme des loutres en train de jouer, de danser, avant de s'éloigner et de disparaître dans le lointain. Puis il n'y en eut plus qu'une, puis une autre, et le ciel redevint noir.

– Merveilleux, dit Crispin.

– Ça valait le coup de ne pas aller se coucher, ajouta Pastor.

Mais Frère Sapin, lui, ne dit rien, et Oursin comprit que le prêtre ressentait les choses comme lui. C'était trop époustouflant pour qu'on en parle. La terrifiante beauté de ce spectacle avait touché Oursin en plein cœur, et il ne voulait rien dire par crainte de rompre le charme. Il resta à la fenêtre où l'air frais de la nuit semblait encore étinceler de la lumière des étoiles. Puis il se retourna en se rendant compte que Crispin avait prononcé son nom.

– Je suis désolé ! Désolé, mon capitaine, vous vouliez me parler ?

Il se demanda si l'heure était venue pour lui de partir. Les deux capitaines s'étaient assis sur des tabourets bas près de l'âtre, des gobelets entre leurs pattes, et Pastor lui souriait.

– Oursin est encore là-haut dans les nuages, dit-il. C'est très bien comme ça. Mais il va falloir attendre un petit moment avant le prochain passage, alors tu peux aussi bien venir t'asseoir pour te réchauffer. Allez, arrive, ajouta-t-il en voyant qu'Oursin hésitait, approche-toi du feu.

– Merveilleuses, ces étoiles, dit Crispin.

Oursin s'assit par terre.

– Mais pas aussi belles que la nuit où je t'ai trouvé, poursuivit le capitaine.

Oursin se dit qu'il devait avoir mal entendu.

– *Vous* m'avez trouvé, mon capitaine ?

Pastor gloussa doucement. Crispin adressa un sourire à Oursin, assis par terre.

– Pomme a oublié, dit-il. Elle ne se rappelle que ce qu'elle veut bien se rappeler alors, elle se dit qu'elle t'a trouvé toute seule. On la laisse continuer à le croire.

– Mais Crispin t'a trouvé en premier, dit Sapin. Puis

je suis arrivé en clopinant derrière lui. Il t'a ramassé sur le sable humide.

– Vous m'avez sauvé la vie, mon capitaine ! s'écria Oursin.

Et il ajouta :

– Excusez-moi de vous le demander, mais est-ce que vous savez comment je suis arrivé là ?

Crispin et Sapin échangèrent un bref regard.

– On a essayé de retrouver ta mère, dit Crispin. Il n'y avait aucune trace d'elle. On t'a vu tomber du ciel, c'est tout.

– Je vous demande pardon, mon capitaine, mais vous êtes peut-être en train de mélanger mon histoire avec celle de quelqu'un d'autre. Je ne crois pas que je sois tombé du ciel.

– Oh, si, tu en es bien tombé, confirma Sapin. Eh oui. Hum. Je t'ai vu, moi aussi, descendre en vol plané. J'avais pas la moindre idée de ce que tu étais, mais tu ne ressemblais pas beaucoup à une étoile. On n'en a rien dit à personne. Les autres animaux auraient pu se faire des idées un peu trop bizarres sur toi, s'ils avaient appris que tu étais arrivé en dégringolant comme ça, surtout une nuit pareille. Et je continuerais à ne rien dire, si j'étais toi.

– Oui, monsieur, mais comment...

Il s'interrompit, se rendant compte que sa question aurait l'air stupide.

– Comment est-ce que tu étais arrivé là au départ ? compléta Sapin. Hum. C'est une chose que j'aimerais vraiment bien savoir.

– Peut-être qu'un goéland a essayé de t'emporter avant de te laisser tomber, suggéra Pastor. Mais si c'est le cas, il est incroyable que tu aies survécu.

– Et je ne t'ai jamais quitté des yeux depuis, lui dit Crispin avec un sourire. Tu es devenu quelqu'un de bien.

– Ce qui tombe pas mal du tout, commenta Pastor. Crispin a fini par se rendre compte qu'il ne peut pas se débrouiller tout seul dans la vie. Il y a des années que j'aurais pu le lui dire. Viens-en au fait, Crispin.

Posant son gobelet, Crispin se tourna vers Oursin.

– J'ai besoin d'un page pour m'aider, Oursin, lui dit-il. Quelqu'un qui puisse trouver les choses dont j'ai besoin, me les apporter, être mon messager, m'aider à la cour, et ainsi de suite. Il y aurait des tours de garde, mais tu sais bien comment ça se passe ici – personne n'a vraiment besoin d'être gardé. Et un page apprend à manier l'épée, mais tout est si paisible sur l'île que personne n'a jamais à se battre. La mienne, je ne m'en sers que pour des compétitions d'escrime, pour calmer des marins de bateaux de commerce en goguette, pour couper du lierre dans les bois, ce genre de choses. Le problème, c'est que j'ai besoin de quelqu'un, d'un écureuil, pour être ma patte droite. Qu'est-ce que tu en penses, Oursin ?

Oursin sentit les battements de son cœur s'accélérer. « Ce n'est pas de moi qu'il parle, se dit-il. Il me demande si j'ai quelqu'un à lui proposer. »

– C'est à toi qu'il pense, lui dit Pastor d'une voix douce, comme s'il avait pu lire dans les pensées d'Oursin.

– Prends le temps d'y réfléchir, si tu veux, lui proposa Crispin.

– C'est tout réfléchi, dit Oursin en découvrant qu'il avait du mal à trouver son souffle. C'est merveilleux. Mais vous en êtes sûr, mon capitaine ?

– Si ce n'était pas le cas, je ne te le demanderais pas, lui répondit Crispin. Je t'ai regardé grandir. Je garde un œil sur tous les écureuils de l'île, et je sais que tu t'en tireras parfaitement à la cour. Je te l'aurais bien demandé plus tôt, mais il me fallait l'accord du roi.

Oursin se rappela le matin de ce même jour quand, debout en haut de la Colline d'Observation, il avait envié la taupe de la cuisine. Il allait maintenant être page, et passer toutes ses journées en compagnie du capitaine Crispin. Il servirait dans la Salle des Assemblées, peut-être même dans la Salle du Trône et dans les appartements royaux.

– C'est ce dont j'ai toujours rêvé, mon capitaine, dit-il en remarquant qu'il chuchotait cela avec un respect craintif. Je travaillerai dur, je vous le promets. Vous pouvez compter sur moi.

– Je le sais, lui répondit Crispin. Alors, serrons-nous la patte pour sceller notre accord.

Et pendant qu'ils se serraient la patte, il regarda par la fenêtre qui se trouvait derrière Oursin.

– Là, dehors, une étoile vient de passer. Elles vont bientôt revenir. Quand tu rentreras chez toi ce soir, Oursin, rassemble tes affaires. Dis à Pomme où tu vas, et je ferai savoir à ton équipe de corvée que tu ne pourras pas être des leurs. Viens à la Tour à la première heure demain matin. Tu auras la chambre voisine de la mienne.

– Oui, mon capitaine ! dit Oursin en esquissant une révérence maladroite, faute de savoir ce qu'il convenait de faire – s'incliner, tomber à genoux pour baiser la patte du capitaine Crispin, ou sauter en l'air et faire des sauts périlleux.

Pastor se leva.

– Les étoiles recommencent, dit-il. C'est en regardant vers le sud-est que tu les verras le mieux.

Oursin quitta la Tour avant l'aube. La lueur des étoiles et son excellente vision nocturne lui suffirent pour regagner le Bois des Anémones. Il avait la tête et le cœur en liesse à l'idée qu'il allait servir à la cour. Il travaillerait, étudierait et combattrait s'il le fallait, à la droite du capitaine Crispin. Le capitaine se reposerait sur lui du soin de faire briller son épée et son bandeau d'or, de tenir sa cape et de porter ses messages au pas de course. Il serait attentif aux problèmes du capitaine, le servirait à table et s'assurerait que tout ce dont il pourrait avoir besoin soit prêt avant même qu'il l'ait demandé. Le matin n'allait plus tarder, mais il lui sembla qu'il n'arriverait jamais.

Oursin n'était pas le seul écureuil à quitter la Tour pour rentrer en hâte à la maison ce soir-là.

La Semeuse avait passé une mauvaise journée. Elle s'était disputée avec Criquette (« Quel nom stupide ! Criquette ! »). Alors, où qu'elle aille pour regarder les étoiles filantes, elle ne voulait pas se trouver là où serait Criquette, et c'était bien dommage puisque Criquette allait à la Colline d'Observation. Et puis, comme si ça ne suffisait pas, *Oursin* avait été invité à la Tour ! *Oursin !* à la Tour, rien que ça, et par le capitaine Crispin, encore ! La Semeuse s'en tortillait de jalousie. Oursin n'était même pas un écureuil d'Outrebrume. Sans doute même pas un véritable écureuil à proprement parler.

Alors, pourquoi est-ce qu'elle n'irait pas à la Tour quand même, toute seule ? Enchantée de sa propre hardiesse, elle avait couru jusqu'à la Tour et en avait escaladé les murs prestement. Les aspérités des pierres et son excellent équilibre lui évitèrent de tomber.

Elle risqua un œil à une fenêtre qu'elle pensait pouvoir être celle du capitaine Crispin. Là, aucune trace d'Oursin, ni de personne d'autre. Elle se précipita un peu plus loin pour essayer une fenêtre un étage au-dessus. C'était amusant de jouer les espions.

Elle avait de la chance. Pas d'Oursin ni de Crispin, mais quelqu'un qui valait bien le coup d'œil ! Elle se retrouva en train de regarder à la dérobée la plus belle femelle écureuil de toute l'île.

Lady Belle ! La Semeuse fixa Lady Belle avec adoration. Elle en oublia presque de respirer. Elle était assez près pour voir le bracelet d'argent qui ornait son avant-patte gauche et aussi ses griffes si élégamment polies. À la lueur des bougies, le bracelet étincelait tandis que Lady Belle se coiffait la queue avec une petite brosse à manche d'ébène. C'était la plus séduisante et la plus gracieuse de toutes les femelles écureuils de l'île, l'amie la plus chère de la reine Fuseaux, et tout le monde était au courant de son prochain mariage avec le capitaine Bogue.

La Semeuse sentit se relâcher sa prise sur le rebord de la fenêtre. Elle s'agrippa, retourna sa queue à la recherche d'un équilibre, et reprit rapidement son ascension de la Tour. Elle aurait bien aimé voir la reine et le petit prince mais c'était trop demander. En arrivant à la fenêtre d'une pièce vide, elle s'arrêta pour contempler la course des étoiles, puis reprit son escalade jusqu'à ce qu'elle entende des voix. Une loutre riait. En crapahutant encore, elle se retrouva au milieu des plantes grimpantes et des herbes qui débordaient des petites serres de Frère Sapin.

Parfait. Plein de place pour se cacher. Les oreilles frétillantes, elle capta et reconnut des voix – celle d'Oursin, puis celle de Sapin et du capitaine Crispin… La loutre devait donc être Pastor. Elle s'agrippa. Elle ne pouvait pas tout entendre, suspendue la tête en bas sous une petite serre avec du thym qui lui chatouillait le nez et de la lavande dans l'oreille, mais elle entendit tout ce que Crispin dit à Oursin. Quand elle redescendit en hâte, elle savait qu'Oursin était tombé du ciel. Ça, ça pourrait bien être utile. On ne sait jamais.

Quand l'aube s'infiltra dans le ciel, Oursin était étendu sur le dos dans les branches d'un sapin, à observer les dernières éclosions de lumière stellaire tout en imaginant son avenir. Essayer de dormir ne servirait à rien. Il descendit précipitamment, emplit un sac de grosse toile de ses maigres possessions – une cape de rechange, une balle, quelques jeux, quelques noisettes et pommes de pin à grignoter –, dit au revoir à Pomme et traversa le bois en bondissant en direction de la Tour d'Outrebrume. Ce n'était pas tout près, et il ne voulait pas être en retard.

Quelque chose n'allait pas. Mais alors, pas du tout.

Quand il y repensait après coup, il n'aurait su dire comment il l'avait su mais, bien avant d'être arrivé à la Tour et d'avoir vu les gardes, il avait eu une sensation désagréable. Jamais auparavant, il n'avait vu autant de gardes, tous arborant une mine sévère en franchissant les grilles pour entrer ou sortir. De quelque part dans la Tour lui parvenaient des sanglots et des gémissements terribles, une voix haut perchée, désespérée, dominant toutes les autres. Des animaux se précipitaient vers les rochers en chuchotant entre eux, en levant les yeux sur la Tour tout en se tenant à distance comme si, soudain, elle leur faisait peur.

Quelque chose opprimait le cœur d'Oursin. Il serra la patte comme si elle avait pu retenir ses rêves, mais il avait le sentiment horrible qu'ils lui échappaient.

Chapitre 3

Il lui fallait quand même se présenter à la Tour. Il lissa nerveusement son pelage et grimpa les escaliers jusqu'au grand portail de bois devant lequel deux taupes armées montaient la garde.

– Personne n'entre, dit l'une.

– On n'entre pas, on ne sort pas, dit l'autre.

– Mais je suis attendu, leur dit Oursin.

Il ne pouvait pas faire faux bond au capitaine Crispin, aussi s'entêta-t-il.

– Je dois me présenter au capitaine Crispin.

– On n'entre pas, on ne sort pas, répéta la taupe.

– Je suis sous les ordres du capitaine, lui dit Oursin.

– Comme tout le monde, répondirent les deux taupes, qui échangèrent quand même un rapide coup d'œil.

Visiblement, elles ne tenaient pas à risquer de désobéir à un capitaine.

– S'il vous plaît, pourriez-vous prendre un message…, commença Oursin.

Mais les gardes regardèrent derrière lui, se mirent au garde-à-vous et saluèrent. Il y eut un bruit de pattes qui se hâtaient sur les marches et, au grand soulagement d'Oursin, le capitaine Crispin apparut, l'œil aux aguets et à bout de souffle. Il posa sa patte sur l'épaule d'Oursin.

– Il est avec moi, dit-il sèchement.

Et la porte s'ouvrit à l'instant. Dès qu'ils furent entrés dans l'immense hall au plafond haut, le bruit des pleurs s'intensifia. Des animaux échangeaient entre eux des chuchotements. Avant qu'Oursin eût vraiment pris conscience de tout cela, Pastor bondit vers eux, le visage assombri.

– Pastor ! s'exclama Crispin. Tout le monde se précipite vers la Tour. Que se passe-t-il ? C'est la reine qu'on entend crier ?

Pastor posa une patte sur l'épaule de Crispin.

– C'est à propos du petit prince Culbute, dit-il.

Et son trouble rendait sa voix plus grave.

– Il est mort, Crispin.

Ces paroles furent un tel choc pour Oursin qu'il n'en comprit pas le sens. Ce n'était pas possible. Le jeune prince était plein de vie.

– Non ! s'écria Crispin. Mais comment ?

– C'est bien là le pire, lui répondit Pastor. Il a été assassiné.

Oursin en eut le souffle coupé.

– Tu dois faire erreur, dit Crispin.

– Pas d'erreur possible, rétorqua Pastor. Moi aussi, je n'arrivais pas à le croire, jusqu'à ce que je l'aie vu. La reine l'a trouvé juste devant la porte de leurs appartements, poignardé en plein cœur.

– Mais… voulut dire Crispin.

– Je sais, acquiesça Pastor. Il ne se passe jamais rien de ce genre ici. Il n'y a pas dans l'île une seule personne capable de faire une chose pareille. Pourtant, quelqu'un l'a fait.

Crispin s'élançait déjà dans les escaliers, et Oursin se demanda ce qu'il devait faire. Il se disait qu'on avait oublié sa présence et qu'on n'avait pas besoin de lui pour l'instant, mais on ne lui avait pas donné congé.

– Crispin ! cria Pastor en désignant Oursin d'un signe de tête.

– Attends-moi ici, Oursin, lui ordonna Crispin.

Puis il sembla réfléchir à nouveau.

– Tu veux toujours commencer à travailler aujourd'hui, avec tout ce remue-ménage ? Ça ne va pas être facile.

– Vous pourriez avoir besoin de moi, mon capitaine, lui répondit Oursin.

Il avait envie de se rendre utile, et ne supportait pas l'idée de rentrer tout droit au Bois des Anémones.

– Bon, alors, viens, lui dit Crispin. Reste bien en retrait et fais exactement ce qu'on te dira.

Oursin se rua à la suite de Crispin dans un large escalier de pierre. Sur les murs, on voyait des anneaux destinés à maintenir des torches et des lampes, avec des taches de suie au-dessus. Ils tournèrent brusquement à droite, enfilèrent à la hâte un couloir tendu de tapisseries et se trouvèrent face à un cercle d'animaux qui, dans un bruissement de pas traînants, s'écartèrent sans un mot pour laisser passer le capitaine.

Il régnait un silence terrible et solennel. Debout parmi les autres, Oursin se pencha légèrement sur le côté pour voir derrière Crispin. Un autre écureuil s'inclinait au-dessus du corps inanimé d'un petit hérisson. Un tout petit hérisson. Le prince Culbute, presque un bébé. Jusqu'alors, Oursin n'y avait pas vraiment cru.

Bien qu'on pût lire une peine terrible sur le visage de l'écureuil penché sur le corps, il y avait en lui quelque chose d'impérieux car il avait pris la tête des opérations. Oursin n'avait vu que rarement le capitaine Bogue. Il aurait pu le reconnaître à l'épée qu'il portait au côté mais, plus encore, il dégageait une impression de véritable autorité qui prouvait que c'était bien un capitaine. Il saurait quoi faire. Cela avait quelque chose de rassurant de savoir que le capitaine Bogue était aux commandes.

Crispin ôta son bandeau d'or de sa tête en signe de respect. S'agenouillant à côté du corps, il le déplaça doucement et Oursin vit la tache rouge sombre sur la poitrine du petit hérisson. Par l'entrebâillement de la porte des appartements royaux, il aperçut brièvement le roi et la reine blottis dans les bras l'un de l'autre, mais la reine était à présent silencieuse, comme si les larmes ne suffisaient plus.

Oursin s'empressa de détourner son regard. Cela ne lui paraissait pas correct de les observer dans la peine, au sein de leurs propres appartements, et sans leurs robes ni leurs couronnes. Les autres animaux avaient la tête basse et les oreilles tombantes.

– C'est la blessure franche d'un poignard, disait le capitaine Bogue, et, comme on ne voit de taches de sang nulle part, on ne saurait dire dans quelle direction est parti le meurtrier. En tout cas, cela s'est passé très vite et le jeune prince n'a guère dû avoir le temps de se rendre compte de ce qui se passait. Il est probablement mort sans un cri, car personne n'a rien entendu. Jusqu'à ce que la reine le trouve, ni le roi ni elle ne savaient qu'il était sorti des appartements.

– Alors, le meurtrier l'a sans doute attiré au-dehors par une ruse, dit Crispin. Il doit être resté là et l'avoir appelé, en prenant soin de ne pas réveiller Leurs Majestés.

Il secoua la tête et ses oreilles s'agitèrent.

– Je dirais que c'était quelqu'un en qui il avait confiance. J'ai regardé les étoiles dans la tourelle de Sapin puis, en allant faire ma patrouille de l'aube sur le rivage, j'ai jeté un coup d'œil ici. À ce moment-là, ils étaient tous endormis.

Bogue se leva.

– J'ai convoqué tous les animaux dans la Salle des Assemblées, dit-il. Tous les adultes et les jeunes en âge de travailler. J'ai envoyé des loutres enquêter sur l'endroit où chacun se trouvait la nuit dernière et, surtout, ce matin. Nous ne savons pas quand cela est arrivé, mais il – oh, Crispin, que le Cœur le bénisse –, il était encore chaud quand la reine l'a trouvé. Nous devons tous rendre compte de l'endroit où nous nous trouvions, même nous, les capitaines. Nous parlerons aux animaux quand ils seront tous rassemblés.

Crispin hocha la tête.

– Nous devrions mettre nos robes, dit-il.

Chaque capitaine avait une robe qu'il devait porter dans les grandes occasions.

– Oursin, viens avec moi. Tu pourras m'aider à passer ma robe. Je suis désolé, ce n'est pas terrible comme début, pour toi.

– Est-ce que c'est une bonne idée, s'étonna Bogue, de faire débuter un nouveau page en un moment pareil ?

– Il faut qu'il apprenne, répondit Crispin.

Soulagé de se voir enfin assigner une tâche précise, Oursin traversa derrière eux, en trottinant, la Salle des Assemblées. Pastor, qui arrivait de l'autre côté, se joignit à eux.

Jamais encore, Oursin n'avait vu la Salle des Assemblées complètement vide, et il ne pouvait en détacher les yeux. La lumière y entrait par de hautes fenêtres cintrées ouvrant sur les trois côtés d'une baie en rotonde. Des bancs avaient été placés le long des murs, et toute l'extrémité sud était occupée par une estrade surélevée, supportant des chaises sculptées et une table toute simple. Il n'y était venu que pour des festins, des cérémonies où l'on pouvait voir des tréteaux crouler sous les bonnes choses à manger, les murs de la Salle tendus de tapisseries, décorés de guirlandes et réchauffés par la lumière des chandelles.

Aujourd'hui, tout était nu, sans ornements. Vide, la Salle semblait plus vaste que jamais, et leurs pas résonnaient trop fort sur le sol.

Pastor, Bogue et Crispin, la mine sévère, traversèrent à grandes enjambées toute la Salle, la patte posée sur la poignée de leur épée. Sans un mot, ils marchèrent en procession jusqu'à l'antichambre voisine.

– Oursin, les robes sont dans le coffre sculpté, lui dit Crispin d'un ton bourru.

Oursin souleva le lourd couvercle du coffre – à l'intérieur, cela sentait les épices et le bois de santal – et, avec mille précautions, prit la première toge, la portant entre ses deux pattes levées pour éviter qu'elle ne traîne par terre. Elle était bleu turquoise, avec des broderies d'argent et, de toute sa vie, jamais Oursin n'avait rien touché d'aussi beau.

– Celle-là, c'est celle du capitaine Pastor, lui dit Crispin. Occupe-toi d'abord de lui. Le capitaine Bogue et moi portons celles qui sont vert et or.

– Je vais m'habiller tout seul, dit à voix basse le capitaine Bogue. N'embrouille pas ton nouveau page.

Il sortit sa toge du coffre et s'écarta des autres pour la mettre, tandis qu'Oursin aidait Pastor et Crispin à enfiler les leurs, encore que, en fait, ce fut surtout Pastor qui l'aida, en lui disant des choses comme « il faut retourner les manchettes » ou « attache ça avec la seconde agrafe, pas la première ». Cols et manchettes étaient épais, richement décorés, et les robes tombaient jusqu'au sol.

– Les taupes ont exploré tous les tunnels, dit Bogue en retournant ses manchettes. Elles n'ont pas trouvé la moindre trace d'une intrusion. Les vibrations les auraient averties si quelqu'un avait creusé un nouveau tunnel.

– Personne n'est arrivé par la mer, et personne n'a quitté le navire qui est à l'ancre, dit Pastor. Toute la nuit, des loutres y ont monté la garde. Merci, Oursin.

– Alors, ce doit être quelqu'un d'ici, laissa tomber Crispin d'un ton consterné. On ne peut compter sur des aveux, et personne n'a rien vu. Je n'arrive pas à croire qu'une telle trahison ait pu se produire ici.

– Aucun d'entre nous n'aurait pu le croire, dit Bogue, sinon nous aurions fait plus attention. Mais, maintenant que c'est arrivé, et que nous n'avons pas la moindre idée de l'identité du coupable, il nous faut résoudre cette affaire de meurtre de la façon traditionnelle. Selon le cérémonial. Il faut tirer au sort.

– Tirer au sort ? dit Crispin en fronçant les sourcils. Ça ne me plaît pas beaucoup.

– Je n'ai jamais compris comment ça pourrait marcher, ajouta Pastor.

Oursin espérait que quelqu'un allait lui expliquer ce que voulait dire « tirer au sort ». Crispin se tourna vers lui.

– Il faut que tu comprennes, lui dit-il. Tirer au sort est une vieille manière d'éclaircir un mystère – une pratique très ancienne, rare de nos jours. On met dans un sac un jeton pour chaque espèce d'animaux – un pour, respectivement, les écureuils, les taupes, les loutres et les hérissons. On en tire un, et ça indique que le meurtrier appartient à cette espèce-là. Puis on met dans le sac l'empreinte des griffes de chaque animal de cette espèce, et celui dont l'empreinte est tirée au sort est le meurtrier.

– Bon, mais comment *ça marche* ? demanda Pastor.

– On est guidé naturellement vers le vrai coupable, répondit Bogue. C'est une force interne qui agit. Le poids de la faute du meurtrier, peut-être. Ou même, l'esprit du prince Culbute.

– On devrait demander à Sapin ce qu'il en pense, dit Crispin.

– Il s'occupe du roi et de la reine, lui répondit Bogue. Ils ont besoin de lui. Oursin, prends le sac de velours rouge dans le bas de la commode et mets-le sur la table, s'il te plaît. Nous allons en avoir besoin. Puis viens avec moi – si tu me permets d'emprunter ton page, Crispin. Apporte le coussin de velours violet qui est sur l'appui de la fenêtre. Il nous faut quelque chose de correct pour le poser dessus.

« Sac de velours rouge. Coussin de velours violet. » Oursin suivit Bogue en trottinant jusqu'aux appartements royaux, pendant que des animaux commençaient à se rassembler en silence dans la Salle des Assemblées. Cela aurait dû être merveilleux – les trois capitaines d'Outrebrume requéraient maintenant son aide – mais tout cela se passait au cœur d'un cauchemar. Sur l'ordre de Bogue, il resta debout devant la porte ouverte, le coussin en équilibre sur ses deux pattes de devant. Sapin, à genoux sur le sol, tenait la patte de la reine.

– Majestés, dit doucement Bogue en faisant une

révérence. Il est temps de le porter dans la Salle des Assemblées. Il doit s'y trouver pour le tirage au sort.

Les oreilles de Sapin s'agitèrent.

– Je n'aime pas beaucoup le tirage au sort, dit-il. Cela peut être faussé.

– Rassurez-vous, Frère Sapin, dit Bogue. Tout sera fait avec prudence et dans l'honneur. Si le sort désigne quelqu'un qui est clairement innocent, nous ne tiendrons pas compte de ce résultat. S'il y a une preuve, bien sûr, nous la prendrons en considération. Mais le tirage au sort peut tout au moins nous orienter dans la bonne direction. Sauf, naturellement, si le roi y voit une objection…

Il fit une nouvelle révérence.

– Autorisez-vous le tirage au sort, Votre Majesté ?

– Faites ce que vous voudrez, Bogue, répondit le roi d'un ton bourru.

Oursin le trouva soudain vieilli et accablé de chagrin. Avec solennité, Bogue posa le petit prince sur le coussin, qu'il prit des mains d'Oursin et porta délicatement jusqu'à la Salle des Assemblées où s'entassaient à présent tous les animaux convoqués par Bogue. Ils eurent le souffle coupé en voyant le petit corps inerte.

Bogue monta sur l'estrade où Crispin et Pastor l'attendaient en silence, pattes croisées et tête basse, tandis qu'Oursin désespérait de voir quelqu'un lui dire ce qu'il devait faire. Ce serait affreux de se trouver au mauvais endroit, ou dans le passage, et il tenta d'accrocher le regard de Crispin.

– Tiens-toi à la porte de l'antichambre, Oursin, lui dit-il.

Et il s'empressa d'y prendre place. Il était assez près pour entendre et voir tout ce qui se passerait. Bogue posa le coussin sur la table.

– Je vais m'en occuper, dit-il à voix basse à l'intention de Crispin et de Pastor. C'est à moi de le faire... C'est moi le responsable de tout ça. J'étais de service hier soir, et si j'avais fait ma patrouille plus tôt, si j'avais posté plus de gardes, si j'avais fait juste un petit peu plus attention, cela n'aurait pas pu arriver. J'étais de garde.

– Ce n'est pas de ta faute, Bogue, lui dit Crispin.

– Mais si, chuchota Bogue avec amertume.

Puis il se tourna vers la foule en élevant la voix :

– Animaux d'Outrebrume, proclama-t-il, écureuils, hérissons, taupes et loutres, nous allons tirer au sort pour identifier le meurtrier de notre très cher petit prince Culbute. Nous allons placer les feuilles là-dedans.

Crispin prit sur la table le sac de velours rouge. Une à une, Pastor prit quatre feuilles, pour que tout le monde les voie avant qu'il les mette dans le sac. Sur chacune des feuilles, on voyait une marque – rouge pour les écureuils, noire pour les taupes, verte pour les hérissons, bleue pour les loutres. Bogue se détourna quand Pastor et Crispin remuèrent les feuilles pour les mélanger dans le sac.

– Allez-y, capitaine Bogue, dit Pastor.

Terrifiant, le silence était chargé d'une tension

extrême. Les griffes des pattes arrière d'Oursin se recroquevillèrent. Il voyait tous les animaux de l'assistance écarquiller les yeux en serrant les pattes. On entendait des grincements de dents. Les nerfs étaient à vif.

Bogue sortit sa patte du sac. De là où il était posté, près de la porte, Oursin vit ce qu'il tenait et un frisson courut de ses oreilles au bout de sa queue.

– Le jeton des écureuils, annonça Bogue. Le meurtrier est un écureuil.

Toutes les taupes de l'assistance, toutes les loutres et tous les hérissons relâchèrent leur souffle, et soupirèrent discrètement. Les écureuils restèrent immobiles, le visage figé. Oursin se mordit la lèvre.

Les pattes crispées, il avait hâte que tout cela soit fini. Crispin et Pastor aussi, sans doute, car c'était avec nervosité qu'ils faisaient s'aligner les écureuils, pour que ce soit terminé le plus vite possible. Crispin fit signe à Oursin de rejoindre la queue. La griffe de chaque écureuil était différente des autres, et les animaux savaient tous reconnaître leurs empreintes de griffes respectives, au même titre que leurs visages. Chaque écureuil imprima la marque de sa griffe sur une feuille qu'il laissa tomber dans l'ouverture béante du sac. En pressant ses griffes sur une feuille de hêtre, Oursin s'efforça de ne pas trembler et, pour finir, Crispin et Bogue glissèrent leur propre feuille à l'intérieur. Leurs visages étaient calmes et sans expression, mais Oursin en avait le cœur gros pour eux.

– Bogue, veux-tu que je le fasse ? proposa Crispin.

– Il vaut mieux que ce ne soit pas un écureuil qui le fasse, fit remarquer Pastor. Voulez-vous que ce soit moi ?

Bogue secoua la tête.

– C'est ma faute et ma responsabilité, dit-il. Je dois aller jusqu'au bout.

Il leur tourna le dos, replia ses pattes et donna l'impression de prier. Pastor fit tourner les feuilles dans le sac. Des écureuils se prirent la patte. Malade d'anxiété, Oursin avala sa salive très fort.

Bogue se retourna, plongea une patte tout au fond du sac, et en retira une feuille. Puis il prit une longue et frémissante aspiration. Cette attente était insupportable.

– Non, laissa-t-il échapper d'une voix rauque. Ce doit être une erreur.

Oursin se sentit trembler. Il ne pouvait s'en empêcher. Pastor et Crispin firent un pas vers Bogue pour examiner la feuille.

– Non ! dit Pastor à voix basse. C'est une erreur.

– Non, dit Crispin en secouant la tête, les yeux écarquillés. Non.

La patte de Bogue tremblait. Il leva la feuille en l'air, et un frisson horrifié parcourut toute la Salle tandis qu'il se retournait pour regarder Crispin dans les yeux.

– *Crispin ! TOI !*

Chapitre 4

Ce n'était pas possible. Oursin s'obligea à ne pas fixer Crispin du regard, mais ce n'était pas nécessaire. C'était comme s'il sentait quelque chose dans l'air, quelque chose qui n'allait pas vraiment, comme une note de musique jouée faux, ou comme quand on entre dans une pièce et qu'on sait que quelqu'un y est caché. Quelque chose de mensonger. Du fond du cœur, il savait que Crispin était innocent.

Crispin éleva la voix :

– Je jure devant vous tous, dit-il, sur tout ce qui est précieux, sur tout ce qui est sacré, sur tout ce qui est ancien, que je n'ai pas tué le prince. Je n'aurais jamais pu le faire !

– Jamais je ne l'aurais cru, dit Bogue.

Pastor fit un pas en avant.

– Nous n'étions pas sûrs que tirer au sort soit bien ce qu'il fallait faire, dit-il avec fermeté.

Oursin avala sa salive. Peut-être pouvait-il se rendre utile, même s'il n'était qu'un page et n'avait pas le droit d'interrompre les autres. Pendant que Crispin racontait à haute voix où il était allé et ce qu'il avait fait la nuit précédente, Oursin se faufila auprès de Pastor et se hissa sur la pointe des pieds pour lui chuchoter à l'oreille :

– Frère Sapin n'aime pas le tirage au sort, mon capitaine, dit-il.

– Qu'est-ce que tu en sais ? lui demanda Pastor en chuchotant aussi.

Il se pencha pour écouter la réponse, puis fit un pas en avant.

– Bogue, est-ce que Frère Sapin n'avait pas des doutes sur le tirage au sort ? demanda-t-il d'un ton impérieux. Quand le page et toi êtes allés chercher le corps du prince ? Frère Sapin sait ce qu'il dit.

– C'est vrai, cela, répondit Bogue en regardant pensivement Pastor, puis Oursin. Oui, tu as tout à fait raison, il avait des doutes, mais le roi a donné sa permission. Pastor, tu marques un point ! Peut-être que le tirage au sort se trompe !

– Ça, sûrement, intervint un écureuil dans la foule. Crispin n'aurait jamais fait ça.

Il y eut des murmures approbateurs autour de lui.

– Examinons une fois de plus les indices, dit Bogue. Malheureusement, nous n'en avons pas beaucoup.

– Réunis un conseil, lui dit Pastor. Crispin a le droit de se défendre.

Un conseil fut réuni, dont les membres furent choisis parmi les animaux du Cercle. Deux hérissons, deux écureuils, deux loutres, deux taupes, le roi et Frère Sapin prirent tous place sur leurs sièges autour de l'estrade.

– Garde ton sang-froid, Oursin, lui chuchota Pastor. Tout le monde sait que ce n'est pas lui.

L'interrogatoire commença. Pastor et Sapin témoignèrent que Crispin était resté avec eux la nuit précédente, à regarder les étoiles pratiquement jusqu'à l'aube. Puis, ajouta Crispin, il avait regardé par la fenêtre de la chambre royale, vu que la famille dormait, avait fait un saut chez lui par la fenêtre pour prendre une cape, et était parti patrouiller le long du rivage sud et dans les Bois de l'Ouest. Il s'était arrêté à un torrent pour boire et se laver lorsqu'il avait aperçu la ruée des animaux se bousculant en courant vers la Tour, et s'était joint à eux.

Beaucoup d'animaux l'avaient vu, lui avaient parlé, mais aucun ne pouvait en fixer le moment exact. On l'avait vu courir à travers bois en direction de la Tour mais une taupe au pelage sombre et lisse, qui s'appelait Lustré, fit remarquer que tout le monde savait à quelle vitesse un écureuil peut aller d'un endroit à un autre. Il aurait pu assassiner Culbute, se sauver dans les bois, et revenir sur ses pas quand le tumulte avait commencé. Et la blessure du prince semblait avoir été faite par une dague ou une épée. Combien d'animaux portaient l'épée ?

Dans un chuintement, Crispin sortit son épée du fourreau. Elle étincelait de propreté. Mais, comme le fit remarquer Lustré, aucun animal ayant commis un meurtre en cachette ne laisserait le sang sur son épée.

Une loutre aux sombres moustaches se leva. Elle s'appelait Tay. Elle appuyait ses pattes sur la table en parlant. Son choix pour faire partie du conseil s'était imposé de lui-même, du fait de sa grande intelligence et de sa connaissance des lois et coutumes d'Outrebrume.

– Nous devons envisager le problème de la succession, dit-elle. Le roi Cœurdepique est le troisième hérisson de son lignage à régner. Le prince Culbute aurait été le quatrième. Si la lignée des hérissons venait à s'éteindre, le pouvoir passerait entre les mains d'un capitaine. Après les hérissons, c'est le tour des écureuils. Pour dire les choses simplement, sans prince ou princesse hérisson, le prochain monarque serait un capitaine écureuil. Bon. Alors, quel écureuil est le premier dans l'ordre de succession ? Crispin, ou Bogue ?

Elle fronça les sourcils si fort que ses moustaches se mirent à l'horizontale. Sachant que tout le monde était en train de penser la même chose, Oursin se sentit écœuré, désespéré. Il voulut dire quelque chose, faire quelque chose, exhiber une preuve, établir l'innocence de Crispin sans que ne subsiste aucun doute, être le sauveur de son capitaine. Mais il n'était qu'un page, et il n'y avait pas grand-chose qu'il pût faire.

– C'est bien ça, continua la loutre. Crispin est capitaine depuis un peu plus longtemps que Bogue. Personnellement, j'ai toujours pensé que tirer au sort était une excellente façon de confondre un scélérat.

Et elle se rassit.

– Alors, cela pourrait être vrai, dit Bogue.

Sa voix tremblait.

– Crispin avait une arme, il semble qu'il ait eu le temps, et il avait un mobile, conclut Tay. *De plus*, il pouvait se déplacer librement dans toute la Tour. Si on l'avait aperçu près de la chambre du roi, personne n'aurait rien trouvé à redire.

– Mais *personne* ne l'a vu près de la chambre ! protesta Pastor.

– Il vient d'admettre avec quelle facilité il entrait et sortait par les fenêtres, dit Lustré.

La discussion se prolongea. Sapin se leva et exigea de savoir où se trouvaient tous les capitaines la nuit précédente. Pastor était encore avec lui au moment où le meurtre avait été découvert. Bogue était de service, et plusieurs gardes l'avaient vu.

Oursin tenta d'accrocher le regard de Crispin. Il voulait que son capitaine pût lire dans le sien « je *vous* crois, même si tous les animaux de l'île se retournent contre *vous* ». Mais Crispin n'avait d'yeux que pour le Conseil.

– Crispin, j'aurais préféré ne pas croire cela, dit Bogue, mais tu avais la confiance du prince. Il t'aimait et t'admirait. Si, caché derrière un rideau, tu l'avais appelé, il aurait accouru, bien sûr.

– Il aimait tout le monde, fit remarquer Pastor. Il aurait répondu à l'appel de n'importe qui.

Pendant tout ce temps, le roi était resté assis, le dos voûté au-dessus de la table, les yeux baissés. À cet instant, il émit un long grognement.

– Crispin, gronda-t-il. Crispin !

Le grognement devint un rugissement et, dans une furie de griffes et de piquants, il se jeta sur Crispin. Sans réfléchir, Oursin bondit en avant pour pousser brutalement Crispin et le mettre hors d'atteinte. Il se retourna vivement pour faire face au roi – il ne pouvait lever la patte contre son roi, mais il pouvait s'interposer entre Crispin et lui – mais le roi n'était plus là. Pastor et d'autres animaux le retenaient à l'écart. Des gardes armés s'élancèrent.

– Trahison ! rugit le roi.

– Votre Majesté, tout ça est absurde ! s'écria Pastor pendant que les gardes se saisissaient de Crispin.

– Crispin, cracha le roi avec dégoût, il n'y eut jamais sur cette île un traître aussi répugnant, un meurtrier aussi pervers. Ta présence empoisonne l'atmosphère. Tu dois mourir avant le coucher du soleil.

Oursin perçut le bref frisson d'horreur qui parcourut la foule autour de lui. Jamais, au grand jamais, une peine de mort n'avait été prononcée en Outrebrume. Pastor et Sapin plaidèrent auprès du roi. Les pattes recroquevillées, Oursin suivit du regard Frère Sapin qui entraînait le roi un peu plus loin, près de la fenêtre. Le prêtre parlait d'une façon pressante, l'œil grave et préoccupé.

« Faites quelque chose, Frère Sapin, pensait Oursin tandis que Sapin essayait de raisonner le roi. Il n'écoutera personne d'autre que *vous*. Oh, Toi, le Cœur qui protège Outrebrume, par pitié, protège maintenant Crispin. »

– Bon, finit par dire le roi, son sang est trop impur pour être répandu sur le sol de notre île. Qu'il soit exilé d'Outrebrume, à compter de ce jour.

– Il partira par la seule voie possible, dit Tay. Par mer. Nous savons tous ce que cela veut dire. Du fait des sortilèges de l'île, aucune créature d'ici ne peut quitter l'île par mer et y revenir par la même voie. Les brumes l'en empêchent. Et comme il n'y a pas d'autre chemin par lequel il pourrait éventuellement rentrer, Crispin est exilé à vie. Il ne pourra jamais revenir.

– Qu'on l'emmène ! gronda le roi.

Oursin tenta de s'approcher de Crispin, mais les gardes avaient resserré les rangs autour de lui. Il ne put qu'assister, impuissant et furieux, à la dégradation de Crispin, quand on lui retira le bandeau d'or que l'on fit passer brutalement par-dessus ses oreilles, quand son ceinturon fut dégrafé pour qu'on lui enlève son épée, et que sa robe fut arrachée de sur ses épaules.

On expulsa rapidement les animaux de la Salle des Assemblées, car leur moral était gravement atteint. Certains se déchaînaient contre Crispin, crachant, grondant et cherchant quelque chose à lui jeter au visage. Ceux qui le croyaient innocent étaient indignés et prêts à en découdre.

Une fois de plus, on avait oublié Oursin. Il ramassa par terre la robe de Crispin et la plia sur son bras, glissant en dessous l'épée, le ceinturon et le bandeau d'or. Si personne ne s'en apercevait, il pourrait les lui rendre.

– Il faut brûler la robe de ce traître, cria Tay. Quant à son épée…

– Je les prends, dit une voix dans le dos d'Oursin.

Et avant qu'il ait pu discuter, une petite taupe sèche à l'allure de vieux soldat lui avait pris au vol les affaires de Crispin. Un instant, il crut que la taupe lui avait fait un clin d'œil, mais il n'eut pas le temps de s'interroger à ce sujet. On emmenait Crispin en le houspillant, et Oursin devait rester près de son capitaine. Il se faufila à travers la foule pour le rattraper, le suivant d'aussi près qu'il le pouvait tandis que les gardes entraînaient Crispin dans un escalier et le jetaient dans une salle de garde. Oursin tenta de se glisser derrière lui, mais on lui claqua la porte au nez. Deux hérissons costauds se placèrent de part et d'autre de la porte, sans un regard pour lui.

– Laissez-moi entrer ! protesta Oursin. Je suis son page !

– Même si tu étais sa mère, on n'en a rien à faire, personne n'entre ici, dit l'un des hérissons. Il reste seul jusqu'à ce qu'on ait trouvé pour lui un bateau qui prenne bien l'eau.

– Je dois rester avec lui, dit Oursin.

Il se creusait la tête pour trouver un moyen d'entrer quand il entendit derrière lui des pas traînants se hâter pour descendre l'escalier, et les hérissons saluèrent.

– Ouvrez la porte ! aboya Pastor.

– Personne n'a le droit d'entrer ! dirent les hérissons d'une seule voix.

– Garde à vous et obéissez aux ordres, espèces de

pelotes d'épingles arrogantes au cerveau plein de boue ! hurla Pastor.

Mais, avant même qu'il eût fini, ils s'étaient hâtés de déverrouiller la porte.

– Oursin, ajouta-t-il doucement, ce n'est pas ta place.

– Mais, s'il vous plaît, je suis son page et ma place est à côté de lui, capitaine Pastor, sauf votre respect, objecta Oursin.

– Tu le verras avant son départ, je te le promets, lui dit Pastor. Si tu tiens à lui être utile là, tout de suite, va chercher Frère Sapin.

– Oui, mon capitaine.

– Ensuite, essaie de trouver une loutre qui s'appelle Arane. Elle doit être près de la Porte de la Source, à la Tour, tu sais où ça se trouve ?

– Je crois, mon capitaine, que c'est là où la source d'eau fraîche coule des rochers jusqu'à la mer, répondit Oursin.

– Tu es un bon petit gars. Dis-lui de se procurer le meilleur bateau qu'elle puisse trouver et de le préparer pour Crispin.

Oursin se raidit.

– Je ne veux pas l'aider à partir, mon capitaine.

Pastor soupira.

– Moi non plus, Oursin – pas plus qu'aucun animal ayant encore son bon sens. Mais tout ce que nous pouvons faire pour l'instant, c'est lui fournir le meilleur viatique possible. Trouve Arane. Si quelqu'un te dit – ou lui dit – qu'il n'est pas d'accord, envoyez-le-moi.

– Il n'y a vraiment rien qu'on puisse faire pour le garder ici, mon capitaine ? insista Oursin.

– Rien, Oursin.

Et, à cet instant, pour le jeune page, l'avenir se réduisit à une seule possibilité. Il attendit d'avoir vu Pastor ouvrir la porte et saisir Crispin dans une forte étreinte de loutre, puis il monta les escaliers quatre à quatre pour trouver Sapin et lui transmettre le message, avant de courir à toute vitesse jusqu'à la Porte de la Source. Ses propres paroles résonnaient dans sa tête – *Je suis son page, et ma place est à côté de lui.* Il avait promis de servir Crispin. Il n'avait pas promis de ne le servir qu'en Outrebrume.

Le principal approvisionnement en eau de la Tour venait d'une source bouillonnant entre les rochers. Elle jaillissait près d'une porte au flanc est de la Tour, et formait un cours d'eau qui allait se jeter dans la mer. C'était l'endroit favori des loutres vivant à la cour. Oursin courut vers la première loutre qu'il aperçut. Comme lui, elle avait un pelage clair, avec des touffes de poil inégales qui formaient des épis autour de son crâne. Elle avait l'air malheureux, les pattes trempant dans le courant et, quand il lui parla, elle se frotta les yeux comme si elle avait pleuré.

– Arane ? lui répondit-elle. C'est moi. Qui me demande ?

Oursin lui transmit son message et il avait à peine fini qu'elle donnait déjà ses instructions à toutes les loutres qui étaient à portée de voix. Oursin courut à côté d'elle jusqu'à la plage, où des loutres alignaient déjà de petits bateaux pour qu'elle les passe en revue. Elle nagea de l'un à l'autre, ses pattes et son visage moustachu apparaissant successivement des deux côtés de chaque bateau.

« Celui-là est trop petit », disait-elle, ou bien « c'est trop lourd pour un écureuil. C'est trop miteux, je ne prends pas ça. Qu'aucune de vous ne s'avise de me contredire, il est encore capitaine d'Outrebrume. Que j'entende la moindre insolence, et la coupable aura affaire au capitaine Pastor ou, pire encore, elle aura affaire à moi. Voyons celui-là. Tu appelles ça un bateau ? Oh, ça ne vaut rien. Qu'on m'apporte mon bateau à moi, c'est le meilleur de toute l'île. »

On apporta le petit bateau à rames personnel d'Arane. Il était joliment peint, et les rames paraissaient neuves et bien entretenues.

– C'est celui-là qu'il faut, dit-elle. Ensuite, aux cuisines. Des provisions de bouche.

– Je vais m'en occuper, lui dit Oursin.

Dans les cuisines, personne n'eut l'air de faire attention au jeune écureuil qui se servait de noisettes, de fruits et de pain. Il entassa la nourriture dans un panier. Quand il fut plein, il en mit encore dans son sac, emplit des gourdes de cuir avec du vin et de l'eau, emporta le tout à Arane et revint en chercher encore. Si elle pensa qu'il avait pris beaucoup de choses pour un seul écureuil, elle n'en dit rien. Ils étaient en train de charger le bateau quand il sentit un regard peser sur lui, leva les yeux et vit une taupe debout sur le rivage.

C'était le vieux soldat taupe qui, dans la Salle des

Assemblées, lui avait pris la robe de Crispin, son épée et son bandeau d'or. Cette fois, il n'y avait pas de doute, il faisait bien un clin d'œil à Oursin tout en pataugeant maladroitement le long de la plage, titubant presque sous son fardeau.

– Bonjour, mademoiselle Arane, dit-il.

– Bonjour, Traînelapatte, répondit-elle du bateau en se retournant. Ce sont les affaires de Crispin ! Comment est-ce que tu t'es procuré ça ?

– J'les ai piquées, dit la taupe avec un grand sourire et un signe de tête en direction d'Oursin. Lui et moi. On les a piquées.

– Bien joué ! s'exclama Arane. On va les cacher sous les sièges, derrière les paniers, personne ne les verra.

– Arane, s'il vous plaît..., commença Oursin.

– Qu'est-ce qu'il y a ?

– Vous savez que ce n'est pas Crispin qui a fait ça, n'est-ce pas ? demanda-t-il.

– Bien sûr que c'est pas lui, lui répondit-elle brutalement.

Elle donna un coup de pied furieux à la robe roulée en boule, pour la tasser sous les sièges.

– J'aurais voulu ne jamais avoir à préparer ce bateau. Mais, bon, il est prêt, alors tu ferais aussi bien d'aller le dire à Pastor.

Sans doute Pastor avait-il ordonné aux hérissons de laisser entrer Oursin, car ils lui ouvrirent la porte sans un mot. Personne ne lui accorda un regard. Pastor, Crispin et Sapin parlaient encore entre eux. Pastor était appuyé au mur, les pattes croisées, Sapin était assis sur un tabouret bas, et Crispin, debout, leur tournait le dos et regardait le ciel à travers des barreaux. Oursin entendit prononcer les mots « Bogue », « faire attention » et « possible » puis, se rendant compte qu'il était là, ils se turent.

– Est-ce que le bateau est prêt ? lui demanda Pastor. Arane est là ?

– Oui, mon capitaine, répondit Oursin, réfléchissant à ce qu'il avait encore à faire.

Fugitivement, il se souvint de Finaiguille, de Pomme et de ses amis dans le Bois des Anémones.

– Allons, il faut en finir, laissa tomber Crispin.

Et, quand il se détourna de la fenêtre, le cœur d'Oursin se serra. Il s'était attendu à voir de la colère sur le visage de Crispin, et n'y lut que de la compassion. Il avait une coupure à l'oreille, où du sang achevait de sécher.

– Vous êtes blessé, mon capitaine, bredouilla Oursin.

– Quelqu'un m'a frappé, lui répondit Crispin.

Il haussa les épaules, en écartant les pattes.

– Oursin, je suis désolé pour tout ça. Je sais que tu rêvais d'être à la cour.

– Je n'ai rien perdu de ce que je voulais, mon capitaine, lui répondit-il. Je sais bien que ce n'est pas vous qui avez fait ça. Je ne vous quitterai pas.

Les oreilles de Crispin tressallirent légèrement.

– Qu'est-ce que tu dis, Oursin ?

– Je viens avec vous, mon capitaine.

Il savait que ses vieux amis allaient terriblement lui manquer, et il n'avait pas la moindre idée de la façon dont cela finirait pour lui. Mais il n'y pouvait rien. Il était le page du capitaine Crispin, à présent.

Crispin esquissa un sourire.

– J'aurais bien aimé que tu sois avec moi, Oursin, dit-il avec douceur. Tu es un brave écureuil. Tu es aussi loyal qu'un hérisson, aussi déterminé qu'une taupe, et aussi courageux qu'une loutre. Mais je ne sais même pas où je vais. Je n'ai jamais perdu cette île de vue. Je risquerais de te mettre en danger, de mort, peut-être, et ça, je ne le veux pas.

– Mais je…

– Oursin, lui dit Crispin, si tu me considères encore comme ton capitaine, obéis à mon ordre. Reste ici.

– Mais est-ce que je vous reverrai jamais, mon capitaine ?

– Il est presque certain que non, Oursin, répondit Crispin d'une voix douce.

C'était impensable. Oursin ne pouvait envisager le monde sans Crispin. Il luttait pour garder la tête haute et ne pas laisser percevoir de larmes dans sa voix.

– Alors, avez-vous d'autres ordres pour moi, mon capitaine, parce que c'est tout ce qu'il me restera de vous ?

– Dépêchez-vous ! cria un des hérissons de garde que, d'un regard, Pastor fit taire.

Crispin posa ses deux avant-pattes sur les épaules d'Oursin.

– Sers loyalement cette île, lui dit-il. Elle a besoin de

toi bien plus que moi. Tu peux compter sur Pastor et Sapin pour te guider. Si tu penses à moi, prie le Cœur de m'accorder ses bénédictions. Et fais attention à toi, Oursin des Étoiles Filantes.

Ses pattes se resserrèrent sur les épaules d'Oursin.

– Fais attention à toi !

– Je veillerai sur lui, Crispin, promit Pastor.

– Finissons-en, dit Crispin.

Il serra un instant Oursin dans ses bras, puis Pastor, avant de s'agenouiller devant Sapin pour recevoir sa bénédiction.

– Prêt, finit-il par dire.

Et Oursin eut l'impression de comprendre pour la première fois ce qui était vraiment grand chez Crispin. Il allait faire sa sortie sans amertume ni haine. Il trouvait même le moyen de s'inquiéter de l'avenir d'un page écureuil à peine sorti du bois.

Ils prirent le chemin de la plage, Crispin entouré d'un peloton de gardes, Pastor, Oursin et Sapin marchant à leur suite. Oursin trouvait que cela faisait beaucoup de gardes pour un seul écureuil désarmé qui ne tentait même pas de s'échapper, mais quand ils sortirent, il se réjouit de la présence de l'escorte. Il fut pris au dépourvu par la foule grondante qui les huait au passage, mais au moins les soldats protégeaient Crispin des cailloux, galets et fruits pourris dont on les bombardait. Certains des projectiles atteignirent Oursin, qui était trop fier pour se baisser, mais Pastor resta à côté de lui pour le protéger du plus gros.

Quand ils arrivèrent à l'embarcation, les gardes

restèrent en arrière, l'air un peu désemparé. Sapin s'avança en boitant et parla à Crispin. Pastor l'aida à monter dans le bateau et lui donna les rames. Puis Oursin n'eut absolument plus rien d'autre à faire que de regarder et regarder encore jusqu'à ce que le bateau se fût évanoui dans les brumes et, bien qu'il tendît l'oreille, on n'entendait même plus le clapotis des rames.

Tous les efforts d'Oursin, toute sa vie, l'avaient rendu fort et plein de ressources. Maintenant, il savait qu'il allait avoir besoin de cette force. Outrebrume était son pays. C'était aussi une île où un meurtrier sans scrupule rôdait dans la Tour, où le roi était accablé de chagrin, où la justice n'était pas rendue, et où il n'y aurait plus jamais de Crispin. Il se dit qu'il allait devoir retourner dans le bois et se joindre à une équipe de corvée, mais il ne pouvait en supporter l'idée.

Quand, tous deux, ils s'éloignèrent lentement, à pas lourds, sur le sable, Pastor lui posa une patte sur l'épaule.

– Ce n'est pas courant de voir une loutre prendre pour page un écureuil, dit-il, et je ne suis qu'un pâle substitut de Crispin.

Oursin avait eu l'impression de ne plus jamais pouvoir être heureux. Et voici que l'espoir fleurissait à nouveau.

– Je sais un peu nager, mon capitaine, dit-il, si ça peut vous être utile, s'empressa-t-il de dire.

Pastor parvint à sourire.

– Bon, alors, Oursin, si tu veux devenir mon page, présente-toi demain matin. Non, présente-toi ce soir même, comme ça, tu n'auras pas besoin de rentrer la queue basse au Bois des Anémones.

– Merci beaucoup, mon capitaine ! répondit Oursin d'une voix étranglée.

– Nous dînerons ce soir dans la salle d'en bas avec le reste de la cour, dit-il.

Ils commencèrent à escalader les rochers vers la Tour et, sans échanger un mot, ils s'arrêtèrent tous deux pour sonder les brumes du regard.

– Et, Oursin, ajouta-t-il à voix basse, quoi que puissent entendre ces deux oreilles pointues d'écureuil, prends bien soin de tout me répéter. Réfléchis toujours à deux fois à ce que tu vas dire et à qui tu le dis, tu as bien compris ? Je sais que Crispin est innocent, et tu le sais aussi. Je n'ignore pas que tu es en colère, et je le suis aussi. Mais les lieux de pouvoir sont dangereux dans cette île. Celui qui a tué le prince, quel qu'il soit, est toujours en liberté. Alors, quand tu circules à la cour, garde tes jeunes yeux grands ouverts et tes oreilles aussi. Si tu entends quoi que ce soit d'intéressant, préviens-moi. Et si tu as l'occasion de servir le roi, fais-le. Sois toujours fidèle au roi, Oursin.

Ce soir-là, Oursin déménagea et se rendit avec le petit sac contenant ses affaires dans une chambre exiguë jouxtant celle de Pastor, non loin de la Porte de la Source. On lui avait préparé un lit confortable, mais bien différent du nid, en haut d'un arbre, auquel il était habitué. On eut besoin de Pastor pour organiser les funérailles du prince, et Oursin le vit donc à peine.

Le corps du prince assassiné reposait en grand apparat dans un petit cercueil au milieu de la Salle des Assemblées, et la foule des animaux vint y défiler en masse, tête basse, pour lui rendre hommage. En permanence, un des gardes se tenait à côté, le visage grave. Pastor assura lui-même l'une des veilles. Le roi et la reine ne sortirent pas de leurs appartements et quelqu'un était toujours avec eux, soit Sapin, soit le capitaine Bogue. On disait la reine éperdue de chagrin, et pleurant dans les bras de Lady Belle sans pouvoir s'arrêter. Pour finir, ne sachant quoi faire, le cœur encore meurtri par l'absence de son héros, Oursin se pelotonna dans sa nouvelle chambre si bizarre, tout en sachant qu'il ne parviendrait pas à dormir.

Chapitre 5

Tard, cette nuit-là, l'obscurité s'épaissit sur Outre-brume et son chagrin. Debout pour son tour de garde devant le pitoyable petit cercueil posé sur la table, le capitaine Bogue, toujours dans sa robe vert et or, tenait une lampe allumée. La lueur de la lampe faisait briller les fermoirs en or du cercueil, les agrafes de sa robe, et la fine broderie de ses manchettes. Immobile et silencieux, il resta seul de garde, jusqu'au moment où un hérisson s'avança solennellement à travers la Salle des Assemblées pour prendre la prochaine veille.

Quittant la Salle avec sa lampe, Bogue ne rentra pas directement dans ses propres quartiers. Dans l'anti-chambre, il enleva la lourde robe qu'il rangea dans le coffre, puis retraversa la Salle avec une solennelle inclinaison de tête en direction du cercueil, avant de descendre un escalier d'un pas digne et grave.

En bas des marches, personne ne pouvait le voir. Sans bruit, il remonta en se faufilant dans un autre escalier ignoré, qui menait à un petit espace pas plus grand qu'un placard, jouxtant la Salle des Assemblées. Au fond de ce recoin, une ouverture, si bien dissimulée qu'on la voyait à peine, conduisait à un autre escalier descendant, plus étroit et plus sombre. Il se dépêchait, à présent. Il emprunta ensuite un corridor, pratiquement un tunnel, si bas qu'il dut baisser la tête et rentrer les épaules. Il tourna à droite, à gauche, de nouveau à droite, descendit un autre escalier, enfila des tunnels et des corridors glacés où sa lampe ne laissait filtrer qu'un faible filet de lumière, et où l'air sentait l'humidité et la moisissure. Des êtres invisibles couraient et grattaient le sol dans l'obscurité. Son pelage se prit dans de vieilles toiles d'araignée. C'étaient là des passages anciens, inconnus des taupes elles-mêmes.

L'obscurité, une obscurité totale. Elle l'entourait de toutes parts et le pénétrait en profondeur. Il la respirait, avec son odeur de mort. De mort, de pourriture et pire encore. Mieux valait ne pas voir ce qui pourrait se trouver dans ces tunnels. Le froid glacial donnait l'impression que rien ne pourrait y survivre. Gardant son sang-froid, ne sachant jamais ce qui allait surgir devant lui dans l'obscurité, Bogue arriva à la porte qui semblait l'attendre.

Il posa la lampe par terre. Cet endroit n'était pas fait pour la lumière.

La peur le fit frissonner. Des deux pattes, il poussa

la porte et, quand elle s'ébranla en craquant, il se sentit malade de terreur.

« Claque cette porte ! Fais demi-tour ! Fuis ! » Mais il avait toujours cette impression, au moment de pousser la porte et de découvrir l'horreur de cet endroit. Cela le dégoûtait et le fascinait, mais la fascination l'emportait. Il referma la porte derrière lui, et se laissa imprégner par la sensation que le mal rampait ici.

La pierre brute était moite sous ses pattes. L'odeur de pourriture s'infiltrait en lui. Il en sentait le fumet. Dans cette profonde obscurité, il ne pouvait discerner qu'un reflet visqueux sur les murs nus, et un carré d'une obscurité encore plus épaisse. C'était là que se trouvait le gouffre. Sombre comme un cauchemar, noir comme l'asphyxie, le gouffre bâillait au centre de la pièce, telle une bouche affamée. C'était comme si le simple fait de se trouver là avait alimenté sa malfaisance, tout comme celle de Bogue s'y ressourçait. Fermant les yeux, il rentra en lui-même, allant à la rencontre de sa cupidité et de son impitoyable cruauté.

Au début, il avait trouvé cet endroit sans l'avoir cherché. En tentant de retrouver le Vieux Palais des légendes, il était tombé sur cet ancien cachot.

Il aurait aimé connaître l'histoire de cette oubliette. Elle devait bien en avoir une. Le sentiment d'horreur qu'elle lui inspirait lui disait que c'était un lieu de meurtre et de désespoir.

Le souffle du mal se répercutait sur les murs qui l'entouraient, lui apportant excitation et plénitude alors même qu'il l'accablait. Il lui parlait de pouvoir, de crainte, de trahison. Là, il devenait clairement conscient du peu de valeur des autres animaux, et de l'iniquité d'une situation qui le contraignait à servir le roi alors qu'il aurait fait lui-même un bien meilleur roi. Il pensa au premier meurtre qu'il eût jamais commis. Au fur et à mesure qu'il se plongeait dans l'atmosphère du cachot, le pouvoir de ce lieu s'infiltrait en lui jusqu'à ce qu'il l'entende lui parler. Oui, cela lui parlait. Des mots se formaient clairement, de façon sinistre, dans sa tête et son cœur. C'était les termes d'une prophétie.

« Je serai tout-puissant. Mais celui qui tombe du ciel doit être détruit. »

Celui qui tombe du ciel ? Qu'est-ce que cela signifiait ? Il imagina quelque chose en train de tomber du ciel. Dans l'ombre confinée derrière ses paupières closes, une image se forma. L'image de quelque chose qui tombait du ciel – quelque chose de presque blanc – et ses yeux devinrent douloureux à force de chercher ce que c'était, mais il ne le distinguait pas clairement. Est-ce que cela tombait, ou est-ce que c'était en train de voler ? L'image devenait à présent plus distincte dans sa tête, comme un reflet sur une eau sombre. Quelque chose bougeait dans le ciel… s'approchait… des mots s'assemblaient dans son cœur pour former un autre message.

« Tu n'as rien à craindre jusqu'au jour où les écureuils voleront dans les cieux. »

Des écureuils dans le ciel ! C'était trop ridicule ! On aurait pu aussi bien dire « jusqu'à la fin du monde ». Il n'avait rien à craindre, à jamais ! D'un bond, il fut debout, referma la porte sur le gouffre affamé, et il éclata d'un rire dément dans cette pénombre où nul être vivant ne risquait de l'entendre.

Chapitre 6

Au cours des jours et des semaines qui suivirent les funérailles, Oursin se perfectionna dans son office. Comme Crispin le lui avait promis, il apprit à manier l'épée, en même temps que des choses moins passionnantes comme de savoir quand faire ou ne pas faire une courbette. En tant que jeune écureuil tout nouveau dans la Tour, il jugea plus prudent de faire des courbettes à tout le monde. Il porta des messages. Il apprit à servir à table, et comment nettoyer et faire briller une épée. Il apprit à cuire le poisson, et ne trouva rien à y redire dans la mesure où Pastor ne lui demandait pas de le manger. Il découvrit que l'eau de la source, à la porte de la Tour, était de loin la meilleure que l'on pût trouver dans toute l'île, particulièrement quand elle avait été fraîchement tirée. Il apprit à nettoyer et ranger la chambre de Pastor où flottait en permanence une discrète odeur de poisson fumé. Lorsque même la mousse de la literie se mit à sentir aussi, il jugea préférable de la changer. Son lit à lui commença à ressembler un peu plus à un nid, mais personne ne s'en formalisa. Un beau matin, il était en train de ramasser de la mousse à pleines pattes quand il vit La Semeuse farfouiller dans les hautes branches d'un sorbier, pour cueillir des gerbes de baies rouges et brillantes – mais elle fit semblant de ne pas le voir.

Quand il eut bien tassé la mousse fraîche dans les lits, Oursin alla rendre compte à Pastor. Comme le capitaine était une loutre, cela posait parfois des problèmes, car il pouvait tout aussi bien être allé nager jusqu'à mi-distance de la ceinture de brumes. Le plus souvent, il patrouillait à la nage non loin du rivage, mais cela pouvait impliquer pour Oursin un long périple autour de l'île. (S'il voyait Pastor tournoyant dans l'eau avec Arane, ou bondissant le long du rivage avec elle, il jugeait plus convenable de rester à l'écart pour l'attendre.) Quand il était introuvable, la meilleure chose à faire était de monter dans la tourelle de Frère Sapin et de demander au prêtre la permission de regarder de là-haut. Là, Oursin pouvait compter sur un point de vue panoramique, un accueil chaleureux et une tasse de cordial de baies brûlant si le matin était froid.

Comme il se trouva que c'était le cas ce matin-là, Oursin s'élança dans les escaliers vers la tourelle de Sapin. Il arriva au palier des ateliers pour voir débouler à sa rencontre un rouleau de toile livré à lui-même, et rentrer dedans.

– Regarde où tu vas ! s'exclama la voix de Finaiguille derrière la toile.

– Désolé ! s'excusa Oursin. Qu'est-ce que tu comptes en faire ?

– Prends l'autre bout au lieu de poser des questions stupides, lui dit-elle d'un ton brusque.

Et, à grand-peine, ils transportèrent le gros rouleau de toile dans un atelier avant de le hisser sur une longue table. Oursin put enfin voir le visage de Finaiguille, qui lui parut tendu et préoccupé.

– Ça va, toi ? lui demanda-t-il.

– Bien sûr que ça va ! Ce travail, c'est vraiment bien. Je suis assise à côté d'une gentille hérissonne qui s'appelle Triboulette, elle m'aide à apprendre le métier. Elle a l'air un peu bizarre, mais elle est adorable. Et puis maman a eu le bébé ! Un petit garçon ! On l'a appelé Pantouflet !

– Ah, super ! s'exclama Oursin.

Mais une trace d'anxiété dans les yeux de Finaiguille lui disait que ce n'était pas réellement super.

– Il va très bien se développer, s'empressa-t-elle d'ajouter. Ma maman le nourrit beaucoup, alors il prend du poids.

– Ah, dit Oursin qui sentit son cœur se fendre.

Il savait ce qui risquait d'arriver aux bébés trop petits.

– Il est tout petit ?

– Qui a dit qu'il était tout petit ? répliqua-t-elle sèchement.

Ses épines se hérissèrent et Oursin s'écarta.

– Il n'y a pas de problème de ce genre avec lui. Et sa patte…

– Qu'est-ce qu'elle a, sa patte ? demanda Oursin.

– Quoi ? J'ai dit que quelque chose n'allait pas ? J'ai dit ça ?

Puis elle se laissa tomber sur un banc avec un petit soupir.

– Pardonne-moi. Je sais que je ne suis pas très gentille. Et il n'y a pas de problème avec sa patte, pas vraiment. Elle est juste un tout petit peu repliée. On le remarque à peine, si on ne le sait pas.

– Peut-être qu'il ne l'a pas encore complètement dépliée, suggéra Oursin pour l'aider.

Il ne connaissait rien aux bébés, mais cela lui parut sensé.

– Oui ! s'exclama Finaiguille, dont le visage s'éclaira. Oui, ce doit être ça ! Il ne veut simplement pas encore sortir ses griffes ! Il va être très bien.

– Bon, il vaut mieux que j'y aille, lui dit Oursin. Je cherche le capitaine Pastor.

– Pourquoi tu ne me le disais pas ? Il vient de monter l'escalier pour aller dans la tourelle de Sapin.

Tout le temps qu'Oursin avait passé avec Finaiguille, Pastor avait été avec Sapin dans la tourelle. En tant qu'animal marin, il détestait les hauteurs, mais il y venait quand même souvent, lorsqu'il ressentait le besoin de penser à haute voix. Au lieu de regarder en bas, il fixait la mer, au loin.

– Les équipes de corvée commencent de plus en

plus tôt, dit-il. L'hiver arrive, et c'est le moment où tout le monde n'a pas d'autre envie que de rester au chaud et de trouver de quoi manger. Je sais bien que le travail doit être fait, mais on s'en est bien tirés depuis des années et jusqu'à présent sans que des animaux soient rassemblés avant l'aube, pour se coltiner des madriers toute la journée.

Il se retourna, l'air de trépigner.

– C'est bien pire depuis que Crispin est parti.

– Hum, dit Frère Sapin. Et pourquoi cela, à ton avis ?

– Ou bien le roi est toujours en colère et il en veut à tout le monde, dit Pastor, ou il sait quelque chose qu'il ne nous a pas dit, à nous autres, et qui fait qu'on a besoin de plus de travail, *ou encore*…

Sa queue cingla l'air avec exaspération.

– … ou alors, les ordres ne viennent pas du tout du roi. Je crois que tout cela, c'est l'idée de Bogue, mais il ne pouvait pas en faire autant quand Crispin était là.

– Hum…, dit Sapin.

– Personne d'autre ne passe autant de temps avec le roi que Bogue, fit remarquer Pastor. Je crois que c'est de lui que viennent les ordres mais, comme pour tout ce qui concerne Bogue, on ne peut rien prouver.

– Tu es encore fou de rage à propos du procès, nota Sapin.

Mais il fut interrompu par quelques petits coups discrets toqués à la porte.

– Ça, c'est la façon de frapper d'Oursin.

– Attends dehors, Oursin, cria Pastor.

– Pourquoi est-ce qu'il ne rentrerait pas ? s'étonna Sapin en se penchant avec raideur pour mettre à réchauffer un poêlon de cordial près du feu. Laisse ce petit gars entrer, boire un verre et entendre ce à quoi tu penses à propos du capitaine Bogue.

– Bien sûr que non ! s'indigna Pastor. Ce n'est qu'un jeune page... On ne peut pas le mêler à tout ça !

– Oh, mais il y est déjà mêlé, objecta Sapin. Et il est trop jeune pour qu'on le laisse affronter seul le danger, or, il sera sûrement en danger si on ne le met pas en garde.

Il posa sur Pastor un regard d'une grande intensité.

– Nous ne parlons pas là de n'importe quel petit écureuil, tu le sais bien.

– Il a un grand avenir, je crois, concéda Pastor.

– Oh, Pastor, s'il te plaît ! s'exclama Sapin. Est-ce qu'il faut que je prenne la peine de réfléchir à ta place ? Est-ce qu'il n'y a rien à tirer de cette caboche de loutre ? Réfléchis, tu peux faire ça, non ? Après une nuit d'étoiles filantes, il se passe toujours quelque chose d'important. Après la dernière, le prince Culbute a été assassiné et Crispin exilé. Mais celle qui a eu lieu il y a si longtemps, alors que Crispin et toi n'étiez pas encore capitaines, il ne s'est rien passé de spectaculaire, rien du tout. Sauf si on tient compte de l'arrivée d'un bébé écureuil égaré et en piteux état.

Il éleva la voix :

– Entre, Oursin !

Oursin bondit dans la pièce, tout étonné qu'ils

l'aient fait attendre. Il s'inclina avec aisance devant Sapin, puis devant Pastor.

– Que le Cœur te bénisse, Oursin, lui dit Sapin.

– Que le Cœur vous bénisse, vous aussi, Frère Sapin, et à vos ordres, capitaine Pastor, mon capitaine, bredouilla Oursin.

– Oui, eh bien, mets-toi aux ordres d'une boisson chaude, en attendant. Qu'est-ce qui presse ? lui dit Sapin.

Et il versa le contenu du poêlon dans un gobelet de bois. Un arôme de fruit épicé, brûlant, montait du gobelet qu'Oursin entoura de ses pattes avec gratitude.

– Ton capitaine accepte de perdre son temps avec un vieil écureuil usé comme moi, enchaîna Sapin. Mais fais attention à ne pas l'énerver, Oursin. Il est encore furieux à propos du procès de Crispin.

– Si on peut appeler ça un procès.

Pastor lança un coup d'œil rapide à Sapin, s'agenouilla pour se rapprocher de l'oreille d'Oursin, et baissa la voix.

– Personnellement, je te crois trop jeune pour qu'on te raconte ça, Oursin, mais Sapin pense que tu devrais être mis au courant et il n'a pas l'habitude de se tromper. Je ne sais pas comment Bogue a fait pour truquer le tirage au sort, mais je le soupçonne de l'avoir fait. Et il était mieux placé que quiconque pour tuer le prince. Je ne crois pas qu'aucun de ses témoins puisse être sûr du moment où ils l'ont vu.

Le regard perdu dans son cordial, Oursin agita nerveusement les pattes. Il sentait bien qu'il aurait dû avoir l'air surpris et horrifié, mais il n'y arrivait pas. C'était une évidence à laquelle il ne pouvait se dérober. Bogue portait l'épée. Il était souvent dans le voisinage des appartements royaux. Et il avait pris en charge le tirage au sort qui avait déclaré Crispin coupable. Il se rendait compte à présent que, dans son cœur, il avait toujours su que Bogue pourrait bien être le meurtrier. Il s'était refusé à le croire, mais cela était plausible.

– Tout ce qu'il lui restait à faire ensuite était de faire accuser et exiler Crispin, poursuivit Pastor. Une fois le prince et Crispin hors jeu, il était en tête pour la succession sur le trône.

– La reine pourrait avoir un autre bébé, fit remarquer Oursin.

Pastor haussa les épaules.

– On dit qu'elle y a pratiquement perdu la santé, et la raison aussi, dit-il. Presque personne ne la voit jamais, sauf Lady Belle et les servantes, et Belle est peut-être de mèche avec Bogue. Que les charançons, la peste et ses puanteurs, la pourriture, le tonnerre et les poux soient sur lui, il est en train de prendre toute l'île dans sa patte.

– Hum, lâcha Sapin. Et il est assez intelligent pour parvenir à s'en tirer. Les animaux ne se soulèveront jamais contre le roi. Ils pourraient éventuellement se soulever contre Bogue, mais seulement si on a contre lui une preuve tangible et s'ils se rendent compte qu'il n'agit pas du tout par ordre du roi. Mais cela prendra beaucoup de temps. Il te faut attendre le moment propice, Pastor.

– Y aura-t-il jamais un moment propice ? s'inquiéta Pastor.

– Il y a un temps pour tout, répondit Sapin. C'est comme les marées pour la pêche. À présent, je crois qu'il est temps pour toi de donner tes ordres à Oursin. Mais laissons-le d'abord finir sa boisson.

– Oursin, lui dit brusquement Pastor. Je veux que tu ailles voir le roi.

– Le roi ! s'étrangla-t-il en postillonnant dans son cordial.

– N'importe quel animal a le droit d'aller voir le roi, ne te mets pas dans cet état, lui dit Pastor. Il sera dans la Salle du Trône. J'ai besoin de savoir quels sont ses plans pour l'hiver, et si les magasins sont déjà pleins. Demande des nouvelles de la reine. Garde les yeux et les oreilles grands ouverts, et si Bogue est là, observe-le bien.

Oursin crispa ses pattes sur le gobelet. C'était excitant de se voir confier de tels secrets, mais il avait l'estomac retourné en imaginant Bogue en assassin. Pourtant, il n'aurait rien d'autre à faire que l'observer. Il ne serait pas seul avec lui.

– Oui, mon capitaine, répondit-il. Et, mon capitaine, mon amie Finaiguille a un nouveau petit frère, Pantouflet, ajouta-t-il. Je crois qu'ils s'inquiètent. Il est un peu trop petit.

Par-dessus le bord de son gobelet, il vit Sapin et Pastor échanger un regard.

– Tiens-moi au courant, lui dit Pastor. Et quand je dis « moi », c'est exactement ce que je veux dire. Moi, pas Bogue. Finis ton verre et file à la Salle du Trône.

Oursin sortit par la fenêtre, descendit le mur en crapahutant, rentra par une autre fenêtre – c'était le chemin le plus rapide – et courut dans les couloirs jusqu'aux appartements royaux. Devant la lourde porte de chêne de la Salle du Trône, il était en train de demander aux taupes de garde s'il pouvait parler au capitaine Bogue quand le capitaine en personne sortit brusquement de la salle. Surpris, Oursin fit un bond en arrière, puis prit sur lui pour ne pas avoir peur.

– Tu es le page de Pastor, n'est-ce pas ? lui dit Bogue. Va chercher du vin à la cave. Apporte-le directement ici.

– Oui, mon capitaine, répondit Oursin. Quelle sorte de vin, mon capitaine ?

– Dis à la loutre qui s'occupe de la cave que c'est pour le roi. Elle saura quoi te donner. Allez, file !

Heureux de pouvoir s'échapper, Oursin dévala les escaliers jusqu'à la vaste cave, bien aérée, prit le vin – « j'ai l'impression qu'on en consomme beaucoup, en ce moment », remarqua la loutre de la cave en lui tendant la bouteille – et il revint à toute vitesse.

Juste devant lui, un écureuil qui ressemblait beaucoup à La Semeuse traversa l'escalier et sauta par une fenêtre, mais si rapidement qu'Oursin ne fut pas sûr que ce fût bien elle. Il arriva un peu hors d'haleine à la porte de la Salle du Trône, les taupes le firent entrer, et il attendit à côté de la porte comme Pastor lui avait appris à le faire.

La bouteille dans les pattes et se souvenant des instructions de Pastor, il observait tout. Depuis la mort du prince, le roi avait l'air plus vieux, plus fatigué, avec du gris sur le museau, mais il était toujours le hérisson le plus grand, le plus fort qu'Oursin eût jamais vu, et il gardait la tête haute.

Un feu étincelait dans l'âtre, des lampes luisaient sur les murs et la couronne brillait. Sa patte reposait sur le bras ornementé du trône et une petite table était posée sous son coude avec un verre de vin presque vide. Des tapisseries égayaient les murs de leurs vives couleurs, et les joncs qui couvraient le sol venaient d'être changés.

– Votre Majesté a l'air fatigué, lui dit Bogue. Peut-être a-t-elle mal dormi ?

– Je ne dors plus jamais bien, depuis que..., commença le roi tandis que Bogue hochait la tête avec compassion. Mais nous avons du travail. Je suppose que c'est encore à propos des équipes de corvée, Bogue, non ?

– Rien qui vaille d'inquiéter Votre Majesté, lui répondit Bogue. Avec plus d'animaux, et en commençant plus tôt, nous ne prendrons pas de retard sur le travail.

Le roi se tassa sur son trône, l'air las.

– Je ne comprends pas d'où vient tout ce travail à faire, Bogue, soupira-t-il.

– Eh bien, je crains, Votre Majesté, que ce ne soit parce que nous avons laissé aller les choses, dans le passé. Nous nous sommes montrés négligents, si vous voulez bien me pardonner de m'exprimer ainsi, et nous avons besoin de rattraper le retard. Nous avons très peu d'armes, et ne pourrions nous défendre si c'était nécessaire. Imaginez seulement qu'un certain écureuil – pas besoin de le nommer – ait fomenté une rébellion contre vous, nous n'aurions pas eu les moyens de la combattre. Je n'ose imaginer ce qu'il aurait pu se passer, Votre Majesté. Nous avons donc besoin d'armes. Les taupes sont tombées sur un très bon gisement de grenats. Nous en stockons une partie et vendons le reste pour acheter des épées.

– Des pierres précieuses contre des épées, grommela le roi.

– Alors, si vous vouliez bien donner votre permission, Sire ? lui suggéra Bogue en étalant des feuilles de hêtre sur la table. Cela ne peut être fait sans un mandat du roi.

Le roi leva lourdement la patte, et Oursin put voir qu'il tremblait. Il griffa une feuille pour y laisser sa marque.

– Et nous avons aussi besoin d'un ordre pour les jeunes loutres, pour les faire travailler plus longtemps, ajouta Bogue. Elles ne pensent qu'à aller jouer dans l'eau.

Le roi leva une patte, puis la rabaissa et se laissa retomber en arrière dans son trône. Il esquissa un sourire.

– Laissez-les jouer, dit-il.

– Comme il plaira à Votre Majesté, lui dit Bogue. Où est ce page avec le vin ?

Oursin s'avança, s'inclina et tendit la bouteille. Il se demanda si c'était lui qui était censé verser le vin, mais

Bogue s'empara de la bouteille et remplit le verre du roi à ras bord.

– L'hiver promet d'être long et rude, dit Bogue en mettant le verre dans la patte du roi. C'est ce que prétend Lustré, la taupe, de même que Tay, la loutre. Une taupe fiable, et une spécialiste de notre histoire, elles devraient savoir ce qu'elles disent. Si nous voulons avoir de la nourriture et du combustible pour l'hiver, il faut que tout le monde travaille dur.

– Mais ils travaillent déjà vraiment dur ! s'exclama le roi en portant son regard derrière Bogue, sur Oursin. Qui est-ce ?

– Le page de Pastor, répondit Bogue en faisant à Oursin un signe de la patte. Tu peux te retirer, à présent.

Oursin s'inclina gauchement. Il avait la bouche sèche.

– J'ai un message du capitaine Pastor, mon capitaine, dit-il.

– Cela peut attendre, dit Bogue. Attends dehors.

– Non, page, viens ici, dit le roi.

Il se pencha en avant avec une nouvelle lueur d'intérêt dans ses yeux sombres tandis qu'Oursin s'avançait et s'inclinait devant lui. Pastor ne lui avait pas dit s'il devait regarder le roi dans les yeux, mais il avait l'impression que c'était ce qu'il fallait faire.

– Tu es l'étranger, n'est-ce pas ? finit par lui dire le roi. L'objet trouvé ? Coquillage, ou Étoile-de-mer, ou…

– Oursin, Votre Majesté.

– Bon, eh bien, sers ton capitaine et sois fidèle à cette île, lui dit-il. Quel est le message de Pastor ?

– Je devais vous demander si nous avons assez de provisions pour l'hiver, répondit Oursin en continuant à fixer le regard noir et inquisiteur. Et il a demandé des nouvelles de la santé de la reine.

– La reine dort beaucoup mieux maintenant que Lady Belle veille sur elle, dit le roi.

– Lady Belle est très heureuse d'être utile, intervint Bogue.

– Et Bogue semble bien contrôler tous les plans pour l'hiver, continua le roi. Mais ne devrions-nous pas acheter de la laine, plutôt que des épées ?

– Nous faisons les deux, Votre Majesté, s'empressa de dire Bogue.

Il poussa une feuille en direction du roi et se tourna brusquement vers Oursin.

– Va, et porte la réponse au capitaine Pastor.

Oursin sortit, en fermant la porte derrière lui aussi lentement que possible. Bogue baissa la voix, mais Oursin l'entendait encore.

– Les plus faibles ne survivront pas à un hiver de plus, Votre Majesté, disait-il. C'est triste à dire, mais la seule chose charitable à faire est de continuer à les euthanasier. Voulez-vous que je vous passe votre verre ? Merci, Votre Majesté, et nous avons aussi besoin d'une autre griffe pour ce petit ordre-là… merci.

Oursin en avait assez entendu. Il s'apprêtait à s'élancer par le chemin le plus court possible pour rejoindre Pastor, quand une porte en face de lui s'ouvrit. Dans un nuage de parfum, Lady Belle s'engagea majestueusement dans le corridor, et Oursin dut se serrer contre le mur pour la laisser passer. Elle avait un port de tête altier, une cape d'un jaune lumineux comme une flamme de bougie se gonflait et retombait sur ses épaules et, sur une de ses avant-pattes, l'éclat d'un bracelet fait de baies de sorbier se détachait sur son pelage. Sur ses talons, La Semeuse s'empressait.

– Merci, La Semeuse, disait Belle. Je suis sûre que tu feras une excellente suivante. Présente-toi devant moi ce soir. Et je vais parler au capitaine Bogue de ce hérisson.

De ses griffes bien polies, elle toqua à la porte de la Salle du Trône.

La Semeuse avait juste eu le temps d'apercevoir Oursin. Elle se retourna pour lui faire un sourire malveillant.

– Tu n'es pas le seul à être invité à la Tour ! siffla-t-elle, et elle s'éclipsa.

Oursin fonça dans le couloir. Cette fois-ci, il trouva en travers de son chemin un grand écureuil à la carrure impressionnante et au pelage ras. Levant les yeux, Oursin le trouva antipathique dès le premier regard.

– Où est-ce que tu penses aller ? lui cracha l'écureuil avec mépris.

– Sur le rivage, monsieur.

– Alors, vas-y par l'autre côté, lui ordonna l'écureuil.

– Oui…, répondit Oursin d'un ton hésitant.

Il ne connaissait pas le nom de cet écureuil, et préférait ne pas avoir à l'appeler « monsieur » de nouveau s'il pouvait s'en dispenser.

– Je m'appelle Granit, grogna l'écureuil en tendant vers le visage d'Oursin, à bout de patte, des griffes dures et recourbées.

Oursin banda tous ses muscles. Son réflexe instinctif avait été de tressaillir, mais il n'était pas du genre à montrer sa peur à une brute. Les griffes effleurèrent rapidement ses moustaches. Dans son cœur, il eut un mouvement de recul, mais il se força à rester strictement immobile et l'écureuil lui redit son nom :

– Je m'appelle Granit. N'oublie pas.

Chapitre 7

Oursin se précipita hors de la Tour pour retrouver l'air pur et salé du rivage. On était à marée basse, et il bondissait sur le sable ferme et humide au milieu des algues et des débris de coquillages. La rangée de poteaux d'amarrage en bois sortait de l'eau, et des bateaux étaient attachés à certains d'entre eux. Au large, Pastor et Arane nageaient côte à côte, mais le moment ne se prêtait pas à la discrétion à leur égard et Oursin sauta sur le haut d'un poteau en se servant de sa queue pour rester en équilibre, et il appela Pastor. Il s'était attendu à le voir lui faire un signe de la patte et, après avoir lentement fait demi-tour, revenir vers lui avec nonchalance, mais Pastor tourna rapidement sur lui-même et fendit les flots vers le rivage avec Arane à sa suite.

– Puis-je vous parler en privé, mon capitaine ? s'enquit Oursin.

– Tu peux tout dire devant Arane, dit Pastor en se secouant pour sécher sa fourrure. Mais on va faire un tour au bord de l'eau.

Il les emmena à bonne distance de la Tour. Oursin lui fit son rapport, en bafouillant tellement au début à force de vouloir tout dire à la fois que Pastor dut l'arrêter et lui demander de recommencer.

– ... vous aviez donc raison, l'idée des équipes de corvée et de toutes ces choses ne venait pas du roi, conclut-il. Ou en tout cas, c'est le capitaine Bogue qui lui dit ce qu'il doit penser.

– Est-ce que le roi demandait du vin lui-même ? demanda Pastor.

– Il n'en avait pas besoin, lui répondit Oursin. Bogue n'arrêtait pas de remplir son verre. Et puis Lady Belle prend La Semeuse comme servante, et elles parlaient d'un hérisson. Je pense que La Semeuse doit l'avoir mise au courant à propos du petit frère de Finaiguille et qu'elle va le dire au capitaine Bogue.

– La peste soit sur eux ! murmura Arane.

La bouche de Pastor se tordit en faisant trembler ses favoris.

– Je vais voir ce que je peux faire, dit-il. Rien d'autre ?

Quand Oursin lui eut parlé de Granit, il s'arrêta et prit une longue inspiration.

– Granit, de l'armurerie ? dit-il. J'ai toujours pensé que c'était un sale voyou griffu, mais il s'est débrouillé pour faire partie du Cercle. Puis Crispin lui a confié la responsabilité de l'armurerie, ce qui était une bonne idée, puisque Granit aime les armes mais qu'en fait, l'armurier n'a pas à s'en servir contre quiconque. S'il rôde dans les couloirs, il y a de quoi s'inquiéter.

Puis il se pencha vers Oursin avec un sourire.

– Je veux dire que je dois m'inquiéter, pas toi.

– Mais, mon capitaine, lui dit Oursin, quand ils font une euthanasie…

– C'est très rapide, répondit Pastor. Le mieux est d'attendre que le gamin soit profondément endormi, puis de le faire si vite qu'il ne se rend compte de rien. Bon, je t'ai inscrit pour une leçon d'escrime, et on me dit que tu fais de grands progrès. Va vite retrouver le maître d'armes.

– Oui, mon capitaine, dit Oursin, mais, pour ce qui est du petit Pantouflet…

– Je ferai ce que je pourrai pour lui, conclut Pastor. C'est tout.

Oursin courut prendre sa leçon d'escrime. Si Pastor ne pouvait pas sauver le bébé hérisson, il le ferait lui-même.

Dans la Salle du Trône, Bogue emplissait encore le verre du roi.

– Vous avez bien raison, Votre Majesté, disait-il. De tous les animaux du Cercle, c'est Granit qui fera le meilleur capitaine.

Le roi fronça les sourcils.

– Bogue, j'avais dit que le meilleur, c'était la loutre Tay, fit-il remarquer.

– Oh, oui, Votre Majesté, mais c'était avant que

Granit n'ait été proposé. Tay est un grand érudit, mais ce n'est pas un leader. On a mentionné Lustré, la taupe, mais le problème avec les taupes, c'est qu'on n'est jamais sûr de savoir où les trouver. Pastor a proposé Arane, bien sûr. Il n'a pas toujours été bien inspiré dans le choix de ses amis, non ? Donc…

– Oh, bon, alors, je vais envisager Granit, dit le roi d'un air fatigué.

Bogue s'inclina, et quitta le roi en laissant la bouteille à moitié vide à portée de sa patte. De retour dans ses appartements personnels tendus de rouge foncé et dont les fenêtres étaient habillées de rideaux épais, il se mit à rire. De nouvelles euthanasies éviteraient d'avoir à se préoccuper de faire passer l'hiver à des enfants estropiés. Il y avait d'autres bouches à nourrir. Il était impatient d'euthanasier le nouveau hérisson. Granit serait utile, comme capitaine. Il était imbattable au combat, en tant que garde du corps il serait invincible, et il ne se compliquerait pas la vie en se posant trop de questions. Il ferait ce pour quoi il était payé.

« Mais je suis, de toute façon, invincible, se dit Bogue. Je n'ai rien à craindre jusqu'au jour où des écureuils voleront dans le ciel. » Comme ces paroles prophétiques lui avaient été inspirées dans le cachot, on pouvait s'y fier. Là-bas, le mal était si puissant qu'il avait une voix, si secret que même Belle ne devait pas en entendre parler, mais il s'exprimait avec sa voix à lui, qui surgissait du centre de lui-même comme une tige tordue. Il serait bientôt roi d'Outrebrume, et quiconque ne serait pas d'accord se retrouverait collé au mur avec une épée pointée sur le cœur. Et pourquoi se limiter à Outrebrume ? Il y avait des îles plus grandes et plus riches à conquérir.

Lustré, la taupe, pourrait poser un problème. Il pourrait être jaloux de Granit. C'était quelqu'un d'utile, mais il remarquait trop de choses. Mieux vaudrait lui trouver une occupation qui le tiendrait à l'écart.

Bientôt, il allait y avoir un mariage splendide et un festin pour entretenir le moral du commun des mortels. Les plus stupides d'entre eux avaient déjà oublié Crispin.

Trois jours et trois nuits s'étaient écoulés lorsque, bien au-delà des brumes, Crispin tira son bateau hors de l'eau et le mit à l'abri en haut du rivage, s'étira pour chasser toute raideur de ses membres, et prit son épée. Déjà, il avait accosté sur une île infestée de serpents et sur une autre où il avait eu à subir l'attaque d'essaims de crabes malintentionnés. Dans les deux cas, il n'avait dû son salut qu'à ses réactions rapides et à son habileté à l'épée. Mais cette île-là semblait plus accueillante.

Il s'engagea sur un sentier qui montait entre des hêtres et des noisetiers, en grignotant les noisettes qu'il trouvait sur son chemin, et en se guidant grâce au bruit d'une eau courante, jusqu'à ce qu'il tombe sur un ruisseau à l'eau claire et fraîche, où il se lava le visage et les pattes avant de continuer son chemin.

Le sentier finissait par déboucher sur un lac plus vaste que tout ce que Crispin aurait pu imaginer. Des arbres s'y reflétaient. Il était bordé de roseaux et parsemé de nénuphars. Ici et là on y apercevait des îlots minuscules avec, sur chacun, un arbre et quelques broussailles. Quand un poisson venait agiter la surface de l'eau, des rides la parcouraient doucement et des bulles s'y formaient, éphémères.

– C'est le Cœur qui m'a amené ici, murmura Crispin, et il rendit grâces.

Le bruit assourdissant d'un furieux battement d'ailes le fit se jeter en arrière, la patte sur la poignée de son épée. Des ailes blanches vinrent s'interposer dans son champ visuel, un coup douloureux sur sa patte envoya son épée tournoyer loin de lui, et Crispin se retrouva levant les yeux vers le visage sifflant de colère d'un énorme cygne blanc.

– Qu'est-ce que tu oses venir faire ici, espèce de rat des bois ? cracha le cygne.

Crispin ne recula pas, mais jamais il ne s'était trouvé si proche d'un cygne. La taille de celui-là était impressionnante.

– Je suis ici un étranger, monsieur, dit-il. Crispin, capitaine d'Outrebrume.

– Appelle-moi Altesse ! Lord Colarqué ! le reprit le cygne d'un ton méprisant. Ta place est dans les bois, rat des bois ! Ici, c'est l'étang ! Réservé aux cygnes !

Derrière le cygne, sur le lac, Crispin apercevait ses petits au plumage gris-brun en train de flotter au milieu des nénuphars. Soudain, quelque chose qui bougeait près d'eux attira son attention. Le cygne lui faisait tout un cours sur les lois en vigueur dans l'île, mais Crispin ne l'écoutait pas. Il fixait du regard ce mouvement glissant entre deux eaux, assez près de la surface pour qu'il pût voir le long corps vigoureux.

Un serpent d'eau ! Il en avait vu parfois, en Outre-brume. Ce n'était peut-être qu'une espèce de poisson parmi d'autres, mais ils étaient assez gros et assez forts pour attirer vers le fond et dévorer un jeune animal. D'habitude, c'étaient les loutres qui s'en occupaient, mais Crispin avait appris de Pastor ce qu'il fallait faire avec les serpents d'eau.

Sa main se posa vivement sur son épée. Le cygne arqua son cou pour le frapper, mais déjà, il bondissait dans l'eau.

– Serpent d'eau ! cria Crispin.

Et, pendant que les petits cygnes se dispersaient, il se jeta sur le dos de l'affreuse créature, se pencha en avant et plongea son épée de toutes ses forces dans le palais de cette bouche ouverte, en poussant pour l'y faire entrer. Le serpent se cabra et frappa violemment l'eau, et Crispin s'accrocha des deux pattes à la poignée de son épée. Il la tenait encore quand le serpent agonisant le jeta en l'air et que le cygne le rattrapa en saisissant sa queue dans son bec.

L'oiseau le tira jusqu'au bord où il le déposa. Crispin se releva, se secoua pour sécher son pelage et essuya son épée sur l'herbe, tout cela surplombé par le cou arqué du cygne, dont la compagne était en train d'écarter ses petits de l'énorme cadavre sanglant du serpent d'eau.

– Courageux, pour un rat des bois, remarqua le

cygne. Nous aurons peut-être à nouveau recours à tes services. Tu peux continuer à vivre sur cette île, dans les bois, avec les autres rats arboricoles.

Il darda un regard aigu et dur vers le corps inerte.

– Serpent d'eau ? C'est un brochet. Un brochet, rat des bois. Qu'est-ce que c'est ?

– Un brochet, Altesse, lui répondit Crispin.

Il se disait qu'il finirait par s'y habituer. Il entendit des gloussements de rire derrière lui. Il faillit se retourner pour regarder, mais se rappela juste à temps que tourner le dos à Lord Colarqué pourrait être considéré comme une insulte impardonnable. Aussi, bien qu'il continuât à entendre des rires étouffés derrière lui, attendit-il que le cygne se fût majestueusement éloigné, et il se retourna pour voir qui c'était.

Un groupe de jeunes femelles écureuils s'était assemblé pour assister à la scène. La seule d'entre elles qui ne soit pas en train de glousser s'avança vers lui.

– Les cygnes sont comme ça, dit-elle d'une voix douce. On s'y habitue. Je suis Murmure. Et vous, qui êtes-vous ?

En cette fin d'après-midi, Oursin était de garde à la Porte de la Source, avec le soleil déclinant dans les yeux. Il se frottait les pattes pour se réchauffer quand Pastor apparut et ordonna à une taupe de le relayer.

– Bonne nouvelle, dit Pastor. Suis-moi.

– Le petit frère de Finaiguille ? demanda Oursin plein d'espoir.

– Chaque chose en son temps, lui répondit Pastor en

pressant le pas pour entrer dans la Tour. Le mariage de Bogue et Belle approche.

– Ah, dit Oursin. Et c'est bon pour nous ?

– C'est excellent ! s'exclama Pastor. Comme Bogue est en train de passer commande de chanteurs, de robes, de bijoux et de je ne sais quoi, il laisse le roi tout seul. Allons-y vite, avant qu'il revienne !

Ils se hâtèrent à travers les couloirs tendus de tapisseries, en direction de la Salle du Trône. Là, Oursin resta un pas derrière Pastor, mettant un genou en terre en même temps que son capitaine, et coulant un regard vers le sourire las du roi. Granit se tenait derrière le trône, redressant les épaules. Les poils d'Oursin se hérissèrent.

– Pastor, dit le roi dont la diction parut à Oursin assez embrouillée. Toi avec qui j'avais l'habitude de patrouiller sur le rivage. Tu emmenais le petit prince faire un tour dans ton bateau ! Il adorait l'eau !

Une larme coula le long de ses joues et quand il leva une patte pour l'essuyer, Oursin baissa les yeux.

– Tu veux quelque chose, Pastor ?

– Bonne nouvelle, Votre Majesté, lui répondit-il. Le bébé hérisson qui est né chez Mme Ramblen est magnifique et plein de santé, et il poussera bien. Pas besoin d'euthanasie.

Il regarda le roi droit dans les yeux.

– Un beau petit hérisson mâle, Votre Majesté.

– S'il doit bien pousser, qu'on le laisse grandir, murmura le roi en se tamponnant les yeux avec un napperon. Un bébé hérisson.

– Merci, Votre Majesté ! s'exclama Oursin avant de rougir en se rappelant qu'on ne l'avait pas invité à parler.

Il sentit le regard du roi sur lui, et leva la tête avec appréhension.

– Est-ce que je ne t'ai pas vu avec Bogue ? s'étonna le roi. Il doit bientôt se marier, tu sais. Qu'allons-nous faire sans Lady Belle ? La reine l'adore. J'ai offert à Bogue un cadeau de mariage, mais il ne veut que des bijoux pour sa femme. Tu devrais te marier, Pastor. C'est terrible, la solitude. Si tu veux épouser ton amie la loutre, vous avez ma permission.

Pour une fois, Pastor sembla à court de mots. Cela ne dura qu'un instant.

– Je ne sais pas du tout si elle veut m'épouser, Majesté, mais j'espère qu'elle pourra être notre nouveau capitaine.

Les pattes du roi eurent un tic nerveux.

– Oh, Pastor, répondit-il. J'ai déjà fait de Granit notre nouveau capitaine.

– Peste, poux et pourriture ! marmonnait Pastor tandis qu'ils s'éloignaient à grands pas de la Salle du Trône. Que les puces et les vers dévorent toute cette engeance !

– Mais on peut avoir plus de trois capitaines, lui fit remarquer Oursin en se hâtant pour rester à sa hauteur.

– Pas tant que Bogue dirige tout.

– Vous avez sauvé la vie de Pantouflet, lui dit Oursin.

– Oui, je suppose que oui, admit Pastor. Va le dire à Finaiguille.

Oursin se rua vers les ateliers. Il se demandait si Finaiguille y serait encore mais, apparemment, tout le monde travaillait tard. Elle vint à la porte, l'air anxieux et un peu perdu, avec des brins de fils pris dans ses piquants. Oursin lui apprit la nouvelle en restant bien en arrière pour le cas où elle aurait voulu le serrer dans ses bras.

– Je vais demander la permission d'aller le dire à maman. Je crois qu'ils vont me laisser y aller, mais il y a tellement de travail tout d'un coup. Tu es au courant du mariage ? Regarde un peu ça !

Elle ouvrit une porte.

Les yeux d'Oursin se dilatèrent de stupéfaction. Il y avait partout de la dentelle, aussi fine et blanche qu'un nuage. Elle pendait des supports et traînait par terre dans toute la pièce.

– Elle va être si belle ! s'exclama Finaiguille. Mais il y a des kilomètres et des kilomètres de broderies à faire et, en principe, elle doit porter une tiare avec des pierres précieuses, alors toutes les taupes sont en train de creuser comme des folles, et puis on doit faire une nouvelle robe pour le capitaine – on dit que c'est pour un écureuil, mais ça doit en être un très grand. Et le capitaine Bogue a déjà commandé de nouvelles tapisseries. Viens, je vais te montrer.

Oursin la suivit à travers le long atelier où les tapisseries presque terminées pendaient sur leurs châssis. Elles étaient magnifiquement réalisées, avec des couleurs lumineuses et des fils d'or et d'argent, et montraient comme d'habitude des rois et des reines, des héros et des capitaines du passé.

– Il y a plus d'écureuils que n'importe quoi d'autre, remarqua Oursin.

– Je sais, concéda Finaiguille. On finit par être à court de laine rouge écureuil. Le capitaine Bogue en a racheté sur les bateaux de commerce.

Il y avait quelques hérissons, mais pratiquement jamais de loutres ni de taupes. Oursin allait de l'une à l'autre – des écureuils sur des trônes, des écureuils avec des épées, des écureuils dans les arbres. On racontait qu'il existait un Vieux Palais souterrain des taupes, quelque part dans l'île, sous les racines d'un arbre. Ce n'était probablement qu'une vieille légende et il ne devait rien y avoir de vrai là-dedans, mais Oursin avait toujours aimé cette histoire. Eh bien, là, le Vieux Palais était représenté lui aussi sur une tapisserie mais, au lieu d'une taupe, c'était un écureuil seigneurial qui y siégeait sur le trône.

– Les rochers, lui dit Finaiguille.

– Pardon ?

– Les rochers, répéta Finaiguille. Ce que je dois faire, moi, c'est surtout les rochers, parce que je suis la nouvelle. Triboulette fait les parties plus compliquées – les robes et ces trucs-là.

– J'étais en train de regarder les têtes, lui dit Oursin. Tu as remarqué ? Toutes les femelles ressemblent à Lady Belle. Et tous les mâles ressemblent à Bogue.

Chapitre 8

Le gel commença à apparaître le matin. Il y avait de la glace sur les pelages et les moustaches, une autre glace blanche et mince qui craquait sous les pattes dans le Bois des Anémones, une glace délicate qui rendait les feuilles mortes craquantes et scintillait sur la mousse. Les nuits étaient rudes et âpres, et la lune montait haut au-dessus de la Tour d'Outrebrume dans un ciel clair. On allumait le feu dans l'âtre et les cœurs de pommes de pin grignotées étaient jetés dans les flammes. Pastor et Oursin passaient de longues soirées avec Sapin.

Les préparatifs pour le mariage occupaient toutes les journées. On entraînait les gardes d'honneur. On fabriquait de nouvelles capes et de nouvelles robes et on réparait les anciennes. On décorait la Salle des Assemblées. Des provisions s'entassaient dans les cuisines. Dans les bois ou dans les eaux, sur les rivages, partout, on ne parlait que du mariage. Quand ce n'était pas Bogue qui se trouvait dans la Salle du Trône, le roi était gardé par le capitaine Granit.

Le soir précédant le mariage, épées, plats d'argent et trompettes furent astiqués jusqu'à ce qu'ils étincellent à la lumière des bougies. On se lissait les moustaches, on se lavait le poil, on se coupait les griffes. Pomme vint à la Tour avec un petit pot d'une crème rouge foncé faite d'un mélange de pollen et de cire pour qu'Oursin se frotte le haut des oreilles et le bout de la queue avec, afin d'en accentuer la couleur. Oursin la remercia, bien que fermement décidé à ne pas s'en servir. Il se dit que Finaiguille pourrait aimer cela et, après le départ de Pomme, il l'emporta aux ateliers.

Il trouva Finaiguille encore à son établi, piquant toujours avec un mince fil blanc une soie neigeuse mais, d'épuisement, elle semblait au bord des larmes. Une femelle hérisson au dos voûté se tenait à côté d'elle et emballait des choses d'un blanc mousseux dans des boîtes. Des draps blancs étaient étalés sur toute surface visible, et même sur le plancher. Quand Oursin apparut d'un bond en ouvrant le pot de crème rouge, Finaiguille poussa un cri perçant et se mit en boule.

– Va-t'en ! gémit-elle. Rebouche ça *tout de suite* !

– Mais ce n'est que de la crème ! protesta Oursin.

Cela ne ressemblait pas à Finaiguille.

– Sors ça d'ici ! hurlait Finaiguille de l'intérieur de la

boule. Emporte-le et fais attention à ce que ça ne touche rien ! Et va te laver les pattes !

L'autre hérissonne caressait doucement Finaiguille sur le dessus de la tête. Maintenant qu'Oursin la voyait de près, il se rendit compte que son visage aurait dû être laid, avec son air écrabouillé et de travers, mais que ses yeux étaient bons.

– Tout va bien, petite Finaiguille, disait-elle d'un ton apaisant. Il n'y a pas de dégâts.

Par-dessus Finaiguille, elle eut un regard pour Oursin, qui était resté sur le pas de la porte sans savoir quoi faire.

– Elle est fatiguée. Et il est très important qu'on ne fasse pas de marques sur les costumes du mariage, alors on ne peut pas avoir ici une crème de couleur. Ne t'en fais pas, tu ne pouvais pas le savoir. Je lui ai dit qu'elle devrait aller se coucher, et que je finirais ici quand j'aurais livré tout ça. Je m'appelle Triboulette – c'est moi qui l'ai formée.

Finaiguille se déplia très lentement. Quand Oursin revint après s'être lavé les mains, elle s'était calmée.

– Désolée, dit-elle d'un ton las. J'en ai assez des robes de mariage de Lady Belle. On a encore sa traîne à finir. Ces choses que Triboulette vient d'emballer, c'est pour les taupes d'honneur, ça doit être livré aux appartements royaux. Et c'est tout de blanc pur. Blanc sur blanc sur blanc. Cela me fait mal aux yeux. Et la plus petite touche de couleur ficherait tout en l'air, alors, *s'il te plaît*, Oursin, n'apporte plus jamais ici de pollen rouge poisseux.

– Excuse-moi, dit Oursin. Je peux porter ces cartons dans les appartements royaux, si cela vous arrange.

– Cela nous aiderait beaucoup, dit Triboulette.

Finaiguille parvint à sourire.

– Je verrai Pantouflet demain, dit-elle. Je lui ai fait sa petite robe personnelle avec des chutes de tissu. On aura tous un peu de temps libre après le mariage, alors je pourrai aller à la maison pour la lui apporter. C'est le seul avantage d'être ici. On n'a pas beaucoup de congés et je n'arrive pratiquement pas à voir ma famille et le reste de la colonie. Je suis impatiente de lui mettre sa petite robe, plus encore que d'assister au mariage et au festin. Tu porteras quelque chose de spécial ?

– Plus ou moins, répondit Oursin. Juste une cape verte qu'on a mise à mes mesures.

Elle avait peut-être appartenu à Crispin autrefois, il n'en était pas sûr, mais il aurait bien aimé. Même dans ce cas, la couleur qui allait bien aux vrais écureuils rouges ne rendait jamais vraiment bien sur lui.

– Tout ça est prêt à être emporté ?

Triboulette empila des cartons sur ses pattes et le mit en garde contre la tentation de grimper par les fenêtres. Oursin partit au petit trot pour les appartements royaux en maintenant son chargement en équilibre précaire, et en regardant par-dessus les boîtes pour voir où il allait. Il était presque arrivé aux appartements de Lady Belle quand quelqu'un lui rentra dedans violemment par-derrière. Le carton du dessus bascula, oscilla et dégringola. Des fleurs de soie blanche s'éparpillèrent en tous sens sur le plancher.

– Maladroit ! s'exclama La Semeuse dans son dos en le dépassant, très affairée et l'air important. Et puis n'essaie pas de les ramasser, tu ne réussirais qu'à les salir. Laisse-moi faire.

– Comme tu voudras, lui répondit Oursin.

– Je suis vraiment très occupée, mais je crois que je ferais mieux de le faire moi-même, dit La Semeuse qui ne semblait pas trop occupée pour s'arrêter et faire la causette.

Bloquant le passage, elle se tenait au beau milieu du couloir, serrant une petite fiole violette dans sa patte.

– Lady Belle et moi avons des choses très importantes à faire. Demain, je devrai veiller sur la reine. Elle est extrêmement malade.

– Va-t-elle plus mal ? s'enquit Oursin avec inquiétude.

– Elle est très malade, vraiment, et Lady Belle se fait énormément de souci à son sujet, annonça La Semeuse. Et comme demain, c'est le mariage, il faudra que je veille sur elle car je sais tout ce qu'il faut faire.

Elle jeta un regard derrière elle et ajouta à voix basse :

– On ne peut pas faire confiance aux servantes taupes. Je vais manquer le mariage, mais peu m'importe. La reine a besoin de moi.

– La Semeuse ! appela Belle de l'intérieur de la chambre de la reine.

– Excusez-moi, ma dame, Oursin me retient pour bavarder avec moi, dit La Semeuse.

Et elle prit des pattes d'Oursin les autres boîtes.

– Je vais déjà ranger celles-là pour l'instant.

– Les respects du capitaine Pastor à la reine, dit Oursin.

Et il fila à toute vitesse avant que La Semeuse ait pu lui dire de s'en aller. Il se demandait comment faisait Finaiguille pour supporter les ateliers. Il avait vu assez de ces petites choses de dentelle blanche pour le restant de ses jours.

La reine, décharnée et hagarde, reposait dans son lit à baldaquin, soutenue par des oreillers. Les fenêtres étaient étroitement fermées, et le feu maintenait la pièce dans une chaleur soporifique. Les yeux de la reine restèrent fermés quand La Semeuse entra en portant les cartons.

– C'était ce page de Pastor ? lui demanda Belle en se penchant au-dessus de la reine.

– Oui, ma dame, répondit La Semeuse d'un air dégoûté. Voici les cartons des ateliers, sauf celui qu'il a laissé tomber, et puis voici le médicament, ma dame.

– Tu sais exactement ce que tu dois faire ? s'enquit Belle.

– Si elle va plus mal, sept gouttes dans le petit verre d'eau, dit La Semeuse. Et ranger soigneusement la fiole dans votre coffret de bois, car c'est un médicament spécial réservé à la reine.

– Et si tu as la moindre inquiétude à son sujet, même si on est au milieu de la cérémonie, n'hésite pas à envoyer quelqu'un me chercher, dit Belle. Ça m'ennuie vraiment de te faire manquer le mariage, La

Semeuse, mais je sais que la reine sera en de bonnes pattes.

– Cela ne me dérange pas, ma dame.

– Je suppose que ce page sera de service, soupira Belle. Il fait tache dans le décor. Je trouve ça vraiment très ennuyeux qu'on ne sache pas d'où il vient, ni rien de ce qui le concerne. C'est très déstabilisant. Il pourrait être n'importe qui, ou n'importe quoi.

À l'idée enthousiasmante d'avoir quelque chose à raconter, La Semeuse sentit une onde de chaleur la parcourir.

– Oh, à ce propos, ma dame, je ne sais pas exactement d'où il sort, mais j'en sais plus que la plupart des gens. Je peux vous révéler un secret à son sujet.

Bogue essaya sa nouvelle robe et posa le bandeau d'or sur sa tête. Demain, il en porterait un orné de pierres précieuses, et le roi se faisait un plaisir d'offrir des colliers en sautoir à Belle.

Les pierres précieuses, c'était la richesse, et la richesse permettait de tout acheter. Elle pouvait acheter le pouvoir. Dans les équipes de corvée, on grommelait à propos des horaires interminables et de la dureté du travail, mais un bon banquet de noce les ferait taire.

Il avait donné des ordres pour que tous les animaux à euthanasier lui soient amenés. Les parents intelligents considéraient comme un honneur que leurs minables petits avortons soient mis à mort par la griffe pleine de compassion du premier capitaine du roi.

Mais, ces derniers temps, un trop grand nombre d'entre eux avaient été confiés à un garde et finalement livrés à Pastor.

Pastor se mêlait de ce qui ne le regardait pas, comme toujours. Il avait même obtenu la grâce pour ce nouveau hérisson chétif. Il fallait montrer à Pastor qui était le chef. Au milieu de tout le remue-ménage du mariage, personne ne mettrait en doute un contrordre. Il fallait qu'on lui livre ce bébé. Bogue ressentait le besoin de tuer.

Chapitre 9

L'aube ne pointait pas encore. Dans sa petite chambre près de la Porte de la Source, Oursin se tortilla pour s'enfoncer plus avant dans la tiédeur de son nid et ferma hermétiquement les paupières. Pastor le secouait pour le réveiller.

– Lever matinal, lui disait-il d'un ton joyeux. Qu'est-ce que tu dirais d'aller nager avant le petit déjeuner ?

Oursin se mit en boule et enroula la couverture autour de ses épaules.

– Il n'y a qu'une seule chose qui soit encore meilleure, c'est de nager et de prendre en même temps son petit déjeuner. Tu veux que je t'apporte un poisson ?

– Oisson é-in-ai, grommela Oursin.

– Tu peux répéter ? demanda Pastor.

Oursin sortit la tête en clignant des yeux.

– Le poisson, c'est infect, dit-il en bâillant, et il se fourra de nouveau sous sa couverture.

Il en émergea juste le temps d'ajouter « mon capitaine » puis disparut à nouveau en dessous.

– Sois debout et paré quand je reviendrai, lui intima Pastor. Trouve-toi une belle petite mare gelée pour t'y plonger la tête. Ça éclaircit les idées !

En riant et après un petit coup de pied sans méchanceté dans le nid, Pastor s'éloigna. Cela fit un plouf quand il se glissa dans le ruisseau, et Oursin se rendormit.

Il rêvait d'un banquet de noce où on ne servait rien d'autre que du poisson quand il fut éveillé par des coups violents et furieux frappés à la porte. À peine l'avait-il déverrouillée qu'elle s'ouvrit à la volée et qu'il se retrouva projeté puis plaqué brutalement contre le mur avec Finaiguille lui criant au visage :

– Espèce de menteur, de répugnant écureuil bouffé de vers, qu'est-ce que tu as à me dire ? hurlait-elle. Toi et ta répugnante loutre visqueuse, je vous hais, je vous hais tous les deux !

Elle lâcha une patte pour s'essuyer les yeux, et Oursin put se libérer. Il se frotta le cou, là où ses griffes l'avaient écorché.

– Qu'est-ce que j'ai fait ? s'étrangla-t-il.

– Ce que tu as fait ? Ce que tu n'as pas fait, plutôt ! vociféra-t-elle en le frappant de ses deux pattes. Tu avais promis qu'ils ne prendraient pas mon petit frère ! Tu avais promis !

Oursin lui saisit les poignets pour qu'elle arrête de le frapper.

– Qu'est-ce qu'il s'est passé ? demanda-t-il. Dis-moi !

La gorge nouée, elle avala sa salive avant de pouvoir continuer :

– Ils sont venus ce matin, sanglota-t-elle. Deux gardes sont venus. Ils ont amené ici ma maman avec Pantouflet parce qu'on va l'euthanasier. Elle est là-haut dans mon atelier, pour l'instant, pleurant toutes les larmes de son corps et le câlinant tant qu'elle peut encore le faire. Ça, on peut dire que tu as fait du beau travail !

– Viens avec moi, lui dit Oursin.

Il l'entraîna à sa suite par la Porte de la Source et ils virent Pastor qui remontait vers le haut de la plage en secouant l'eau de ses oreilles. Au grand dam d'Oursin, il n'était pas seul. Il n'aperçut même pas Oursin, car il parlait par-dessus son épaule à Granit qui le suivait à quelques pas.

– Je crains qu'il ne soit bon à rien, disait Pastor d'un air détaché. Cela fait maintenant des mois qu'il est avec moi, et il n'y a rien à en tirer.

Il fit un geste d'adieu de la patte, se détourna de Granit et, en voyant Oursin et Finaiguille, leur souhaita la bienvenue avec sa bonne humeur habituelle.

– Quelque chose ne va pas ?

Oursin ne pouvait plus prononcer un mot. Il était trop abasourdi. Il savait bien qu'il y avait quelque chose qu'il devait dire à Pastor, mais ce qu'il venait d'entendre lui avait, d'un coup, vidé le cerveau.

– Mon frère ! lui dit Finaiguille d'un ton brusque. Oursin me disait que vous l'aviez sauvé, et maintenant, on l'a amené à la Tour !

Le regard de Pastor sauta d'Oursin à Finaiguille et revint à Oursin.

– Où ? demanda-t-il d'un ton pressant.

– Atelier, bafouilla Oursin en essayant de se reprendre.

– Dans mon coin des ateliers, sanglota Finaiguille.

– Montre-moi le chemin ! lui dit Pastor avant de suivre Finaiguille en courant.

Oursin voulut les suivre, mais Pastor lui cria pardessus son épaule :

– Trouve Traînelapatte, la taupe !

Trouve Traînelapatte. Il ne savait même pas par où commencer à chercher, et tout ce qu'il avait envie de faire, c'était de trouver un trou dans un arbre pour s'y cacher. Il avait fait de son mieux et pensait s'en être bien tiré. Il avait travaillé dur, obéi aux ordres, et bien appris tout ce que Pastor lui avait enseigné, du moins le pensait-il. Et voilà ce que Pastor pensait de lui. « Un bon à rien. Il n'y a rien à en tirer. » Il aurait pu au moins garder son opinion pour lui au lieu d'en faire part au capitaine Granit.

Mais après tout, Pastor n'était peut-être pas si formidable que ça. Il n'avait pas sauvé Pantouflet. Oursin revint vers la Tour en traînant les pieds. Trouve Traînelapatte.

En l'honneur de cette journée, des étendards blancs flottaient au-dessus de chaque tourelle. Oursin se redressa et releva la tête. Aujourd'hui, il allait leur montrer, à Pastor et à eux tous. Aujourd'hui, il allait faire en sorte que personne ne puisse le traiter de bon à rien. Comme ça, demain, il irait voir Pastor et lui dirait : « S'il vous plaît, mon capitaine, je sais que vous pensez que je suis un bon à rien et qu'on ne peut rien tirer de moi, alors, je suis désolé de vous avoir fait perdre votre temps. Peut-être que je devrais retourner dans les bois et… »

… et quoi ? Empiler du bois de construction sur des bateaux, se dit-il avec amertume. Rien de comparable avec le fait d'être un écureuil de la Tour.

Il aurait pu tenter sa chance avec un bateau pour aller retrouver Crispin ! Ce n'est pas Crispin qui aurait dit de lui qu'il n'était qu'un bon à rien ! Mais tout ça, c'était pour demain, et aujourd'hui, il allait les éblouir. Aujourd'hui, il allait être génial, aujourd'hui…

… il trouverait Traînelapatte. C'était un début.

Ce ne fut pas facile. Les taupes gardiennes de la Tour étaient en train de s'aligner pour former une garde d'honneur, les taupes des bois ne savaient pas grand-chose, et celles qui n'avaient rien à dire faisaient semblant d'être débordées, très importantes, et se contentaient de dire « sais pas », « il est parti », ou « pousse-toi de là, l'écureuil ». Enfin, alors qu'il remontait seul un couloir, il discerna une petite paire de pattes de taupe qui venaient dans sa direction à vive allure sous un tas de bûches.

– Traînelapatte ! cria Oursin qui se sentit tout de suite mieux.

– Qui l'demande ? s'enquit la voix.

– Le capitaine Pastor, répondit Oursin.

Et il s'empressa d'enlever quelques bûches sur le dessus, jusqu'à ce que lui apparaisse le museau grisonnant de Traînelapatte la taupe.

– C'est urgent. Il est aux ateliers.

– Qu'est-c'qu'il veut ?

Il laissa tomber les bûches et, d'un coup de pied, les envoya rouler en direction d'Oursin.

– Des capitaines ! Trop de capitaines, si tu veux mon avis. Donne-nous un coup de patte. Ce que tu vois là, c'est pour la Salle des Assemblées.

– C'est urgent ! insista Oursin.

Traînelapatte jeta un coup d'œil autour de lui, appela à la rescousse un petit groupe de jeunes écureuils qui étaient en train de répéter un chant pour la cérémonie, et leur laissa le soin de faire rouler les bûches jusqu'à la Salle des Assemblées. Oursin expliquait le problème de Pantouflet tandis que Traînelapatte trottinait sur ses talons, et ils arrivèrent au pied de l'escalier menant aux ateliers.

– Sacrés escaliers, grommela Traînelapatte en montant péniblement derrière Oursin.

Ils furent poussés fermement sur le côté par deux gardes écureuils encadrant la loutre Tay, qui transportait entre ses pattes quelque chose d'enroulé dans une couverture.

En haut de l'escalier, ils trouvèrent Finaiguille et sa

mère, serrées l'une contre l'autre et sanglotant convulsivement. Sans se soucier des piquants, Pastor les étreignait toutes les deux.

Pastor était donc compatissant, mais il n'avait pas sauvé le petit Pantouflet pour autant. Oursin bondit dans les escaliers, qu'il dévala à la suite de Tay et de son escorte. Tay se retourna en entendant le bruit de ses pattes.

– Retourne voir ton capitaine, ordonna-t-elle. Remonte cet escalier tout de suite !

Oursin n'avait pas la moindre intention de retourner voir Pastor. Il se jeta par la fenêtre la plus proche, escalada le mur et, se doutant du chemin que Tay allait prendre et regardant par une fenêtre, puis par une autre, réussit à la suivre à la trace. Apparemment, la petite troupe se dirigeait vers la façade sud de la Tour, où Bogue avait ses appartements au-dessus de la Salle des Assemblées.

Oursin repéra la petite fenêtre de la chambre de Bogue et jeta un coup d'œil à l'intérieur. La pièce était assombrie par la tenture rouge sombre, mais il vit que Bogue était encore à l'intérieur, et s'accroupit vivement sous le rebord de la fenêtre. De là, il entendit la porte s'ouvrir et la voix autoritaire de Tay congédier les gardes.

– Vous pouvez vous retirer.

Il entendit la porte se refermer.

– Le voilà, capitaine Bogue. Je l'ai bien drogué avec une décoction de pavot. Comme ça, il va dormir jusqu'à ce que vous ayez le temps de vous occuper de lui.

– Laissez-le sur la banquette à côté de la fenêtre, lui ordonna Bogue. On n'a pas le temps pour l'instant. Mets-lui quelques gouttes de plus pour être sûr qu'il se tienne tranquille jusqu'à la fin du mariage, et je le ferai après. J'aurais préféré régler ça tout de suite, mais…

– Cela met du sang sur les robes, mon capitaine ! acheva Tay.

Oursin était en train de perdre sa prise sur le rebord de la fenêtre. Il tâtonna avec ses pieds, et tint bon.

– Exactement, acquiesça Bogue. Est-ce que sa mère a fait des histoires ?

– C'était la sœur la pire, répondit Tay. Et Pastor a essayé de s'en mêler. Il a discuté, en disant que le roi avait ordonné que l'on épargne celui-ci, mais je connais la loi mieux que lui. Il a posé nettement moins de problèmes que cette petite hérissonne aux mauvaises manières. On devrait lui couper les piquants.

– Ne vous occupez pas d'elle, lui dit Bogue. Je devrais déjà être dans l'antichambre. Merci, Tay.

Oursin lâcha prise. Il tomba, se débattit, fit tournoyer sa queue, rétablit son équilibre sur le premier rebord qui se présenta et revint à toute allure aux ateliers pour retrouver Pastor, en percutant Traînelapatte au passage.

– Tu es en retard, lui dit Traînelapatte. Le capitaine veut te voir. Salle des Assemblées.

Après avoir jeté un coup d'œil autour de lui, il chuchota :

– T'as trouvé le p'tit ?

– Dans la chambre de Bogue, lui répondit Oursin à voix basse. Sur une banquette à côté de la fenêtre.

– Vivant ?

– Oui, mais ils l'ont drogué.

Traînelapatte lui fit un clin d'œil.

– Laisse-moi faire, dit-il.

Et il s'éloigna en se dandinant avant même qu'Oursin ait pu lui demander ce qu'il allait faire. Oursin se rua en direction de la Salle des Assemblées et tomba sur Pastor montant les escaliers à toute vitesse tout en remettant son bandeau d'aplomb sur sa tête.

– Où étais-tu passé ? lui demanda Pastor, qui n'attendit pas de réponse. Écoute. Dans la Salle des Assemblées, les trônes du roi et de la reine sont juste en face des fenêtres. Je suis d'un côté, Granit de l'autre. Ton boulot est de te tenir à la porte de l'antichambre pour le cas où on aurait besoin de quelque chose. Viens m'aider à passer ma robe.

Tout l'éclat que l'île pouvait offrir en hiver était concentré dans la Salle. Du lierre descendait des appuis des fenêtres ou débordait des vases. Des branches de houx aux baies brillantes et des plantes à feuillage persistant étaient suspendues aux fixations des torches sur les murs, et on retrouvait partout l'or sombre des graines, offertes à profusion. On avait apporté des ateliers rubans et guirlandes, de couleur argent ou blancs comme neige, et tous les animaux qui possédaient cape ou chapeau les portaient. Il y avait des casquettes à plumes, des bonnets à fleurs, et toutes sortes de couronnes et de diadèmes faits de feuillages d'hiver. Oursin aperçut le bonnet de Pomme longtemps avant de la voir elle-même. Son couvre-chef était décoré de boutons de rose fanés et si vieux qu'Oursin ne pouvait se rappeler une époque où ils n'auraient pas été là. Mais, pour chaque événement important, elle y ajoutait une garniture de plus. Aujourd'hui, un anneau de plumes de goéland l'ornait et la chatouillait en dépassant du bord.

Sur un banc, un chœur de petits écureuils en robes blanc et argent était assis. Ils étaient serrés les uns contre les autres et chuchotaient tout en faisant effort pour ne pas trop s'agiter. Quand Pastor et Oursin traversèrent la Salle, des têtes se tournèrent. Les babillages excités s'éteignirent avant de repartir de plus belle quand ils eurent tourné pour aller dans l'antichambre.

Tay était en train d'aider le capitaine Granit à mettre sa robe. D'une patte ferme, elle la lissait sur ses larges épaules. Il fit une grimace.

– Un stupide petit animal a laissé une épingle ici, dit Tay d'un ton sévère, en retirant l'épingle de la couture avec autant de précautions que s'il s'était agi de quelque chose de désagréable au toucher. On devrait punir ces animaux de l'atelier.

– Ils ont dû faire très vite pour que tout soit fini à temps, madame, remarqua Oursin en sortant du coffre la robe de Pastor.

Tay se retourna en lui jetant un tel regard qu'Oursin pensa qu'elle allait le frapper.

– Ne parle que quand on s'adresse à toi, écureuil ! lui intima-t-elle. Tu n'es qu'un page ! Vous ne pouvez pas le tenir un peu, Pastor ? Il est complètement ignorant ?

Oursin se pencha sur la robe en se mordant très fort l'intérieur de la lèvre. Pastor et Granit le trouvaient déjà bon à rien, et maintenant, voilà qu'il venait de le confirmer aussi à Tay.

– Je crois qu'Oursin voulait juste vous prévenir que vous risquiez d'y trouver d'autres épingles, fit observer Pastor en tournant le dos à Tay un instant pour pouvoir adresser à Oursin un sourire rapide. C'était bien ça, Oursin ?

– Oui, mon capitaine, répondit-il, soulagé que l'on vienne à son secours.

Il bondit sur une chaise pour aider Pastor à enfiler sa robe, en essayant d'oublier qu'il était un bon à rien et de se rappeler comment mettre une robe.

– C'est n'importe quoi, dit brutalement Tay. Personne n'a jamais dit à ce page comment on doit porter une robe ? Le col devrait être plus haut. Avec quelle agrafe est-ce que vous l'avez fermée, Pastor ? Il faut replier le poignet gauche de telle sorte que…

– C'est comme ça que je la porte, Tay, dit Pastor d'un ton las. Ne faites pas tant d'histoires. Personne ne s'en formalisera.

– Si le roi ou le capitaine Bogue voient quelqu'un dont la robe est mal mise, ils pourraient prendre cela pour une marque d'irrespect, dit Tay.

– En présence de Lady Belle dans sa robe de

mariage, je suis sûr que le roi et le capitaine Bogue n'auront pas un regard pour moi, observa Pastor.

Il fit à Oursin un sourire malin avant d'ajouter :

– Et bien sûr, Tay, vous aussi, vous allez les éblouir.

Tay se contenta de froncer les sourcils.

– Vous n'avez pas cité la reine, dit-elle.

– Je doute que la reine soit en assez bonne santé pour assister à la cérémonie, lui répondit Pastor. Oursin, va transmettre mes respects à Sa Majesté.

– Dis-leur que je me suis enquise de la santé de la reine, et que je lui adresse mes vœux de rétablissement, cria Tay à Oursin qui se précipitait vers les appartements royaux.

Il était en train de parler avec une servante taupe à la porte quand La Semeuse déboula, tout affairée, en tablier blanc.

– La reine ? dit-elle. Elle ne va pas assez bien pour se rendre au mariage. Aujourd'hui, c'est moi qui m'occupe d'elle. Je te l'ai dit hier soir. Tu ne m'écoutais pas ?

– Le capitaine Pastor lui adresse ses respects, dit Oursin.

La Semeuse fronça le nez comme si les respects du capitaine Pastor ne valaient pas la peine de se déranger, mais quelqu'un cria son nom.

– Attends ici, lui dit-elle.

Il y eut une brève conversation à voix basse.

– Envoie-nous Mme Tay.

Tay fut enchantée qu'on la demande. Elle revint bien vite et donna des instructions à tout le monde, y compris Oursin, avec des « page, tiens ceci », ou « page, trouve-moi cela », ou encore « page, ôte-toi de mon chemin », jusqu'à ce que Pastor lui rappelle de qui Oursin était le page, avant de l'envoyer, lui, mettre sa cape. Pour finir, quand Oursin eut l'impression d'avoir reçu des ordres d'à peu près tous les animaux de la Tour, une trompette sonna. Le mariage allait commencer.

Il se mit en place à côté de la porte. La musique enfla, emplit toute la Salle et fit taire les animaux excités. Frère Sapin prit place sur l'estrade. Le roi fit alors son entrée, avec, haute et majestueuse, la couronne ornée de joyaux sur la tête, la patte sur le pommeau de son épée, la cape de lourd velours pourpre flottant sur ses épaules. Oursin le regarda avec un respect nouveau. Voilà le genre de roi dont on pouvait être fier, ne ressemblant pas du tout à celui qui lui était apparu dans la Salle du Trône, le verbe embrouillé et la patte tremblante.

Mais ce fut seul qu'il traversa à grands pas la Salle. La musique s'interrompit. Dans un silence gêné, Tay apporta la couronne de la reine sur un coussin de velours et la déposa sur le fauteuil vide. Voilà, se dit Oursin, pourquoi on l'avait envoyé chercher.

Bogue entra ensuite, et le silence embarrassé fit place à un tonnerre d'acclamations. Oursin le fixait, stupéfait. Est-ce que tous les capitaines s'habillaient ainsi pour leur mariage ? Il se dit qu'il devait y avoir une sorte de règle dont personne ne lui avait parlé. Jamais auparavant, il n'avait vu de robe de capitaine avec des pierres précieuses dans l'ourlet du bas et au col, ni de bandeau de capitaine orné d'émeraudes et de grenats. Mais alors qu'on avait accueilli le capitaine Bogue avec des acclamations, ce fut dans un silence émerveillé que Lady Belle apparut sur le seuil.

Des nuages de soie et de la plus fine dentelle se gonflaient autour d'elle comme des fleurs de cerisier. Des diamants scintillaient dans son pelage. Sur sa tête, la couronne de mariée étincelait, et sa traîne flottait derrière elle sur le sol. Elle était d'une beauté stupéfiante, à couper le souffle et il n'était pas une créature en Outrebrume qui ne tombât en adoration devant elle.

Pastor et Granit avaient dû entre-temps rejoindre leurs places. Pastor avait vu juste. Personne ne faisait attention à eux.

Dans une pièce où le feu de bois maintenait une chaleur étouffante, La Semeuse se pencha sur la reine, couchée inconsciente au milieu des draperies d'or et de pourpre. Son souffle était faible, sa peau sèche et ridée. Quand La Semeuse lui prit la patte, elle se tourna sur le côté et se roula en boule.

La Semeuse aurait bien aimé qu'il y eût quelqu'un à qui demander de l'aide. Il y avait des servantes taupes, mais Lady Belle se montrait cinglante à leur sujet – « des domestiques utiles, mais elles ne savent rien et se montrent incapables d'apprendre ». Tout reposait sur La Semeuse.

Elle était censée envoyer chercher Lady Belle si la situation devenait sérieusement alarmante, même en plein milieu du mariage. Bon, elle n'était pas encore sérieusement alarmée, mais inquiète quand même. Elle envoya une servante voir où en était la cérémonie, juste au cas où.

– Cela va aller mieux, Votre Majesté, disait-elle. Bientôt, cela ira mieux.

Mais elle ne le croyait pas, et doutait que la reine Fuseaux l'eût entendue. La reine s'agitait sur sa couche, essayait de parler, et se rendormait.

– Ils sont en train d'échanger leurs anneaux, lui dit la taupe tout excitée quand elle revint. Je veillerai la reine si vous voulez jeter un coup d'œil.

La Semeuse secoua la tête. Elle savait ce qu'elle avait à faire. Elle prit la fiole de verre violet, l'agita et prépara le médicament comme Lady Belle le lui avait appris, en comptant bien les gouttes. Puis elle glissa une patte sous la tête de la reine.

« Pauvre Belle, se disait Oursin en regardant le mariage. Peut-être ne sait-elle pas comment est Bogue en réalité. »

Le bandeau de Bogue étincelait, reflétant la lumière de dizaines de chandelles. Le moment était venu pour le roi de parler. Belle, quand elle s'assit, s'installa comme sur des chardons.

– Cette année a été bien sombre pour Outrebrume, commença le roi, et l'hiver nous prive de l'éclat du soleil. Mais, en cette saison de peine dans nos cœurs et d'hiver sur notre terre, nous accueillons avec bonheur cette magnifique journée. Le capitaine Bogue et Lady

Belle ont réjoui nos cœurs, notre pays et ensoleillé notre avenir. Ils m'ont demandé une faveur pour vous tous, et je suis heureux de vous l'accorder. Vous aurez tous une journée de congé demain !

Il y eut une longue acclamation, assourdissante, et on jeta des chapeaux en l'air. Oursin espéra que Pomme ne grommellerait pas à voix haute sur le fait que « de mon temps, on s'arrêtait de travailler une journée quand on en avait envie et on n'avait à demander la permission de personne, et le travail, il était fait quand même » mais, si elle le fit, personne ne l'entendit. Quand les cris s'éteignirent, et que l'on eut ramassé les chapeaux, le roi continua :

– Aucun d'entre vous n'a pu voir avec quelle dévotion Belle s'est occupée de la reine dans sa maladie et dans son chagrin. Lady Belle est aussi sage et bonne qu'elle est belle, et mérite tout l'honneur qu'Outrebrume peut lui apporter. Avec elle, comme en toutes choses, le capitaine Bogue a fait un choix judicieux. Sans l'amitié de Bogue, sans ses conseils et son aide, je trouverais qu'être votre roi est une tâche bien pénible et solitaire.

Sa voix s'étrangla, et il s'arrêta une seconde pour se reprendre.

– Bogue est comme un fils pour moi, acheva-t-il rapidement avant de se rasseoir.

Frère Sapin fit un signe de tête au chœur d'écureuils pour qu'ils entonnent leurs chants. Des serveurs et des serveuses s'éclipsèrent pour aller mettre leurs tabliers. Il y aurait bientôt un festin, de la danse et des spectacles, et cela se poursuivrait tard dans la nuit.

*

Des appartements royaux, La Semeuse entendait la musique. On devait avoir commencé à danser et à festoyer. Les servantes taupes avaient fait parvenir à leurs amies dans les cuisines des messages chuchotés avec des gloussements de rire, et des plateaux de nourriture et de vin arrivèrent par un escalier de service. Tandis que les servantes dansaient dans le couloir, La Semeuse grignotait des noix confites en veillant la reine.

Sa respiration semblait à présent ralentie. La Semeuse lui prit la patte. Elle la sentit molle.

– Votre Majesté ? dit-elle. Votre Majesté ?

La reine prit une longue inspiration, à grand-peine. Puis plus rien. Les yeux de La Semeuse s'écarquillèrent. Elle avait soudain chaud et froid. La respiration suivante arriva, longue et rauque. Puis une longue pause. Encore un souffle rauque. La Semeuse courut à la porte et secoua comme un prunier la première servante qu'elle put trouver.

– Va chercher Lady Belle ! lui ordonna-t-elle. Tout de suite !

Dans la Salle des Assemblées, on avait l'impression que la fête ne s'arrêterait jamais. On avait repoussé les tables, et des assiettes de douceurs y étaient restées au milieu des miettes et des taches de vin. Les jeunes animaux s'étaient retrouvés sous les tables pour manger des amandes sucrées et du massepain.

Oursin se demandait si Traînelapatte avait réussi à sauver Pantouflet – il avait certainement prévu quelque chose – mais Traînelapatte était invisible. En attendant, il fit semblant d'être occupé, car il ne tenait pas à danser s'il pouvait l'éviter. Ses leçons de danse venaient à peine de commencer, et il n'était pas sûr du tout de savoir s'y prendre. Mais cela lui avait permis de découvrir que danser *avec* une hérissonne était beaucoup moins risqué que de danser à proximité, et qu'Arane n'avait pas l'air de se soucier du nombre de fautes qu'il pouvait faire. Il devait danser avec Pomme, mais cela demandait un grand effort pour ne pas boiter quand il se séparait d'elle après. Il partit à la recherche de Pastor avant qu'elle pût lui demander de recommencer. Avec un peu de chance, il se verrait confier un travail utile qui lui permettrait à la fois d'impressionner Pastor et d'éviter de danser, mais il se rendit compte un peu tard que Pomme le suivait.

– Madame Pomme, lui cria Pastor, vous ne m'avez pas accordé une seule danse de toute la soirée ! Vous ne m'évitez pas, par hasard ? Me ferez-vous l'honneur ?

Il jeta à Oursin un coup d'œil ultra-rapide.

– Oursin, tiens-moi ma robe, tu veux bien ?

Oursin suivit du regard Pastor qui traînait péniblement Pomme à travers la salle. Puis il fut gagné par le sentiment désagréable d'être en train de les espionner, et il se retourna pour voir une taupe sombre, visqueuse, détourner les yeux aussitôt. C'était Lustré, qui avait plaidé contre Crispin au procès. Oursin frissonna, puis oublia Lustré en apercevant La Semeuse et une taupe de garde se faufiler à travers la foule.

Ils chuchotèrent à l'oreille de Bogue, qui les écouta, les congédia et marcha à grands pas vers le trône. Il se passait quelque chose. À présent, Bogue emmenait le roi et Frère Sapin vers les appartements royaux. Pastor, interrompant sa danse avec Pomme, se joignit à eux et Oursin leur emboîta le pas, portant toujours la robe turquoise de Pastor posée sur ses deux pattes. Il s'attendait à ce qu'on lui demande de se tenir à l'écart, mais Pastor se contenta de lui dire :

– On peut avoir besoin de toi dans les appartements royaux, Oursin, mais débarrasse-toi d'abord de cette robe, je n'en aurai plus besoin ce soir.

Oursin emporta la robe dans l'antichambre et la posa par terre pour la mettre bien à plat avant de la plier. La porte une fois fermée, c'était comme si la Salle bondée était dans un autre monde. Il était seul dans ce calme rafraîchissant, et tranquille. Une seule lampe brillait.

La neige tombait, flottant dans la nuit en épais flocons ouatés. Oursin laissa la robe par terre, se dirigea vers la fenêtre et posa ses pattes sur l'appui. Le silence était tel qu'on entendait les vagues glisser doucement sur la plage et, pensant à Crispin, il pria, comme il le faisait toujours, pour que le Cœur l'ait en sa sainte garde. Crispin lui manquait plus que jamais, Lui qui avait toujours un mot gentil.

Il se retourna pour ouvrir à deux pattes le lourd couvercle du coffre. La robe vert et or de Bogue s'y trouvait toujours – bien sûr, puisqu'il portait la nouvelle aujourd'hui, sa magnifique robe de mariage.

La personne qui avait rangé cette robe, quelle qu'elle pût être, ne l'avait pas fait comme il fallait. Elle allait se froisser s'il posait celle de Pastor par-dessus. Il la lissa et sentit des faux plis sous sa main. Il faudrait la sortir et la plier de nouveau. Il la souleva bien haut pour la secouer et, en faisant bien attention à ne pas se prendre les griffes dans les broderies, entreprit de la défroisser.

Au fond du coffre, quelque chose voltigea. Oursin se pencha pour regarder de plus près. Trois feuilles séchées s'y étaient posées, et il tendit la main pour les attraper.

Si cela avait été des feuilles parfumées, il aurait compris leur présence ici. Elles auraient servi à écarter les mites, ou à parfumer les robes. Mais ce n'était là que de simples feuilles de hêtre. Il les retourna en les élevant vers la lampe.

Sur chacune d'elles, il y avait une marque de griffes. Celles de Crispin.

Oursin n'était pas sûr de ce que cela pouvait signifier, mais il comprit que c'était important. L'ourlet de sa cape verte avait été cousu à la hâte et les points en étaient lâches et longs. Tout doucement, pour cacher les feuilles sans les abîmer, il les fit glisser dans l'ourlet entre les coutures. Il fallait prévenir Pastor.

Chapitre 10

Dans la chambre royale, la reine reposait en paix au milieu d'épais oreillers. Le roi lui tenait la patte. Frère Sapin se tenait au bout du lit et Pastor, Belle et Bogue, gardant respectueusement leurs distances, avaient pris place près de la porte.

Une fois, la reine avait ouvert les yeux et souri au roi. Plus tard, elle avait dit, nettement mais d'une voix très basse, « Belle ». Puis la respiration lente, rauque, avait repris et les pauses entre chaque inspiration et la suivante s'étaient prolongées, jusqu'à ce que la dernière ne vînt plus.

Belle s'avança et tâta le pouls sur le cou de la reine. Elle se tourna vers Frère Sapin, secoua la tête et se retira.

Personne n'avait remarqué qu'Oursin avait pris place sur le seuil. Il sentit à l'épaule une secousse brutale, et le capitaine Granit le poussa pour passer. Il donna l'impression de vouloir aller tout droit vers le roi, mais Lady Belle leva la patte pour le prévenir et Bogue lui murmura quelque chose à l'oreille.

– Cela va achever le roi, chuchota Belle.

Le roi releva la tête.

– J'aimerais, dit-il d'une voix basse et en articulant avec peine, j'aimerais ne pas avoir banni cet écureuil félon. En tuant notre fils, il l'a détruite. J'aimerais l'avoir ici, maintenant, pour pouvoir le mettre en pièces de mes propres griffes et de mes propres dents. Où qu'il puisse être, qu'il soit frappé par ma malédiction !

Frère Sapin ne dit rien, mais il leva la patte comme pour arrêter la malédiction. Bogue fit signe à Pastor de se rapprocher de lui.

– La seule question, lui dit-il, est de savoir si nous devons le dire à tout le monde maintenant, ou plus tard.

– Ce sera bien assez tôt demain matin, lui répondit fermement Pastor. Laissons le roi faire son deuil en paix. Nous pouvons l'annoncer à la première heure demain. En attendant, donnons des instructions aux serviteurs pour qu'ils débarrassent les plats et demandent aux musiciens d'arrêter de jouer, tous comprendront qu'il est temps de s'en aller.

Il se retourna et remarqua enfin la présence de son page.

– Viens m'aider, Oursin.

Oursin se précipita à la suite de Pastor, qui murmurait des instructions à l'oreille des serviteurs. Très vite, on débarrassa des tables, les torches furent éteintes l'une après l'autre, et les animaux gagnèrent la sortie de la Salle des Assemblées, certains bâillant, les plus petits dormant déjà et se laissant porter. Pastor avait beau être remarquablement organisé dans sa façon de mener son monde, il faudrait un certain temps pour évacuer la Tour.

– Trouve-moi Bogue ! cria-t-il à Oursin. Il ne serait pas de trop ici ! Ou au moins, découvre ce qu'il est en train de faire !

Trouver Bogue ! Pas question de couper à travers la foule pour gagner les appartements royaux, mais le page Oursin avait appris à connaître une quantité d'escaliers dérobés et de couloirs peu utilisés. Il venait de tourner à droite dans un passage conduisant au pied d'un escalier, sous la Salle, avant de revenir en arrière de l'autre côté, quand il aperçut un écureuil qui tournait un autre coin à toute vitesse.

Ce ne pouvait être Bogue… mais ça lui ressemblait. C'était la teinte de son pelage, et sa façon rapide de se déplacer.

– Capitaine Bogue ? cria-t-il, mais l'écureuil s'était déjà éclipsé sans l'avoir entendu.

À toutes pattes, Oursin se rua derrière lui, mais eut à peine le temps de voir l'écureuil tourner le coin suivant et franchir une porte à toute allure.

Cette fois-ci, il en était sûr, c'était Bogue. Il était non moins sûr que Bogue ne souhaitait pas être suivi, et encore plus sûr que ce serait pourtant le cas.

Se glissant dans l'ouverture presque invisible, il put juste apercevoir Bogue en bas d'un escalier. Il le suivit en silence. À l'escalier succédait un couloir, qui se transformait ensuite en tunnel plongé dans une profonde obscurité. Se guidant au bruit de pattes et au frôlement d'un pelage sur les parois du tunnel, Oursin suivit. S'il s'arrêtait pour réfléchir à ce qu'il était en train de faire, il pourrait bien faire demi-tour, aussi décida-t-il de ne plus penser. Juste suivre.

Le tunnel devenait plus sombre, plus étroit, plus poussiéreux. Oursin était doté d'une bonne vision nocturne, mais il ne discerna bientôt plus que des formes et des ombres plus noires que la nuit, sans pour autant ralentir. Sans doute valait-il mieux ne rien voir. L'odeur terreuse du souterrain se mua en une puanteur de moisissure répugnante. Le froid glacial, humide, le pénétrait à travers sa fourrure. Quelque chose de poisseux se prit dans ses oreilles. Il courait, épaules rentrées au maximum et tête basse, en s'efforçant de ne pas toucher les parois. Quelque chose fit un bruit de succion. Serrant les dents, s'exhortant à être courageux, il continua à courir. « Le capitaine Crispin m'a choisi pour page. Je dois faire mes preuves. »

Cela devenait de plus en plus froid, de plus en plus humide et sombre. Il marqua le pas, tendant l'oreille désespérément pour guetter le bruit des pattes. S'il perdait le contact avec ce son-là, il pourrait bien rester coincé là…

Il pourrait se perdre.

Pour combien de temps ? Il continuait à courir en

frissonnant de peur. Il n'aurait jamais dû venir, et il était trop tard pour faire demi-tour. Si, à un seul tournant, il se trompait, il pourrait bien se trouver perdu sous terre pour toujours. Dans cette obscurité suffocante, quelque chose de froid goutta sur sa tête, des ailes invisibles lui fouettèrent le visage, sa cape se prit dans quelque chose. Il se mordait les lèvres jusqu'au sang. Le tunnel rétrécissait encore. La terre le pressait de toutes parts.

Il eut des sueurs froides. L'air était vicié, moite, et l'ombre si épaisse qu'il avait l'impression de la respirer. Ses pattes pataugeaient. « Continue à tendre l'oreille. » S'il faisait demi-tour, il pourrait bien ne jamais trouver la sortie, mais que se passerait-il s'il continuait ? Si Bogue l'attrapait ? Il n'y avait personne pour l'entendre crier. Dans ce profond souterrain, personne d'autre que lui-même et un meurtrier. Son estomac se serra, en une nausée de terreur.

« Oh, aide-moi, Cœur, priait-il avec désespoir. Oh, s'il te plaît, Cœur, écoute-moi. » Si jamais il s'en sortait, se dit-il, cela ferait une histoire passionnante à raconter à Finaiguille. Il lui fallait ignorer l'obscurité, l'odeur et le froid, et ne faire qu'écouter, en progressant pas à pas. Il ferma les yeux. Cela ne changeait rien à sa vision, mais il entendait avec plus d'acuité.

Une porte grinça. Il ouvrit les yeux et crut voir l'éclat d'une fourrure blanche sur le poitrail d'un écureuil. Puis la porte craqua à nouveau, et ce fut tout.

Une bouffée d'un air glacé, pestilentiel, le fit presser ses pattes sur sa bouche, mais ce qui l'accompagnait était bien pire. C'était l'horreur. Quelque chose de maléfique se tendait vers lui, s'insinuait dans l'air à partir de cette porte, puis à présent fonçait sur lui, suintant de pourriture et de toute la cruauté dont la haine est capable… Puis il entendit un son qui le glaça, paralysant tous ses nerfs avant même qu'il se rendît compte de ce que c'était.

C'était un rire sans en être un, plutôt quelque chose comme un hurlement désespéré. La voix de Bogue était à peine reconnaissable, mais c'était bien lui qui riait. Ce n'était pas de la joie qu'exprimait ce rire, mais de la férocité, de la démence, le mal à l'état pur.

Le rire hideux s'arrêta brusquement. Il y eut un murmure, comme si Bogue parlait tout seul, mais Oursin ne distinguait pas ses paroles. Les yeux écarquillés, les oreilles dressées, le poil hérissé, il battit en retraite. Le sentiment d'horreur était trop écrasant. Il ne recula que de quelques pas. Mais alors, il posa la patte sur quelque chose de gluant qui lui fit perdre l'équilibre et il trébucha, en se raccrochant follement à la paroi de terre. Cela fit un bruit presque imperceptible, mais dans un endroit aussi isolé ce fut comme le tonnerre. Il se figea, terrifié. Il entendit des pas. Le capitaine Bogue l'avait entendu.

Pendant une seconde, Oursin ne put faire un mouvement… puis il fit demi-tour et prit la fuite, à toutes pattes, martelant furieusement de ses pas des tunnels qu'il ne pouvait voir. Un vague sens de l'orientation lui suggéra qu'en continuant tout droit et en montant, il ressortirait par où il était entré, devant l'escalier dérobé jouxtant la Salle des Assemblées. Il lui fallait échapper à l'obscurité, à la puanteur et à ce mal suffocant avant d'être rattrapé et piégé par lui pour toujours.

Une vague impression de fraîcheur dans l'air lui redonna espoir. « Sauve-toi, sauve-toi, sauve-toi », martelaient ses pattes au rythme où elles frappaient le sol. Ses poumons lui faisaient mal. Le tunnel devint plus propre, plus large. Bonne chose. Il y avait un escalier. Il pouvait sortir. Le sol était plus ferme sous ses pas, il courait sur un plancher que l'on avait balayé, nettoyé. Il devait se trouver à présent dans le bâtiment principal de la Tour. Il devait y avoir des gardes dans le voisinage, mais comment pourrait-il s'expliquer ?

Il faisait encore noir, mais il s'agissait là de l'obscurité normale, sans danger, d'une chambre, la nuit. À en juger par la distance parcourue et par les escaliers qu'il avait montés, il devait se trouver en dessous de la Salle des Assemblées. Bien. Il y aurait une fenêtre. De là, il pourrait sauter, courir à la Porte de la Source et retrouver Pastor.

Un grand courant d'air frais vint à sa rencontre et il l'aspira avec reconnaissance. Une fenêtre était ouverte. Il se ramassa sur lui-même pour bondir.

Mais il s'était trompé. Il se trouvait un étage plus haut qu'il ne l'avait pensé. La fenêtre était à la hauteur de la Salle des Assemblées, juste au-dessus des rochers.

Chapitre 11

La plupart des écureuils de l'île aux Cygnes donnaient à Crispin la nostalgie d'Outrebrume. Au début, ils l'avaient ignoré. Peu à peu, ils l'acceptèrent en découvrant qu'il était rapide quand il cueillait et mettait de côté des noisettes pour l'hiver, et qu'il gardait un souvenir précis de l'endroit où il les avait cachées. Mais ce n'était qu'un tas d'animaux sans cervelle, étourdis, incapables de fixer leur attention plus d'une seconde ou deux, et Crispin languissait d'avoir une vraie conversation, ne serait-ce qu'avec Pomme.

Murmure était différente. Il était sûr qu'elle n'était pas du tout de l'île aux Cygnes. Elle l'aidait à s'y retrouver, et lui apprenait qui était chacun. Elle l'écoutait quand il lui prenait l'envie de parler d'Outrebrume, et le comprenait s'il préférait éviter le sujet. Il avait de plus en plus souvent envie d'être avec elle et ils passaient de plus en plus de temps ensemble.

Les cygnes restaient fiers et distants et continuaient à le traiter de rat des bois, mais ils l'appréciaient. Ils tiraient profit des qualités qui avaient fait de lui un bon capitaine – son courage, son intelligence, la rapidité avec laquelle il évaluait une situation, son habileté à l'épée. Et puis, il y avait Murmure. Il avait l'impression de n'être vraiment lui-même que lorsqu'il était avec elle.

Crispin s'étonnait de pouvoir ainsi s'accommoder d'une vie sans cérémonies, sans la Tour, et sans aucun de ses amis d'Outrebrume. Parfois, il aurait donné n'importe quoi pour rentrer chez lui, mais alors il lui suffisait de se dire que, s'il était resté dans son île, il n'aurait jamais connu Murmure. Il apprenait à vivre loin d'Outrebrume. Mais ce qui continuait à lui déchirer le cœur, c'était de savoir que, dans son propre pays, son nom était celui d'un traître, d'un assassin, déshonoré, et qu'il n'y pouvait absolument rien.

Un après-midi d'hiver où, pensant à son île, il regardait Murmure se laver en s'éclaboussant le visage de l'eau d'un ruisseau, il lui demanda :

– Y a-t-il une chose que tu désires plus que tout au monde ?

Elle n'était pas souvent prise au dépourvu mais, à cet instant, elle parut tout à fait incapable de formuler la moindre réponse. Elle se concentra soudain très intensément sur un nœud de sa fourrure qu'elle essayait de démêler.

– Toi d'abord, lui dit-elle.

– Si je ne pouvais demander qu'une seule chose, répondit-il, ce serait de pouvoir retourner en Outrebrume pour laver l'honneur de mon nom… Et, ajouta-t-il en se rendant compte qu'il n'avait pas envie d'y aller tout seul, de t'emmener avec moi.

– Oh ! laissa-t-elle échapper en penchant plus encore la tête sur ses poils emmêlés.

– Murmure d'Outrebrume, lui dit-il en s'asseyant pour la regarder fixement. Voilà ce que je voudrais. J'aimerais que tu sois Murmure d'Outrebrume.

Le nœud était démêlé à présent, mais elle continuait à le peigner.

– À ton tour, maintenant, lui dit-il. Quel est ton vœu ?

Lentement, elle essuyait son pelage.

– Murmure d'Outrebrume, dit-elle.

Il n'y avait aucun prêtre dans l'île alors, un jour où le soleil faisait étinceler la surface de l'eau, ils échangèrent leurs vœux de mariage en présence des écureuils et de Lord Colarqué. En témoignage de leur union, Crispin plaça sur la tête de Murmure son bandeau d'or, qui brilla sur sa fourrure comme une couronne. Et Crispin se dit que, à présent, il ne demanderait pas mieux que de rester là.

Elle ne quitta plus son bandeau. Quand l'hiver enserra l'île dans des ciels d'un gris d'acier, l'or étincelait dans la fourrure de Murmure. Un jour où le froid était mordant, ils étaient en train de déterrer des noisettes de leur réserve d'hiver quand un petit cygne arriva vers eux, courant à moitié, à moitié battant des ailes.

– Crispin ! hurlait-il. Viens tout de suite ! *S'il te plaît !*

Jamais auparavant aucun cygne ne lui avait dit « s'il te plaît ». Il dégaina son épée et, Murmure sur les talons, il partit en courant.

Le ciel était gris de neige au-dessus de l'étang. Des glaçons flottaient sur l'eau. Les plus petits des cygnes s'étaient agglutinés dans les roseaux en émettant des sifflements et des bruits de gorge terrifiés tandis qu'un peu plus loin sur l'eau, Lord Colarqué se débattait pour maintenir la tête de sa dame à la surface. Elle était presque immergée. On ne voyait plus que son bec et le haut de son crâne.

Quelque chose la tirait par en dessous. Crispin se débarrassa de son ceinturon, prit une profonde aspiration et plongea.

La morsure de l'eau glaciale fut si douloureuse qu'il en aurait crié à pleine gorge s'il n'avait été obligé de garder la bouche hermétiquement fermée. À travers le vert glauque de l'étang, il vit l'épais tortillon d'algues dans lequel s'était prise la patte de la femelle cygne et qui la tirait vers le fond. Dans ce froid paralysant, il eut besoin de ses deux pattes pour tenir son épée et l'abattre sur les algues, mais elles étaient trop grosses et trop solides pour qu'on puisse les couper net.

Ses poumons allaient éclater. D'un coup de pied au fond, il remonta à la surface et s'accroupit sur la rive, haletant de froid et claquant des dents, tandis que Murmure le serrait dans ses pattes et le frictionnait pour le réchauffer. Les vagues qu'il avait fait naître passèrent par-dessus la tête de la femelle cygne. C'est alors que la neige se mit à tomber, à gros flocons qui fondaient dans l'eau. Avec la neige, le niveau de l'étang allait monter. L'épée ne lui serait d'aucune utilité, et Crispin la jeta loin de lui.

Il y avait une autre chose qu'il pouvait tenter. Il se frotta les pattes en proie aux crampes causées par le froid puis, les oreilles bourdonnantes et douloureuses, il replongea.

Il ne sentait plus ses pattes mais, à la place, deux foyers de douleur cuisante. Il agrippa les algues. Il lui fallait les mordre d'un seul coup, très fort, dans la coupure que son épée avait laissée. Après quoi, il lui faudrait donner un coup de pied pour remonter à la surface avant que le coup de fouet en retour du paquet d'algues libérées ne lui brise la nuque ou ne l'envoie tournoyer vers le fond.

Une eau trouble et glacée lui emplit la bouche. Il mordit très fort. Les algues cédèrent en partant sur le côté, et le cygne libéré partit, lui, vers le haut. Des vagues agitèrent la surface de l'étang, Crispin lâcha prise et quand ses yeux se fermèrent il ne sentit plus rien, pas même la morsure du froid.

Chapitre 12

– Il revient à lui, dit une voix.

C'était une voix aimable et Oursin découvrit qu'il était au chaud et qu'il reposait sur quelque chose de doux. Même les yeux fermés, et l'effort pour les ouvrir lui semblait trop grand, il sut qu'il était en sûreté. Il entendait parler, et il reconnut la voix de Pastor. C'était rassurant. On bordait unc couverture autour de lui. Un feu crépitait et quelqu'un chantait d'une voix très, très douce une sorte de berceuse. Pendant un instant étrange, confus, Oursin eut l'impression que toute sa vie n'avait été qu'un rêve et qu'il s'éveillait maintenant dans la peau d'un nouveau-né, avec une mère et un endroit où il était en sécurité. Mais, mieux réveillé, il se rappela qu'il était page et que ce page ressentait une cuisante douleur à l'épaule ainsi qu'une souffrance diffuse dans sa patte arrière gauche.

Il savait que quelque chose de terrible s'était passé. C'était récent, et pourtant, il ne se souvenait pas de ce que c'était.

Tout doucement, quelqu'un glissa une patte sous sa nuque. Il sentit une odeur animale de fourrure et de poisson.

– Oursin ? dit la voix de Pastor. Oursin, est-ce que tu m'entends ?

Oursin lutta pour ouvrir les yeux, cilla un peu, et croisa le regard grave de Pastor.

– Oursin, sais-tu qui je suis ?

– Vous êtes le capitaine Pastor, chuchota-t-il et ce nouvel effort lui fit refermer les yeux.

Mais il se rendit compte à cet instant qu'il était capable de les ouvrir et de les garder grands ouverts, en se concentrant sur le visage attentif de Pastor. Il était couché sur un doux lit de mousse, et Pastor lui demandait où il avait mal.

– À l'épaule, mon capitaine.

Oursin tenta de la toucher et grimaça de douleur.

– Et aussi à la patte de derrière, gauche, ajouta-t-il.

– C'est moins grave que je ne le craignais, dit Pastor. Pourrais-tu me dire ce qui a eu lieu hier à la Tour ?

Oursin fronça les sourcils. Il s'était passé tellement de choses !

– Dans la Salle des Assemblées ? lui suggéra Pastor.

Oursin réfléchit un instant.

– Mariage, mon capitaine. Bogue et Belle.

– Et comment s'appelait le capitaine qui a dû partir en l'exil ?

Pour cette question-là, pas besoin de réfléchir.

– Crispin, mon capitaine.

– Et quel est le nom de ta jeune amie hérissonne ?

– Finaiguille, mon capitaine, répondit-il en se demandant pourquoi Pastor avait besoin de savoir cela.

– Bon, tu n'as pas le cerveau en miettes, dit Pastor dont le visage perdit son expression anxieuse. Qu'est-ce qu'il t'est arrivé ?

– Laissez-lui le temps, mon capitaine, dit une voix douce. Ne le bousculez pas. Que le Cœur le bénisse, il ne sait même pas où il est.

Oursin ne savait même pas, en vérité, à quel point il était réveillé. Avec mille précautions, il se souleva sur son côté droit, et une petite taupe porta un breuvage à sa bouche. Il ne reconnut pas ce que c'était, mais cela le réchauffa et lui remit les idées en place. Maladroitement, avec l'aide de Pastor, il parvint à s'asseoir.

Malgré une odeur un peu terreuse, cette pièce était sèche, agréable et chaude. La lumière y était douce et reposante mais, en voyant les racines d'arbre qui s'étendaient au-dessus de sa tête, il comprit qu'il était sous terre. Le feu dont il avait entendu le crépitement brûlait dans une cheminée flanquée d'un séchoir en bois sur lequel de toutes petites couvertures étaient mises à sécher. De l'autre côté de la cheminée, dans une chaise à bascule, une hérissonne chantonnait doucement pour un petit bout de chou qu'elle tenait dans les bras.

De quelque part sur sa gauche lui parvint un petit

cri, et le bruit d'un gentil chut-chut apaisant. Oursin se tourna en faisant très attention, serrant les dents pour contenir la douleur de son épaule, et la servante taupe le laissa pour aller s'affairer auprès d'une rangée de nids minuscules enfouis sous des couvertures, et en extraire quelque chose qu'elle souleva à bout de pattes. Une paire de toutes petites oreilles d'écureuil apparurent derrière son épaule. Puis il entendit rire et aperçut un jeune hérisson et un écureuil s'empoigner dans un coin.

– Silence, vous deux ! leur dit la taupe.

– Bon, il faut maintenant que je t'explique tout ça, lui dit Pastor. Mais toi d'abord, Oursin. Je voudrais savoir comment tu as fait pour tomber d'une fenêtre.

– C'est ce qu'il m'est arrivé, mon capitaine ? s'enquit Oursin.

Il raconta à Pastor tout ce qu'il put se rappeler, mais ses souvenirs étaient confus et embrouillés. Il parvenait à se remémorer l'essentiel du jour précédent. Il savait que la reine était morte. Il était parti à la recherche de Bogue… il l'avait trouvé et était descendu à sa suite dans un tunnel… il avait l'impression que c'était très profond, mais peut-être que ce n'était qu'un rêve. Un très mauvais rêve. Dans une obscurité totale, ça, il se le rappelait. Mais il n'y avait pas que l'obscurité. Quelque chose l'avait terrifié à tel point qu'il s'était sauvé en courant… il avait continué à courir…

– Je regrette, mon capitaine. C'est tout ce dont je me souviens.

– On t'a poussé ? lui demanda Pastor.

– Je ne crois pas, mon capitaine. C'est seulement que... que...

Il détourna la tête parce qu'il ne pouvait supporter le regard bienveillant et calme de Pastor. Il avait du mal à murmurer les mots exprimant sa honte.

– Je me sauvais, mon capitaine. Je suis désolé.

– Oursin, parfois, fuir est exactement ce qu'il faut faire. Je ne te le reproche pas, et tu ne dois pas te le reprocher non plus. Que fuyais-tu ?

– Je n'arrive pas à m'en souvenir, répondit Oursin qui, les yeux fermés, fouillait au plus profond de sa mémoire.

Obscurité, humidité. Bogue était là. Quelque chose de mauvais.

– Je regrette, mon capitaine, dit-il. Il faisait noir comme dans un four et c'était dégoûtant, je ne sais rien d'autre. Mais...

En grimaçant de douleur, il se redressa péniblement pour chuchoter :

– Il y avait Bogue.

– Tu en es sûr ? lui demanda Pastor.

– Oui, mon capitaine.

Il réfléchit très fort.

– Sans sa robe...

Ses yeux s'écarquillèrent et il se débattit pour s'asseoir.

– Ma cape ? Où est-elle ?

– Pendue, là, lui dit Pastor. La mère Câline a dit qu'elle allait la laver.

– Non ! s'écria Oursin. Que personne n'y touche !

– D'accord, Oursin, je vais leur dire, le rassura Pastor. Continue ton récit.

Oursin essaya encore de se concentrer.

– J'ai senti de l'air frais dans une pièce... Je me sauvais, j'ai trouvé une fenêtre... Est-ce que je suis tombé ?

– Oui, Oursin, mais tu as survécu, lui dit Pastor en lui souriant, les moustaches tombantes. Tu as atterri sur quelque chose de mou.

– Sacré coup de chance !

– Pas pour Pomme, rectifia Pastor. Enfin, c'était en réalité un mélange de neige et de Pomme. Elle était sous la fenêtre en train de profiter du soleil et elle a entendu un coup sourd. C'était toi qui rebondissais contre le mur. Une seconde plus tard, tu l'écrabouillais contre une congère. Mais elle était ravie d'avoir servi à quelque chose, et elle n'a pas de mal, à part quelques bleus. Tu devrais te rendormir à présent.

– Je suis désolé aussi pour le reste de ce que j'ai fait, dit Oursin d'un ton pitoyable.

Autant déballer d'un seul coup tout ce dont il avait honte.

– Qu'est-ce que tu as fait d'autre ? lui demanda Pastor avec un grand sourire.

– Rien d'autre que d'être bon à rien, mon capitaine. Je m'étais donné du mal.

– Quoi ? s'exclama Pastor, stupéfait.

C'en était trop. Oursin ferma les yeux très fort en détournant la tête.

– Vous avez dit à Granit que j'étais bon à rien et qu'on ne pouvait rien tirer de moi, mon capitaine, dit-il en s'efforçant de ne pas laisser les larmes percer dans sa voix.

– Oh, Oursin, mon brave petit page, je ne peux laisser ça entre nous, lui répondit Pastor d'une voix ferme. Tu ne crois quand même pas que c'était ce que je pensais, non ? Tu veux savoir pourquoi j'ai dit à Granit que tu étais bon à rien ? Parce que Granit est maintenant capitaine, qu'il veut un page et que, plus particulièrement, c'est toi qu'il veut. S'il te demande à Bogue et que Bogue arrive à circonvenir le roi, ils trouveront le moyen de t'enlever à mon service pour te mettre au sien. Est-ce que c'est ce que tu désires ?

– Non, mon capitaine !

– Non, alors, je fais tout ce que je peux pour le décourager. Et je te conseille d'avoir l'air aussi nul que possible et désespérément bon à rien quand Granit est à proximité.

– Ça ne devrait pas me poser trop de problèmes, mon capitaine, répondit Oursin en se demandant comment il avait jamais pu douter de Pastor.

– Et maintenant, parlons du petit Pantouflet, dit Pastor.

– Je comprends, mon capitaine, lui dit Oursin. Vous ne pouviez rien y faire, rien du tout. Mais ce n'était pas n'importe quel petit hérisson. C'était Pantouflet, et Finaiguille l'aimait.

– Tu voudrais le prendre dans tes bras ? lui demanda Pastor.

Cela n'avait aucun sens. « Je ne vais décidément pas bien, se dit Oursin, j'ai dû recevoir un coup sur la tête. » Mais la hérissonne qui était dans la chaise à bascule se leva, sans cesser de sourire au petit paquet qu'elle tenait dans les bras. Sans trop savoir ce qui se passait, ni même s'il était vraiment réveillé, Oursin tendit les pattes. Il abaissa son regard sur le visage endormi et à l'air solennel d'un bébé hérisson qui avait du lait autour de sa bouche. Le bébé eut un hoquet.

C'était un tout petit nourrisson, avec une robe minuscule qui avait l'air faite de pièces et de morceaux ramassés sur le sol de l'atelier. En soulevant un coin de sa couverture, Oursin vit la patte repliée.

– Pantouflet ! souffla-t-il.

Le bébé bâilla à se décrocher la mâchoire, montrant une langue couverte de lait.

– Je vais lui trouver un nid, maintenant, dit la hérissonne en le reprenant.

Oursin fixa Pastor avec une admiration renouvelée.

– Vous l'avez sauvé ! s'exclama-t-il.

La mère Câline transporta Pantouflet jusqu'aux nids. La taupe était en train de coucher le bébé écureuil, tandis qu'un autre petit écureuil s'était joint aux petits qui jouaient par terre. Le cœur d'Oursin fut tout réchauffé et ragaillardi.

– Voici, lui dit Pastor, l'endroit le plus secret de toute l'île. Tu ne savais pas que j'étais bonne d'enfants, hein ?

– Vous les sauvez tous, et vous les amenez ici ? lui demanda Oursin avec enthousiasme. Tous les bébés qui doivent être euthanasiés ?

– Pas tous, rectifia Pastor. Je ne peux pas les sauver tous ; Bogue les trouve très vite. Et puis certains, parmi les plus fragiles, ne survivent pas mais, au moins, on s'en occupe bien tant qu'ils sont en vie. Ce matin, j'allais te demander de localiser Pantouflet, mais tu l'avais déjà trouvé. Tu as dit à Traînelapatte où il était, et Traînelapatte s'est faufilé dans la chambre de Bogue par un trou de taupe, a enlevé le bébé et l'a amené ici. Tu devines ce que c'est que cet endroit ?

C'était sous terre, au milieu des racines. Mais sans doute celles d'un arbre très ancien pour avoir des racines aussi compliquées, aussi étendues et aussi grosses. Le plafond en était tout incurvé, comme voûté. La grande cheminée était construite en pierre, avec un manteau, et une porte en bois massif ouvrait dans un des murs.

– Pas possible, c'est le Vieux Palais ! s'exclama Oursin en promenant autour de lui un regard effaré. Il existe bien, et c'est là que je suis ?

– L'ancien palais des taupes, si, Oursin, c'est bien ça, lui confirma Pastor. Tu croyais qu'il existait vraiment ?

– Je l'ai toujours espéré, répondit-il.

– La plupart des animaux pensent que ce n'est qu'une légende, et nous les laissons le croire, poursuivit Pastor. Ceux d'entre nous qui sont au courant n'ont le droit de dire à personne où il se trouve, ni même qu'ils le connaissent. La mère Câline y réside, avec Miette la taupe.

La servante taupe fit à Oursin un signe de la main.

– C'est la fille de Traînelapatte. Arane est au

courant, et Sapin, bien sûr. Lui a le droit de transmettre le secret, et il nous l'a révélé, à Crispin et moi, voici des années. Bogue s'en est toujours douté, et je suis sûr qu'il a essayé de le trouver. Quand tu auras récupéré, je te montrerai le chemin pour y arriver. Nous amenons ici les mères pour qu'elles puissent voir leurs bébés, mais il faut leur bander les yeux et, bien sûr, elles gardent le secret.

– Mais les bébés ne peuvent pas rester là indéfiniment, remarqua Oursin. Qu'est-ce qu'il se passe quand ils grandissent ?

La mère Câline se précipita pour intercepter un petit hérisson qui s'approchait un peu trop du linge en train de sécher.

– Celui-là a la vue basse, expliqua-t-elle en lui faisant faire demi-tour.

Il s'éloigna bruyamment, d'une démarche décidée, et alla donner de la tête contre le panier à bois, sans paraître s'en soucier.

– Je l'envoie jouer avec les taupes. Comme elles sont toutes myopes, elles lui apprennent comment se débrouiller.

– Tu as raison, Oursin, ils ne peuvent rester, reprit Pastor. Dès qu'ils commencent à parler, nous les faisons sortir. Ils ont vite fait d'oublier leur séjour ici.

– Je leur fabrique de petites moufles qui s'adaptent à toutes les pattes qui ont un défaut, ou d'autres choses comme ça, ajouta Câline. Elles ressemblent tout à fait à de vraies pattes, on ne peut pas se douter. Et on leur donne un bon entraînement pour que personne ne puisse rien remarquer en eux d'anormal.

– Mais où est-ce qu'ils vont ? demanda Oursin.

– Surtout dans des colonies au nord ou à l'ouest de l'île, bien loin de la Tour, ou au milieu des bois, dit Pastor. Enfin, là où personne ne posera de questions sur la présence de deux ou trois petits de plus, et leurs parents savent où ils sont. Mais je préférerais que l'on n'ait pas à faire tout ça. Il y a quelque chose qui ne va vraiment pas dans cette île, Oursin. Il ne devrait pas y avoir du tout d'euthanasies.

Il alla à la cheminée en enjambant soigneusement un écureuil, et tisonna le feu. Oursin le rejoignit en boitant péniblement.

– Ce n'est pas le seul petit coin tranquille abritant une colonie sur notre île, Oursin, continua Pastor. Ici ou là, surtout près des rivages ou dans les grottes près de la cascade, il y a des groupes d'animaux qui vivent secrètement en se tenant à l'écart de la Tour autant que possible. Cela n'a rien à voir avec toute cette bande de hérissons et de taupes qui creusent pour trouver des pierres précieuses, en travaillant si dur qu'ils doivent avoir oublié à quoi ressemble la lumière du jour. Tu ne savais pas que j'avais un petit frère, je crois ? Fingal. Il vit dans une petite colonie de loutres, je l'ai envoyé aussi loin que j'ai pu de Bogue et de la Tour.

– Cela vaut beaucoup mieux, acquiesça la mère Câline. Comme ça, Fingal est plus en sûreté.

– Tout le monde est plus en sûreté comme ça, confirma Pastor.

Le hérisson myope était à présent en train de monter et de descendre les racines des arbres. Chaque fois qu'il heurtait la tête d'une taupe, le choc le faisait se mettre en boule.

Pastor jeta une nouvelle bûche dans le feu, ce qui provoqua une gerbe d'étincelles.

– C'est pire depuis que Crispin est parti, dit-il. Le roi l'écoutait. Pas étonnant que Bogue ait voulu l'éliminer.

– Crispin ! s'exclama Oursin, se rappelant soudain.

Il revint vers son lit de mousse en clopinant péniblement et tâtonna l'ourlet de sa cape.

– J'allais vous montrer ça, mon capitaine ! s'écria-t-il. J'étais en train de ranger les robes, quand j'ai trouvé ces choses-là dans le coffre !

Les feuilles étaient abîmées à présent, avec des morceaux qui manquaient sur les bords. Mais la marque était encore visible.

– La marque de Crispin ! s'exclama Pastor, les yeux brillants et excités. Où est-ce que tu les as trouvées ?

Pendant qu'Oursin le lui expliquait, il ne cessait de tourner et retourner les feuilles dans sa patte.

– Oursin, as-tu déjà vu un capitaine donner un sceau ? lui demanda Pastor quand Oursin eut fini.

– Non, mon capitaine, mais un jour, le roi a marqué une feuille pour Bogue.

– Je n'en doute pas, dit sèchement Pastor. Les capitaines ne se servent pas beaucoup de leurs sceaux en ce moment. Bogue envoie la taupe Lustré porter ses messages, et j'aime bien donner mes ordres moi-même, pour autant que j'en donne. Mais si Crispin voulait confirmer qu'un ordre venait bien de lui, ou donner son approbation à quelque chose, il envoyait une feuille sur laquelle il avait mis sa marque comme un sceau. Ce que tu as trouvé là, ce ne sont peut-être que de vieux sceaux.

– Oh, lâcha Oursin, déçu. Alors, ces feuilles n'ont pas beaucoup d'importance ?

– Je crois qu'elles sont très importantes, dit Pastor. Ce ne sont peut-être que quelques vieux sceaux, mais Crispin ne les aurait jamais laissés dans le coffre des robes. Quelqu'un doit les avoir réunies dans un but précis.

– Ou bien Bogue en a récupéré une pour en faire des copies, hasarda Oursin.

– Alors, dit Pastor, le jour où on a tiré au sort… Oursin, je dois avoir des algues à la place du cerveau ! Pourquoi est-ce que je n'ai pas vu ça plus tôt ? J'ai toujours su que Bogue nous avait roulés ce jour-là, mais je ne voyais pas comment. Il n'a pas du tout sorti la marque de Crispin du sac, il devait avoir caché dans sa patte une de celles-là.

– Ou l'avoir fourrée dans sa manche, dit Oursin tout excité. Nous aurions dû, enfin, je veux dire, quelqu'un aurait dû vérifier quelles marques étaient encore dans le sac.

– Et nous aurions trouvé celle de Crispin, dit Pastor.

– Donc, ces feuilles sont la preuve que c'est Bogue le coupable ! s'exclama fiévreusement Oursin. Si nous les portons au roi…

– Ne t'emballe pas, Oursin, lui dit Pastor. Qu'est-ce qu'on peut prouver ? Bogue se contenterait de dire que c'étaient de vieux sceaux que Crispin avait laissés traîner, ou que nous les avons nous-mêmes copiés pour l'accuser. Le roi et le Cercle l'écouteraient lui, pas nous. Nous devons attendre que Bogue aille trop loin. Cela lui arrivera, tu peux m'en croire. Les animaux n'auront plus confiance en lui, et seront prêts à nous écouter. Alors, nous pourrons agir contre lui, et ces feuilles nous y aideront. Mais il nous faut encore attendre que le vent tourne.

– Mais il devient de pire en pire ! s'exclama Oursin. Il en est même à parler de rationner la nourriture pour l'hiver ! Est-ce qu'on ne pourrait pas *aider* le vent à tourner ?

– Oh si, nous pouvons le faire, répondit gaiement Pastor, mais nous devons être très prudents. Si Bogue pense que nous sommes en train de fomenter une rébellion, crois-moi, il nous fera assassiner discrètement. Moi, Arane, Traînelapatte… même toi, Oursin.

Oursin s'apprêtait à dire qu'il acceptait de prendre ce risque, mais Pastor l'arrêta net.

– Oui, je ne doute pas que tu sois prêt à mourir pour cette île, lui dit-il, mais tu es plus utile vivant que mort. Comme nous tous. Sans nous, il ne resterait plus personne pour défendre les autres. Quand je démasquerai Bogue, il faut que ce soit en public, pour une grande occasion, un événement spécial. Il ne pourra rien tenter dans le genre « coup de couteau dans le dos » devant toute l'île.

– Comme lors d'un festin, mon capitaine ? Le prochain, c'est pour le Festival de Printemps.

Pastor eut un sourire.

– Oui, dit-il pensivement. C'était le Festival de Printemps que j'avais en tête.

– Chut ! leur dit Câline.

Et Pastor bondit sur ses pattes, l'épée déjà à demi dégainée.

Quelque chose s'approchait dans les tunnels. Oursin s'écarta de l'entrée, fléchissant les pattes. Mais Pastor se détendit, et lâcha son épée.

– Arane, dit-il. Je reconnais son pas.

– Demande-lui de t'épouser, pourquoi est-ce que tu ne le fais pas ? chuchota la mère Câline.

– Elle se contenterait de me taper dessus, répondit Pastor.

Voici qu'Arane apparaissait, émergeant d'un tunnel en courant à toutes jambes.

– Pastor, tu prends la prochaine garde auprès du roi, dit-elle.

– Reste ici pour ce soir, Oursin, je te ferai sortir demain, lui dit Pastor. Si quelqu'un te demande, je dirai que tu es tellement bon à rien que tu ne savais plus à quel étage tu étais et qu'à cause de ça tu es tombé par la fenêtre. Sur la tête, donc rien de grave. Mais je dirai quand même la vérité à Sapin. Il faut qu'il sache tout ce que tu m'as raconté. Et, Oursin, ces feuilles, cela pourrait bien être vital. Tu as été très courageux, aujourd'hui. Mais évite de te mettre en danger. J'ai promis à Crispin de veiller sur toi.

– Je suis trop grand pour qu'on veille sur moi, protesta Oursin au moment où Pastor s'en allait.

Mais c'était bon d'être là, avec le feu qui crépitait et la mère Câline qui lui apportait des boissons chaudes et un porridge aux noisettes crémeux, tandis que Miette faisait taire un bébé. Le petit hérisson se réveilla à moitié, se fraya un chemin jusqu'à ses genoux, et se rendormit.

– Nous avons tous besoin qu'on veille sur nous, dit la mère Câline. Cette île est pleine de petits animaux que le capitaine Pastor a sauvés. Arane, tu restes une seconde pour prendre un cordial avec nous ? Et puis, il serait temps que tu demandes à Pastor de t'épouser.

– Il se contenterait d'en rire, répondit Arane.

Oursin se demandait ce qu'allait faire Pastor lors du Festival de Printemps. Mais, l'estomac rempli de porridge chaud et tout le corps réchauffé par le feu, il ne put garder les yeux ouverts plus longtemps. Il se laissa emporter par des rêves. Il parvint à bredouiller une prière pour Crispin, mais il était déjà plus qu'à moitié endormi.

Chapitre 13

La Semeuse pleurait.

Elle était misérablement effondrée au fond d'un petit fauteuil dans un coin de la chambre de Bogue et de Lady Belle. C'était un fauteuil dur et inconfortable, un endroit tout indiqué pour y être malheureuse. Elle n'avait pas l'habitude qu'on lui parle rudement et ne l'avait pas du tout mérité, aussi reniflait-elle dans un coin à l'écart, où elle était sûre qu'on la remarquerait. Deux servantes taupes entrèrent pour apporter des voiles de deuil et elle mit la patte devant ses yeux.

– Encore en train de pleurer pour la reine ? demanda l'une des taupes.

– Je crois que le capitaine vient d'être un peu cassant avec elle, dit l'autre.

Les taupes n'aimaient pas La Semeuse, qui était devenue trop vite la petite chérie de Lady Belle, mais le capitaine Bogue, lui, s'était montré de mauvaise humeur avec tout le monde depuis que la reine était morte. Il était temps de mettre sa femme au courant.

– Je ne faisais rien de mal, dit La Semeuse. Je savais qu'il fallait des fleurs près du cercueil et j'étais sortie dans la neige et la glace pour trouver quelque chose de joli, je le lui ai dit, et alors il s'est retourné pour me crier dessus, pour rien !

– Il a crié sur toi ? dit une taupe avec intérêt.

– Oui, il m'a dit de rester dans mon coin et de le laisser seul, dit-elle en reniflant.

Lady Belle entra dans la pièce d'un pas glissant.

– Ma pauvre petite La Semeuse ! s'exclama-t-elle. Encore en train de pleurer la reine ?

– Le capitaine Bogue s'est fâché contre elle, dirent les taupes en échangeant des sourires narquois.

De La Semeuse et du capitaine Bogue, l'un des deux aurait des problèmes. Peu leur importait lequel.

– Vous pouvez vous retirer, leur dit Belle et les deux taupes décampèrent après une révérence. Ne t'en fais pas, La Semeuse. Le capitaine Bogue a trop de choses en tête en ce moment, et il a la charge de toute l'île. Est-ce que les taupes ont apporté les voiles ?

Tandis que La Semeuse s'essuyait les yeux, Lady Belle prit un voile et en secoua les plis. Depuis le mariage, Bogue n'était plus lui-même, et elle avait accepté ses silences maussades et ses réponses brèves. Mieux valait ne pas poser de questions. Ils n'avaient jamais parlé entre eux de la nuit où le prince Culbute était mort. Il suffisait de savoir qu'il était mort. Et il ne l'avait jamais interrogée à propos de la reine. C'était elle qui s'était occupée de la reine et la reine était morte, cela aussi suffisait comme information. Ils se connaissaient trop bien pour s'interroger.

Lady Belle jeta le voile sur ses oreilles et elle était en train de se regarder dans la glace à travers la soie noire quand Bogue fit son entrée.

– La Semeuse, tu sors, dit-elle.

Et La Semeuse ne fut que trop heureuse de pouvoir s'en aller à toute vitesse en lançant au capitaine un bref regard meurtri. Bogue s'assura qu'elle avait bien fermé la porte derrière elle. Il y avait trop de petits animaux courant dans tous les coins de la Tour en ce moment.

Est-ce que c'était l'un d'entre eux qui l'avait suivi quatre nuits plus tôt, après la mort de la reine ? Non, bien sûr que non. Ces tunnels étaient toujours remplis de créatures de l'ombre – des choses qui rampaient, grouillaient et couraient en tous sens. Ce n'était que l'une d'elles. Ou avait-il réellement entendu un frottement de fourrure et un bruit de pattes courant derrière lui ? Il y eut un chuintement ct un froissement quand Lady Belle se pencha pour ramasser quelque chose par terre, et la patte de Bogue vola vers la poignée de son épée.

– Mon seigneur ! s'écria-t-elle.

– Mon cœur, dit-il, vous m'avez surpris. Ce n'est rien.

De longues bourrasques de pluie s'abattaient violemment sur les fenêtres de la Salle des Assemblées noire de monde. Le service funéraire était presque terminé et Oursin attendait pour prendre sa place dans le cortège.

Le Frère Sapin marchait en tête, en boitant. Le cercueil de la reine Fuseaux, drapé de noir, était porté lentement hors de la Salle tandis qu'un chœur de taupes chantait leur hymne d'une solennelle lenteur et qu'un hérisson transportait la couronne de la reine sur un coussin de velours. Le roi suivait le cercueil, le visage grave, la patte posée sur l'épaule de Bogue. Derrière eux venaient Granit, avec Belle voilée de noir, puis Pastor avec Tay, les animaux du Cercle et des gardes en rangs. Enfin, quand plus personne n'y prêtait attention, arrivaient Oursin, en tant que page de Pastor, et La Semeuse, comme suivante de Belle.

– T'as vu ? chuchota La Semeuse. Tu n'es pas si important que ça.

Oursin se moquait bien d'être en fin de cortège. Ce qui le gênait, c'était la façon dont on avait placé Pastor derrière Granit et Belle, devant tout ce public d'animaux qui emplissait la Salle. C'était une insulte délibérée. Le cercueil fut descendu dans la crypte sous la Tour, suivi par les capitaines, Tay, Belle et le hérisson avec la couronne. Personne d'autre. Les gardes saluèrent et on les renvoya, puis Oursin et La Semeuse s'écartèrent pour laisser les animaux en pleurs descendre les escaliers en traînant les pattes, s'enrouler dans leurs capes et rentrer chez eux à toute vitesse sous la pluie battante.

Oursin repéra Pomme dans la foule. Le bonnet aux boutons de rose avait été orné de plumes de merle en signe de deuil, et elle portait une très vieille cape tout abîmée. Il ne pouvait la rejoindre – il devait rester à son poste en haut des marches – mais elle l'aperçut, joua des coudes et bouscula tout le monde pour traverser la foule comme un ouragan.

– Terrible, cette histoire, terrible, la pauvre reine, pauvre hérissonne, quelle bonne reine c'était avant que son petit prince, il soit mort, c'est pour le roi que j'ai de la peine, pauvre vieux roi, qu'est-ce qu'il va faire à présent ? Est-ce qu'on nous donne quelque chose à manger avant de partir ?

– Ils servent des boissons et des biscuits à l'entrée principale, dit Oursin qui, en tant qu'écureuil de la Tour, se sentait secrètement honteux.

La maigre collation se limitait à du cordial allongé d'eau et à de simples biscuits. Tay avait dit qu'à cette occasion solennelle convenait une nourriture simple.

– Et pas en grande quantité, avait-elle ajouté. On ne peut pas les laisser festoyer pour la mort de la reine.

– Avancez, s'il vous plaît, cria un hérisson derrière Pomme qui bloquait tout le passage.

Oursin mit sa patte sous la sienne et l'escorta jusqu'au portail.

Une pluie mêlée de neige fondue arrivait de la mer. À la porte d'entrée en haut des marches, des serviteurs dc la Tour portant des plateaux d'argent servaient les boissons légères et les biscuits.

– Je ne trouve pas ça terrible, dit Pomme en considérant son biscuit d'un œil critique. Il va pas y avoir un rationnement, non ?

– Je ne sais pas, lui répondit Oursin.

Lui aussi, il avait entendu ces rumeurs, et il espérait qu'elles n'étaient pas fondées. L'air marin, de longues heures de travail et la pratique de l'escrime lui donnaient faim.

– J'espère que non.

– On dirait qu'ils ont déjà commencé, grommela Pomme en inspectant son biscuit. Je vois pas comment ils peuvent s'attendre à ce qu'on fasse tout ce travail, pas avec du rationnement. Tout ce travail en plus, avec jamais un repas décent dans le ventre. Et ils peuvent pas s'attendre à ce que les jeunes s'en passent, pas plus que les très vieux, et de toute façon, ils mangent pas beaucoup, eux, les vieux.

Cela semblait à Oursin incroyablement sensé. Le roi pourrait trouver, lui aussi, que c'était là la voix du bon sens, pour peu que quelqu'un puisse s'approcher assez de lui pour le lui dire. Pomme lécha les miettes de biscuit sur ses pattes.

– J'peux pas m'permettre de rien gâcher, pas s'ils doivent se mettre à compter les noisettes, maintenant, dit-elle. J'pense qu'il faut que j'm'en aille. Tu me manques, tu sais.

– Et tu me manques aussi, Pomme, dit-il avec une courbette.

En tant que page, il avait pris l'habitude de faire des courbettes à presque tout le monde et à presque toutes choses. Puis il lui donna un baiser sur la joue, un peu gauchement.

– Tu as bien tourné, je suis fière de toi, fière de toi,

murmura-t-elle, et elle s'essuya les yeux en se retournant pour partir.

Peut-être était-ce les marches trempées de pluie, ou peut-être ne voyait-elle pas très clair. Pomme n'avait jamais eu beaucoup d'équilibre. À un moment, elle disait au revoir à Oursin. L'instant d'après, elle dégringolait les marches la tête la première, laissant planer derrière elle une traînée de « aïe ! » et de « ouille ! » et prenant de la vitesse avant de venir s'arrêter, toute tourneboulée, au-delà du pied de l'escalier. Le bonnet roula un peu plus loin, laissant s'échapper quelques plumes vagabondes et un bouton de rose écrasé. Oursin dévala les marches pour la rattraper juste au moment où le petit groupe royal quittait la crypte et, d'un pas solennel, débouchait au coin de la Tour.

Pomme avait atterri assez loin des escaliers pour se trouver en plein sur leur chemin. Elle gisait immobile, haletante, comme si elle devait attendre que la terre s'arrête de tourner, quand le roi Cœurdepique, Bogue et Lady Belle s'approchèrent.

Une rougeur empourpra le visage d'Oursin et descendit le long de ses pattes. Il se dit qu'avec un peu de chance, un trou allait apparaître dans l'escalier pour qu'il pût s'y jeter, à moins qu'un oiseau assez gros ne vînt plonger sur lui en piqué pour l'enlever. Mais il lui fallait aider Pomme, quitte à se trouver sur le passage du cortège et à devenir la risée de toute l'île.

Avant qu'il ne pût l'atteindre, Lady Belle avait prestement quitté sa place. Elle accourait vers Pomme et l'aidait à s'asseoir.

– Pauvre écureuil ! la plaignait Belle. Vous êtes blessée ? N'essayez pas de vous mettre debout.

Pastor s'approchait aussi, mais Belle le congédia d'un geste tandis que Pomme bégayait des remerciements.

– Ne vous inquiétez pas, s'écria Belle. Je vais m'occuper d'elle.

Levant les yeux, elle vit Oursin, qui avait ramassé le bonnet avant qu'il ne soit emporté par le vent. Se souvenant de l'enseignement qu'il avait reçu, il s'était placé du côté de la mer pour les protéger de la pluie qui le fouettait.

– Tu es le page de Pastor, n'est-ce pas ? lui dit-elle. Merci, mais nous pouvons nous débrouiller sans toi. Allez, décampe, maintenant. Va retrouver ton capitaine.

Pomme était en train de retrouver son souffle.

– Lui, c'est mon petit enfant adoptif, ma Lady, c'est mon Oursin, je l'ai élevé, ma Lady, c'était bien le moins qu'on fasse ça tous ensemble, ma Lady, nous tous dans le bois, mais surtout moi, ma Lady, s'il vous plaît, c'est un bon écureuil, je suis fière de lui, ma Lady.

« Arrête, pensait Oursin dont la gêne faisait rentrer les griffes, s'il te plaît, s'il te plaît, arrête. » Belle le dévisagea avec un nouvel intérêt.

– Vraiment ? dit-elle en souriant de façon engageante. Je vois bien que vous êtes fière de lui. Et que c'est gentil de votre part de prendre soin du petit enfant trouvé !

– Oui, eh bien, c'est moi qui l'ai trouvé, dit Pomme.

Il était tout trempé sur la plage, tout humide, tout froid, en piteux état, que le Cœur le bénisse, ma petite dame, je veux dire ma Lady, excuses, ma Lady.

Elle était debout, à présent, et entreprenait avec mille précautions de se libérer de la patte de Lady Belle.

– Je peux rentrer à la maison, à présent, merci, ma Lady.

– Non, non, il faut venir avec moi, la pressa Lady Belle. Venez dans mes appartements. Pour prendre un petit peu de vin. Un après-midi comme celui-là, j'ai besoin de compagnie.

Elle regarda autour d'elle.

– La Semeuse, apporte le chapeau de Pomme et fais-y bien attention. Pomme et moi allons passer un bon petit après-midi ensemble. Oursin, va te présenter à ton capitaine !

Oursin n'avait pas le choix. Il s'inclina de nouveau tandis que La Semeuse prenait la patte de Pomme avec une lueur de triomphe dans les yeux. Pastor n'avait pas particulièrement envie qu'il se présente au rapport et n'avait pas d'ordres pour lui, aussi alla-t-il retrouver les animaux du Bois des Anémones qui s'en retournaient. Secouant les oreilles et les moustaches pour se débarrasser de la pluie, ils lui demandèrent comment ça se passait pour lui à la Tour, comment était Pastor quand on travaillait pour lui, et si la nourriture était bonne. Tôt ou tard, tous en arrivaient à poser la même question : « Est-ce qu'on va avoir un rationnement ? Est-ce que c'est vrai ? » Et ensuite :

« C'est pas nécessaire du tout. Tu diras ça au capitaine Pastor, hein ? Tu peux le dire au roi ? »

Oursin leur disait qu'il ferait ce qu'il pourrait, bien qu'il ne sache pas trop quoi. Ces animaux étaient sa famille, et il ne pouvait supporter l'idée qu'ils aient faim pendant toute la durée d'un long hiver. Pas même Criquette, la vieille amie de La Semeuse, qui bondissait vers lui avec un petit sourire timide, comme si elle n'était pas sûre qu'il lui soit agréable de la voir. Elle ne le snobait plus comme autrefois.

– Ça te va très bien, d'être un écureuil de la Tour, lui dit-elle. Comment va Pomme ?

– Lady Belle s'occupe d'elle, répondit Oursin.

– La Semeuse aussi, dit Criquette avec une petite moue. La Semeuse ne me parle plus, à présent. Elle ne veut plus rien avoir à faire avec moi, maintenant qu'elle est un écureuil de la Tour. Parfois, quand j'ai des herbes et des noisettes à livrer à la Tour, je la vois, mais elle est trop importante et trop occupée pour me parler.

– Ne t'en fais pas, lui dit Oursin qui ne trouvait rien d'autre à lui dire.

– Je ne m'en fais pas pour ça. Je n'ai vraiment rien à faire d'elle. Mais tu ne crois pas qu'il pourrait y avoir du travail pour des écureuils dans la Tour ? Tu ne sais pas s'ils ont besoin de quelqu'un aux cuisines ? Ou dans les ateliers ? Ou pour faire le ménage, ou n'importe quoi ?

– Si j'entends parler de quelque chose, je te le dirai, répondit-il, se sentant triste pour elle.

Il n'eut pas le cœur de lui dire que la Tour n'était pas, en ce moment précis, un endroit agréable à vivre, avec le roi écrasé de désespoir et Granit, Lustré et Tay jamais très loin. Il se demandait où Belle avait emmené Pomme et aurait aimé, dans l'intérêt de Pomme, pouvoir rester avec elle.

Dans le salon de Lady Belle, Pomme n'essaya même pas de ne pas tout détailler du regard. Elle n'avait jamais imaginé qu'une pièce pût être comme ça, avec des rideaux de velours pendant à des anneaux richement dorés, des coussins brodés, des fauteuils – même les fauteuils avaient des assises rembourrées, ornées de broderies ! Sûr qu'ils n'étaient pas faits pour qu'on s'asseye dessus ! Il y avait un tapis par terre, et Pomme fit attention à ne pas le fouler. Un grand miroir doré surmontait la cheminée, et Pomme, sur le point de demander quel était cet écureuil qui la dévisageait, se rendit compte que c'était elle et garda la bouche close. Les noisettes dans le bol étaient mélangées avec des épices et avec ce qu'elle supposa être des écorces d'orange, mais les oranges étaient quelque chose qu'elle avait rarement l'occasion de voir. La Semeuse servit du vin et emporta sa cape pour la faire sécher.

– Vous avez meilleure mine, maintenant, lui dit Belle en feignant de ne pas remarquer que Pomme se carrait lourdement et gauchement dans un fauteuil.

Le vin était pour Pomme une friandise rare, et quelques petites gorgées suffirent à la réchauffer jusqu'à la pointe de ses griffes.

– C'est très bon, ma Lady, dit-elle. Je vous enverrai un peu de mon cordial à la menthe et à la pomme, c'est bon aussi, mais pas aussi bon que ça, ma Lady, mais c'est bon et j'aimerais bien vous en donner, Lady Belle, ma Lady.

– Cela me ferait le plus grand plaisir, dit Belle d'une voix caressante. Dites-moi tout à propos d'Oursin. Vous devez être fière de lui.

Pomme adorait parler d'Oursin. Belle l'encouragea à boire encore du vin, à manger des noisettes et à parler, puis elle l'interrompit soudain :

– Le rivage ? s'étonna-t-elle. Vous l'avez trouvé sur le rivage ?

– Oui, ma Lady, tout mouillé et tout froid, ce pauvre petit bout, tout trempé sur le rivage. Je crois bien qu'il sortait de la mer, ma Lady.

– Et comment est-ce qu'il était arrivé là ?

– J' sais pas, ma Lady. Tombé d'un bateau, j'crois bien.

– Oui, dit Belle. Il est peut-être tombé d'un bateau. Il me semble me rappeler que j'ai entendu dire quelque part – je ne peux pas me souvenir de qui m'avait dit cela, ma chère, et j'ai peut-être mal compris – qu'il était tombé du ciel.

Pomme toussa sur une noisette.

– Quoi ? Je veux dire, ajouta-t-elle précipitamment, j'vous d'mande pardon, ma Lady, désolée, ma Lady, s'il vous plaît, ma Lady. Non, qui que ce soit qui vous l'ait dit, ils se sont trompés. Je l'ai trouvé, et il était vraiment tout trempé. C'était une nuit d'étoiles filantes, ma Lady, et j'étais sortie pour en trouver une, et ça se pourrait bien qu'il y ait eu des choses qui tombent du ciel, ça, d'accord, des petits morceaux d'étoiles, ma Lady, mais pas d'écureuil du tout.

– Bien sûr, concéda Belle avec grâce. Quelle idée stupide !

– Une fois, il est tombé d'une fenêtre, si ça peut vous aider, suggéra Pomme d'un ton plein d'espoir. La nuit de votre mariage avec le capitaine Bogue, ma Lady, quel mariage magnifique, ma Lady. J'étais en bas au bord de l'eau, je m'étais sans doute un peu perdue en rentrant à la maison et, de toute façon, la neige était si belle, enfin, quoi, notre Oursin, voilà qu'il tombe d'une fenêtre. Il m'a presque écrabouillée. Encore heureux que j'aie été là, avec toute cette neige molle.

– Comment est-ce que cela a pu lui arriver ? s'étonna Belle.

– J' sais pas, ma Lady. Devait s'être perdu, quelque chose comme ça.

– Nous avons été généreux avec le vin, ce jour-là, dit Belle d'un ton pensif.

– Non, non, mon Oursin, il se soûlait pas, et de toute façon, il sentait pas le vin, ma Lady, dit Pomme. Il sentait pas trop bon, remarquez, je veux dire, ma Lady, il sentait le moisi, comme si qu'il était allé quelque part de pas très joli, mais, ça, il avait pas bu, pas bu du tout, ma Lady.

– Enfin, j'ai pris un tel plaisir à votre compagnie ! soupira Belle. Mais je vous ai retenue trop longtemps.

Votre cape est encore mouillée. Prenez une des miennes.

Elle ouvrit un coffre et choisit une cape de laine vert sombre. Pomme s'étrangla.

– Oooh, non, ma Lady…

– Gardez-la, c'est un cadeau, dit Belle. J'insiste. J'ai pris un tel plaisir à notre après-midi. La Semeuse va vous montrer le chemin.

Quand Pomme eut mis la cape de Lady Belle sur ses larges épaules, tiré son chapeau sur ses oreilles et qu'on l'eut escortée jusqu'à la sortie, Belle s'installa sur l'appui de la fenêtre. Elle regarda le rivage en contrebas, retournant le bracelet d'argent sur son avant-patte tandis qu'elle essayait de mettre en place les pièces du puzzle Oursin.

On aurait dû laisser Oursin se noyer. Quoi qu'il pût être, il était étranger à Outrebrume, et le fait que, au milieu des gens, on ne voie que lui, cela avait quelque chose de dérangeant. Quant à Pomme, il aurait fallu l'euthanasier à la naissance.

Pomme ne savait pas du tout qu'Oursin était tombé du ciel, mais c'était Frère Sapin lui-même qui l'avait dit. La Semeuse avait écouté aux portes la nuit où… cette nuit très spéciale, la dernière nuit des étoiles filantes, et elle avait entendu Sapin et Crispin le raconter à Oursin. Pourquoi ne l'avaient-ils pas dit à Pomme ? Et qu'est-ce que c'était que cette histoire d'Oursin tombant d'une fenêtre et sentant le moisi ? Qu'est-ce qu'il avait manigancé ? Il y avait trop de questions sans réponse à propos de cet étrange écureuil.

Elle tournait et retournait son bracelet. Bogue avait pensé qu'Oursin ferait un bon page, s'il n'avait pas été si pathétiquement dévoué à Crispin et Pastor. Et la seule raison pour laquelle Pastor était encore sur l'île, encore en vie, et encore capitaine, c'était que, sans lui, Outrebrume serait partie en morceaux. Pour l'instant, on avait encore besoin de Pastor, mais elle n'aimait pas du tout son page.

Elle envoya une servante taupe porter un message, et en un rien de temps, Lustré la taupe apparut sans bruit, comme une ombre, à sa porte. Elle congédia ses servantes et alla lui parler sur le seuil. À part quelques femelles très bien formées qui savaient rester à leur place, les taupes en général n'étaient pas vraiment admises dans les appartements.

– Lustré, lui dit-elle, j'ai à vous confier une tâche pour laquelle vous êtes parfaitement indiqué. Je veux qu'on surveille le page Oursin.

– Le capitaine Bogue m'a déjà affecté à la surveillance d'une autre personne, madame, répondit poliment la taupe.

– Vous n'avez pas besoin d'assurer cette filature vous-même, dit-elle. Il suffit que vous trouviez quelqu'un qui puisse le faire. Vous m'en rendrez compte.

– Bien, madame.

Quand il fut parti, elle s'assit d'un air las dans un des fauteuils brodés et ferma les yeux en soupirant. À ce stade, tout devrait être facile. On continuerait à faire travailler trop les animaux en les nourrissant trop peu, par ordre du roi. Quelle sorte de roi fallait-il être pour donner de tels ordres ? Un roi rendu fou par les décès de sa femme et de son fils. Et ce bon capitaine Bogue leur offrirait un magnifique Festival de Printemps. Des deux, qui allaient-ils aimer le plus ?

Cela devrait être simple, mais elle se sentait mal à l'aise à propos d'Oursin. Il était dangereux – trop bizarre, trop imprévisible, surgissant quand on n'avait pas besoin de lui, capable de tout gâcher sans même le faire exprès, et beaucoup trop dévoué à Pastor. Elle allait se charger de le tenir à l'œil sans déranger Bogue, qui avait trop d'insomnies ces derniers temps.

Elle se dirigea vers le miroir à l'autre bout de la pièce, lissa son pelage et fit gonfler les touffes de poil de ses oreilles avec une brosse minuscule. Puis elle retira de son avant-patte le bracelet, qu'elle plaça sur le dessus de sa tête, entre les deux oreilles.

– La reine Belle, chuchota-t-elle à son reflet.

Chapitre 14

Oursin se réchauffait près du feu dans la chambre de Pastor.

– Il faut qu'on arrive à rencontrer le roi tout seul, dit Pastor qui pensait tout haut, de préférence à un moment où Bogue ne l'a pas bourré de vin, pour qu'il puisse avoir les idées claires.

Oursin aimait mieux sa propre chambre, et il n'était venu là que pour allumer le feu qui flambait maintenant joyeusement dans l'âtre. La chambre de Pastor était simple et spartiate, sentait le poisson fumé et il y avait toujours une cape mouillée qui fumait sur un séchoir à linge, mais Oursin appréciait la compagnie du capitaine. Ils faisaient griller du pain de glands (pour Oursin) et du poisson (pour Pastor) sur de longues piques devant le feu. En tournant sa brochette, Pastor fixait les flammes. Depuis quelques jours, ils parlaient toujours à voix basse, car Pastor était sûr que Bogue avait des espions partout. Les crépitements et crachotements du feu couvraient efficacement leurs voix.

– Je crois que c'est assez cuit, mon capitaine, remarqua Oursin.

– Mmm, répondit Pastor en retirant la brochette du feu. Agréablement carbonisé. Vraiment, tu devrais y goûter un peu, Oursin.

– Non merci, mon capitaine.

– Comment est-ce qu'on peut ne pas aimer le poisson ?

Pastor souffla doucement sur les écailles d'or et d'argent pour les rafraîchir.

– Si on en arrive à un rationnement, tu seras bien content de manger n'importe quoi. Les loutres, elles au moins, n'auront pas faim. Il y a toujours tout le poisson qu'on veut. Mais ne t'inquiète pas, Oursin, ça n'ira pas jusqu'au rationnement.

– Tant mieux, répondit Oursin en grignotant son pain de glands.

– Sans parler du reste, où est-ce qu'on pourrait trouver de quoi manger pour… ?

Il laissa sa question en suspens et se lécha les pattes, mais Oursin avait compris qu'il pensait à la garderie.

– Il faut qu'on intercepte le roi pour qu'il prenne une décision interdisant ça, un décret que Bogue ne pourra pas changer. Tiens-toi à l'affût d'une opportunité, Oursin.

Ils étaient encore en train de manger et de se lécher les pattes quand quelqu'un frappa à la porte.

– Une taupe, dit Pastor. On les reconnaît toujours au bruit. Ça leur fait un long bout de chemin jusqu'à la porte, car ces taupes sont des petits gars pas bien hauts.

Oursin alla ouvrir.

– *Hello*, Traînelapatte ! dit-il.

Traînelapatte s'avança dans la chambre d'un pas raide et salua.

– Une gamine apportée pour l'euthanasie, mon capitaine. Un bébé loutre femelle, mon capitaine. Avec une queue d'une drôle de forme. Le capitaine Bogue n'est nulle part, mon capitaine.

– Vraiment ? demanda Pastor d'une voix énergique en bouclant son épée. Eh bien, pas besoin de déranger le capitaine Bogue pour ça, non ? Où est-elle ? Je vais m'en occuper et après, je descendrai nager un peu. Ne m'attends pas pour aller te coucher, Oursin.

Oursin était sur le point de demander à Pastor s'il avait d'autres instructions pour lui, mais Pastor était déjà sorti. C'était une bonne chose que le bébé ait été apporté alors que Bogue n'était pas là...

Alors que Bogue n'était pas là.

Il courut à la porte.

– Traînelapatte ! cria-t-il.

– Présent ! répondit la taupe.

– Où est le capitaine Bogue ?

– J' sais pas.

– Quand est-ce qu'il revient ?

– J' sais pas non plus.

– Le capitaine Granit ?

– Dans l'armurerie. Soûl.
– Il y a quelqu'un avec le roi ?
– Sais pas. Parfois, Lady B. lui tient compagnie.

Normalement, c'était à Pastor de le faire, mais il n'était pas là. Oursin savait qu'on lui permettrait de voir le roi – comme n'importe quel animal. Il était seulement soucieux de ne pas risquer de tout gâcher. Il réfléchit un instant, en frottant ses pattes de derrière l'une contre l'autre, et dit :

– Je vais voir le roi.

– Tant mieux pour toi, lui dit Traînelapatte.

– On ne me laissera peut-être pas l'approcher, ajouta-t-il. Bogue poste toujours des gardes.

– Je suis un garde, dit Traînelapatte d'un ton bourru. Si le roi a besoin d'un garde du corps, je peux le faire. Ou plutôt, je peux garder n'importe qui, même si ce n'est que toi. Allons-y, mon p'tit gars.

Oursin se nettoya les moustaches, se lava sommairement à la source et trottina dans les escaliers et le long des couloirs avec Traînelapatte sur ses talons. Les escaliers et les halls s'élargirent, les couloirs étaient plus brillamment éclairés avec des tapisseries tendues sur les murs. Oursin sentit ses pattes fourmiller de nervosité. Bien avant qu'ils n'arrivent à la Salle du Trône, ils virent que la porte en était ouverte, et que la silhouette rassurante de Frère Sapin en sortait en clopinant.

– Bonsoir, Frère Sapin ! lui cria Oursin qui se sentait déjà plus sûr de lui.

Mais, sur la tunique blanche de Frère Sapin, il y

avait des traînées humides, comme si quelque chose l'avait éclaboussée, et il était en train de s'essuyer le visage. Oursin bondit vers lui.

– Frère Sapin ! s'exclama-t-il. Que vous est-il arrivé ?

En flairant ses pattes humides, Sapin boita dans sa direction sans avoir l'air inquiet le moins du monde.

– Hum, dit-il. La vie est riche en expériences nouvelles, tu ne crois pas, Oursin ? Personne n'attaque jamais un prêtre. C'est complètement interdit. Aucun animal ne fait jamais ça. Dieu sait ce qu'ils s'attendent à voir se produire si jamais... Personne n'a jamais essayé de vérifier.

– On vous a attaqué ?

– Oh, non. Est-ce que je ne viens pas de te le dire ? Personne ne s'attaque jamais à un prêtre. Ce n'était qu'une coupe d'une boisson quelconque que le roi, j'ose le dire, a lancée en manquant sa cible. Pour la plus grande part. Il a toujours été un très bon tireur, je crois donc qu'il visait quelque chose derrière moi. Pourtant, il criait « sors de ma Salle du Trône, curé », quand ça a touché la porte.

– C'est peut-être pas le moment d'aller le voir, remarqua Traînelapatte.

Sapin arrêta de se lécher pensivement les pattes.

– Tu voulais voir Sa Majesté ?

– J'étais en train d'y aller, monsieur, dit Oursin en baissant la voix. Pastor voulait lui parler du rationnement pendant que Bogue n'était pas là, et comme Pastor a été appelé ailleurs, je venais le faire. Mais si le roi est en colère, il vaut mieux le laisser seul.

– Non, non, Oursin, lui dit Sapin. Il est en colère contre moi. Si tu mets un genou en terre et que tu lui parles poliment, il sera tout à fait heureux de t'entendre. Mais ne dis pas un mot sur Bogue. Ne le mentionne même pas, et surtout ne mets pas en cause son jugement. C'est ce que j'ai fait, et c'est à ce moment-là que le roi m'a jeté ce…

Il se lécha une griffe en se concentrant, les sourcils froncés.

– … cette espèce de boisson épicée. Oui. Vas-y maintenant, Oursin. Que le Cœur te garde. Je vais prier pour toi. Et enlever cette tunique mouillée. Hum.

Ce ne fut que lorsqu'il attendit devant la porte de la Salle du Trône qu'Oursin se rendit compte qu'il n'avait pas la moindre idée de ce qu'il allait dire. Il en était encore à essayer de mettre au point un petit discours quand les hérissons de garde le firent enfin entrer. Il s'avança en se heurtant à un véritable mur de chaleur qui le fit suffoquer.

Les flammes ronflaient dans l'âtre en crépitant et en bondissant dans le conduit de la cheminée. Toutes les fenêtres étaient fermées. À l'autre extrémité de la pièce, le roi était affalé sur son trône, le menton sur les pattes, les yeux fixés sur le sol. Oursin s'inclina, puis mit un genou en terre.

– Je suis Oursin, le page de Pastor, et je voudrais parler à Votre Majesté, s'il vous plaît.

Le roi ne répondit pas. Il leva les yeux sur Oursin, puis les rabaissa vers le sol.

– Puis-je parler, Votre Majesté ? demanda Oursin.

Le roi ne disait toujours rien mais, comme il ne lui avait pas refusé sa permission, Oursin continua, bien qu'il ne fût même pas sûr que le roi l'entendît.

– Votre Majesté, je sais que c'est pour vous une période terrible, commença-t-il. Je n'aimerais pas vous ennuyer, mais mes amis des bois sont très inquiets, et ils veulent que je vous parle pour eux.

Le roi ne dit rien. Oursin continua.

– Votre Majesté, on dit qu'il va y avoir un rationnement cet hiver. Les animaux du Bois des Anémones sont vraiment inquiets. Comme tout le monde, je crois.

Le roi se secoua un peu. Il y avait longtemps qu'un animal ordinaire n'était venu ainsi vers lui, simplement et en confiance. Il avait oublié à quel point il appréciait la compagnie d'animaux ordinaires. C'était une bonne chose que ce jeune page écureuil ait eu le sentiment qu'il pouvait lui parler.

– On ne peut pas les affamer, Votre Majesté, lui dit Oursin, qui se dépêchait pour le cas où Bogue arriverait. Les plus jeunes ne peuvent vivre avec des rations diminuées à cause de leur croissance, ceux qui travaillent ont besoin de toutes leurs forces, et quant aux vieux, de toute façon, ils ne mangent pas beaucoup, et c'est cruel de les priver alors qu'ils ont travaillé dur toute leur vie. On n'a pas besoin de rationnement. On a une bonne réserve de noisettes dans les bois, il y a des fruits dans les magasins, et du miel, et tout un commerce qui marche pour qu'on ne manque de rien. Tous, nous vous aimons, Votre Majesté, et si vous ordonnez un rationnement, nous vous obéirons. Mais tous mes amis avec lesquels j'ai grandi, ma mère adoptive, et tout le monde, s'il vous plaît, ne les faites pas souffrir de la faim. Je sais que vous ne le voulez pas.

Il y eut une longue pause. Le cœur battant à toute allure, Oursin se demandait si le roi n'allait pas appeler ses gardes pour le faire jeter dehors. Mais le roi se pencha en avant et le considéra avec intérêt.

– Je me souviens de toi. L'enfant trouvé, dit-il en souriant. Et si nous étions à court de nourriture avant le Festival de Printemps ?

– Ce ne sera pas le cas, Votre Majesté. Ce n'est jamais arrivé, répondit Oursin en espérant que c'était vrai.

– Le capitaine Bogue dit que c'est ce qui va se passer, dit le roi.

Voilà qui était dangereux. Pas un mot sur Bogue.

– Le capitaine Bogue... heu...

Il bégayait désespérément quand il fut touché par l'inspiration.

– Il est si occupé par le service de Votre Majesté qu'il n'a peut-être pas le temps de tenir le compte de choses ordinaires telles que les approvisionnements en nourriture. Il a bien trop à faire.

– C'est peut-être vrai, dit le roi d'un ton pensif.

– Mon capitaine pourrait être chargé des approvisionnements en nourriture, suggéra Oursin d'un ton jovial.

Puis il se demanda pourquoi il avait dit ça, et comment il pourrait s'en expliquer avec Pastor.

Le roi fronçait les sourcils. Oursin sentit son estomac se retourner. Il devait s'être trop avancé et, à tout instant, le roi risquait de lui lancer quelque chose. Avec angoisse, il ne quittait pas des yeux les pattes du roi, mais elles restèrent repliées.

– Pastor ? dit le roi d'un ton pensif. Je l'ai toujours un peu considéré comme plutôt travailleur, pour un capitaine. Pastor le bûcheur, Oursin ! Mais ce travail est fait pour un bûcheur. Je vais donc le nommer.

Pendant un moment, il se tut et Oursin attendait qu'il lui donnât congé, mais le roi finit par dire :

– Tu n'as rien eu à boire, Oursin. Moi non plus. Bogue laisse toujours du vin quelque part.

– Je n'en prendrai pas, merci, Votre Majesté, s'empressa-t-il de répondre.

Il valait mieux ne pas encourager le roi à boire.

– Qu'est-ce que tu aimes boire, Oursin ? demanda le roi.

– Je vis à côté de la Porte de la Source, commença Oursin, alors…

– De l'eau bue directement à la source ! s'exclama le roi dont le visage s'éclaira pour la première fois. Sacré veinard d'écureuil ! Quand on m'en sert, elle n'est plus jamais fraîche.

Son regard se perdit au loin et ses yeux s'embrumèrent.

– Ma chère reine Fuseaux aimait l'eau de cette source. On se retrouvait là-bas, il y a longtemps, quand elle n'était pas beaucoup plus âgée que toi.

Il se cacha le visage et Oursin attendit, ne sachant pas

trop quoi faire. Puis, soudain, il le sut exactement et alla parler à Traînelapatte, qui attendait toujours à la porte.

– S'il vous plaît, allez chercher pour Sa Majesté de l'eau de la source, lui dit-il. Fraîchement tirée.

Traînelapatte s'éloigna aussitôt, tout affairé. Le roi releva la tête.

– C'est une bonne idée, Oursin, lui dit-il. Et pendant qu'on attend l'eau, ouvre la boîte qui est sur le manteau de la cheminée et sors-en une feuille.

La boîte était pleine de feuilles de hêtre séchées et Oursin dut faire attention à ne pas les laisser s'envoler dans le courant d'air provoqué par le feu. Il présenta une feuille au roi.

– Porte cela à Pastor, lui dit-il et, tendant une griffe acérée et tremblante, il y apposa sa marque. Voici mon ordre de prendre en charge les magasins de vivres. Et encore une feuille.

Oursin en apporta une seconde. Le roi la marqua aussi.

– Celle-ci, c'est pour le Bois des Anémones, dit-il. C'est le serment que je fais aux animaux qu'il n'y aura pas de rationnement, je leur en donne ma parole d'honneur.

Il poussa un profond soupir.

– Ma chère reine n'aurait pas accepté qu'on rationne les gens.

À cet instant, il y eut un bruit de pattes et quelques éclaboussures car Traînelapatte apportait l'eau. Le roi en but une gorgée, ferma les yeux de plaisir, but avidement et en redemanda à grands cris.

– Cela me rappelle le temps où j'étais un jeune hérisson, dit-il. Prends-en un verre, Oursin. Je veux qu'on m'envoie de cette eau tous les jours. Cela fait des mois que je ne m'étais pas senti l'esprit aussi clair. Pourquoi est-ce qu'il fait si chaud, ici ? Ouvre une fenêtre ! Et parle-moi encore du Bois des Anémones !

Ce ne fut que beaucoup plus tard que le roi le renvoya. Rayonnant de joie et impatient de transmettre la bonne nouvelle, Oursin revint en trottinant par les corridors avec Traînelapatte.

Pas bien loin de la Salle du Trône, il s'arrêta net. Son nez remua. Il y avait une odeur de moisi. Il ne parvenait pas à trouver ce que cela lui rappelait et n'était pas sûr d'en avoir envie, mais cela le troubla. C'était une ombre jetée sur cette journée.

– Allons-y, mon p'tit gars ! le houspilla Traînelapatte.

Et Oursin fut soulagé de courir à sa suite en laissant derrière lui cette odeur pestilentielle qui suggérait un mal insidieux. Il allait se précipiter pour retourner dans les appartements de Pastor et lui raconter ce qu'il s'était passé, mais il se souvint de Frère Sapin s'éloignant en boitillant dans sa tunique trempée. Peut-être ferait-il mieux de s'assurer qu'il allait bien. C'était le genre de choses que Pastor aurait voulu qu'il fasse.

Il trouva Sapin agenouillé près de la cheminée dans sa tourelle. Il avait nettoyé sa tunique tachée, et il était en train de l'étendre sur un tabouret près du feu pour qu'elle sèche.

– Vous n'avez pas de mal, Frère Sapin ? lui demanda anxieusement Oursin.

Le prêtre se retourna, l'œil pétillant.

– Il faudrait plus qu'un peu de liquide pour me faire du mal, répondit-il. Apparemment, j'ai survécu à la plupart des choses que j'ai endurées toutes ces années. Mais je crois que j'ai besoin d'une petite goutte de cordial chaud, et de quelqu'un pour le partager avec moi.

Il prit le petit poêlon qui chauffait au bord du foyer et versa le cordial fumant dans deux tasses de bois.

– Et je voulais justement te parler, Oursin.

Il poussa la tunique humide sur le côté du tabouret pour faire une place à Oursin, qui s'assit. Sapin écouta le récit de ce qu'il s'était passé dans la Salle du Trône, puis il but une petite gorgée de cordial et commença :

– En fait, Pastor m'a raconté, tu sais, tes aventures extraordinaires…

Sa voix se réduisit à un murmure.

– … la nuit où la reine est morte. Mais j'aimerais l'entendre entièrement de ta bouche, particulièrement ce qui concerne cet endroit souterrain dans lequel tu as suivi Bogue. Tout bas, Oursin.

Oursin lui raconta. Ce n'était pas facile car il ne se souvenait pas de grand-chose. Pendant qu'il parlait, sa peur et le sentiment de la présence du mal à cet endroit revinrent le hanter comme un mauvais rêve. Mais il dit à Sapin tout ce qu'il pouvait et, quand il eut fini, Sapin se contenta de lui demander :

– Et je suppose que tu n'as absolument pas l'intention d'essayer de retrouver cet endroit ?

– Certainement pas, monsieur !

– Parfait, répondit Sapin. Il ne faut pas. Bien, bien… Cours retrouver Pastor et lui raconter tout ce que tu as fait. Évite soigneusement Bogue.

Après le départ d'Oursin, Sapin resta longtemps agenouillé, le regard perdu dans les flammes, absorbé par ses pensées. C'était donc là que cela se passait.

C'était une histoire connue seulement, pour autant qu'il le sache, du roi et de lui-même. Une histoire venue du fond des âges – avant que les taupes ne règnent sur l'île et ne construisent leur palais. Celle d'un roi écureuil qui détestait le Cœur et aimait la haine, la destruction et le pouvoir. Toute créature qui s'opposait à lui était traînée sous terre pour être exécutée et jetée dans un gouffre, ou poussée dedans vivante, et on disait que le lieu de ces meurtres était infesté de crainte et d'horreur. Il avait été comblé après la mort du roi maudit, et bientôt personne ne sut plus où il se trouvait. Mais Bogue l'avait sans doute découvert.

– Nous l'avons négligé trop longtemps, murmura Sapin pour lui-même. Trop longtemps. Si Bogue l'a trouvé, je le peux, moi aussi. Et je le dois. Il faut y dire des prières. Et cela doit être sanctifié par la lumière. Des chandelles. Hum. J'ai besoin de chandelles.

Il aurait aussi besoin de force. Il ferma les yeux et pria. Un rude combat s'annonçait pour Outrebrume, et c'était la part qu'il devait y prendre.

*

Au moment où Oursin avait quitté la Salle du Trône, Bogue arrivait au bout du couloir. Il s'était arrêté pour reposer ses pattes sur l'appui d'une fenêtre en essayant de ne pas trembler.

La journée avait été longue, voilà tout, avec tant de choses à faire. Il avait eu besoin de retourner dans le sombre cachot, près du gouffre, pour retrouver des forces, et il avait à présent les pattes toutes crasseuses et couvertes de toiles d'araignée. Il faudrait qu'il se lave avant d'aller dans la Salle du Trône.

Il entendit des pattes se hâter dans le corridor. Une nuisance quelconque, quelque animal au regard aigu et au nez fouineur qui ne pouvait pas laisser les gens tranquilles. Il se rencogna dans une alcôve, caché dans l'ombre. Une taupe garde – un copain de Pastor – venait des appartements royaux, avec l'écureuil bizarre. Bogue en arrivait à haïr le petit page.

Quand il se présenta chez Pastor, Oursin avait oublié son moment de panique dans le corridor. Mais, à son grand dépit, Pastor n'était pas revenu. La chambre était solitaire et silencieuse. Avec des capes et de la mousse, Oursin se fit un nid près du feu, enveloppa les précieuses feuilles dans sa propre cape, la replia pour en faire un oreiller et s'installa pour attendre. Longtemps, il resta éveillé, fixant le feu et revivant son entrevue avec le roi. Il finit par s'endormir, mais d'un sommeil léger que troublait chaque chuintement des vagues au-dehors. Quand il se remit à somnoler, il lui sembla que quelque chose courait à toute vitesse dans l'obscurité.

Des crabes entraient parfois, du fait de la proximité du rivage. Et des scarabées. Rien d'autre. Il était plus qu'à moitié endormi. Et tandis qu'Oursin dormait près de la Porte de la Source, quelque part dans l'ombre de la Tour, dans les hauts couloirs d'où on surplombait la mer, il y eut un cri perçant.

Lady Belle bondit de son lit drapé de soie et courut ouvrir les portes de sa chambre à coucher. Des gardes accouraient dans les couloirs.

– Laissez-moi une lampe et retournez à vos postes, ordonna-t-elle. Mon seigneur a fait un cauchemar, c'est tout.

La lampe à la patte, elle revint avec grâce vers le lit où Bogue était dressé sur son séant, le poil hérissé tout raide, les yeux dilatés et le regard fixe.

– Il est là, chuchota-t-il.

Belle le secoua doucement, et il frissonna. Son pelage était trempé de sueur.

Bogue savait bien qu'il était dans son lit, mais le cauchemar y était encore. Il en sentait le froid mortel. Il suffisait qu'il fermât les yeux, ne serait-ce que pour les cligner, et il le revoyait. Dans ses cauchemars, le prince Culbute sortait de l'ombre en rampant et se traînait dans les tunnels menant au cachot, couvert de poussière et de toiles d'araignée, taché de sang, tournant la tête dans l'obscurité pour flairer sa trace, pour le chercher…

Il n'osa pas fermer les yeux.

Chapitre 15

La porte s'ouvrit et se referma rapidement. Oursin fut soudain réveillé, assis tout droit dans son lit, et Pastor entra, frissonnant, du sable dans son pelage humide.

– Encore là, Oursin ? lui dit-il. Tu n'aurais pas dû m'attendre.

– J'avais quelque chose à vous dire, répondit-il.

C'était une matinée d'un froid glacial, et il poussa des bûches dans le feu avant de les mettre en place avec un tisonnier. Tout en préparant le petit déjeuner, il raconta à Pastor ce qu'il avait fait la nuit précédente, en omettant le commentaire sur « Pastor le bûcheur ». Pastor arborait un sourire réjoui et disait à l'occasion « tu as fait quoi ? » ou « tu as du toupet, le petit rongeur ! ». Mais, de temps à autre, il mettait une griffe devant ses lèvres pour rappeler à Oursin de parler à voix basse. Oursin termina en lui mettant les feuilles dans la patte et il les tourna et les retourna avec délices.

– Bien joué, espèce de petit effronté aux oreilles chatouilleuses ! lui dit-il. Cela aurait pu tourner au désastre et je suppose que je devrais te dire de ne plus jamais rien faire de ce genre, mais je suis impressionné. Je te donnerais bien mon épée et mon bandeau d'or tout de suite, mais ils ne seraient pas à ta taille. À cause de toi, je vais avoir plus de travail, tu sais, si je dois m'occuper des magasins.

– Désolé, mon capitaine.

– Je m'en moque ! Bogue va penser qu'en m'occupant, ça m'empêchera de faire des bêtises. Mais ce ne sera pas le cas, car je vais amener Arane avec moi pour m'aider. Et toi aussi, tu peux faire un saut dans le bois de temps en temps pour garder un œil sur les réserves qui y sont. Cela te donnera l'occasion de voir Pomme et tes amis. Mais, où que tu ailles, ouvre bien grandes tes yeux et tes oreilles.

Il baissa la voix.

– On t'a suivi, la nuit dernière ?

– Je ne crois pas, mon capitaine.

– Moi, si, lui dit Pastor. Je crois que c'est cette taupe gluante.

– Lustré ? s'enquit Oursin.

– Chut ! lui dit sèchement Pastor. Je l'ai bien promené et je l'ai semé en passant par l'eau, et même dans l'eau, j'ai fait un grand détour. Et puis, je suis resté tard, je suis revenu par l'eau, et c'est pour ça que j'arrive si tard. Ou si tôt.

Il bâilla.

– Et que je suis si fatigué. Mais je vais…

– Il y avait quelqu'un ici la nuit dernière ! s'exclama soudain Oursin, et ses poils se hérissèrent de peur. J'ai entendu quelque chose. Qui traînait les pieds. Ça m'a un peu réveillé, mais j'ai pensé que c'était seulement un crabe.

Prestement, Pastor se mit à quatre pattes et inspecta le sol, les moustaches toutes vibrantes tandis qu'il cherchait du regard et flairait. Il finit par se relever, appela Traînelapatte et jeta un coup d'œil au-dehors avant de le faire entrer.

– Traînelapatte, est-ce que tu es venu ici la nuit dernière ?

– Non, mon capitaine.

– Une taupe y est entrée, dit Pastor. Il y a des traces de taupe.

Il examina son lit.

– Des taupes sont passées par là aussi. Mets en place un tour de garde devant cette chambre, jour et nuit.

– Oui, mon capitaine.

– Oursin, où avais-tu rangé les feuilles portant le sceau du roi la nuit dernière ?

– Dans ma cape, mon capitaine. J'ai dormi dessus.

– Brave garçon. C'était cela qu'ils cherchaient. Probable que Bogue, en rentrant de là où il était allé – et je donnerais bien toute la pêche d'une bonne nuit pour savoir où c'était –, aura trouvé un roi aux idées claires, absolument décidé à refuser tout rationnement et en train d'expédier des sceaux pour en témoigner. Il aura sans doute envoyé une taupe pour fouiller ces pièces en espérant voler les sceaux avant qu'on puisse répandre la bonne nouvelle – ce qu'on doit faire, et en vitesse.

Oursin se pencha à son tour pour inspecter le sol. Maintenant que Pastor les avait trouvées, il discernait en creux les empreintes à peine perceptibles de pattes de taupe. C'était déstabilisant de se dire qu'il n'était même pas en sûreté dans la propre chambre de Pastor.

– Est-ce que je peux aller regarder dans ma chambre, mon capitaine ? lui demanda-t-il.

Quelques lambeaux de mousse étaient tombés de son nid, et le sac à dos qu'il lui arrivait de porter était un peu trop bien rangé. Il se pencha pour examiner le sol, comme Pastor l'avait fait.

– Ça suffit, dit Pastor à voix basse. Il ne faut pas qu'ils sachent que nous nous doutons de…

Il s'arrêta et tendit l'oreille, une patte sur son épée, puis il ouvrit la porte à la volée avec un grand sourire.

– Sapin ! s'exclama-t-il. Frère Sapin, vous auriez dû m'envoyer chercher. Je serais allé dans votre tourelle – vous ne devriez pas vous fatiguer comme ça en montant et descendant des escaliers.

– Hum, répondit Sapin. C'est très gentil de ta part, mon petit Pastor, de me rappeler mon grand âge. Pourtant, les écureuils sont en général doués pour grimper, tandis qu'on ne peut pas s'attendre à ça de la part d'une loutre, pas vrai, Oursin ? C'est vrai qu'Oursin est trop jeune pour s'embarrasser des escaliers. Pour entrer ou sortir, il fait un saut par les fenêtres et dévale les murs à toute vitesse.

– Et il croit que je ne le remarque pas, renchérit Pastor. Sapin, avez-vous pris votre petit déjeuner ? J'ai entendu dire que le roi vous a jeté des choses à la figure, et il faut que vous sachiez ce qui s'est passé ici.

À voix basse, il lui raconta la fouille de la chambre.

– Hum, dit Sapin après avoir tout entendu. Je suis plutôt content que le roi m'ait jeté cette boisson au visage. La plus grande part a atterri sur le mur. C'est la meilleure place pour ce genre de chose. Un soporifique. Et fort, en plus.

Les moustaches de Pastor frémirent et il fronça les sourcils.

– Voilà qui est sérieux, dit-il. Des soporifiques ! Est-ce qu'on peut faire quelque chose ?

Sapin tendit ses pattes ridées vers le feu.

– Non, on ne peut pas, répondit-il. J'en ai touché un mot à Lady Belle. Elle ne s'en est pas offusquée. Elle m'a dit qu'elle prépare elle-même les somnifères pour le roi. Depuis la mort de son fils et de sa femme, il est très angoissé et dort mal, alors, bien sûr, elle lui propose des soporifiques le soir. Il sait ce que c'est, et les boit volontiers. Elle m'en a même proposé la recette, tout à fait inutilement, bien sûr. Je savais faire ces choses-là avant que Belle soit un petit pompon potelé à la fourrure clairsemée et aux pattes poisseuses, mais je ne m'en sers pas. Il ne vaut mieux pas. Et si le roi a Bogue pour lui remplir son verre de vin toute la journée et cette bonne Lady pour le bourrer de somnifères le soir… hum. Sa Majesté n'a plus toute sa royale tête.

– C'est pire qu'on ne le craignait, dit Pastor.

Sapin se leva.

– Il faut que tu agisses vite, Pastor, dit-il d'une voix qui n'était qu'un murmure. Oursin nous a bien servis. Prends la suite de son intervention. Et fais attention.

Avant de partir, il leur donna sa bénédiction à tous deux :

– Puissent vos cœurs être ouverts au Cœur qui vous a créés, leur dit-il alors qu'ils s'agenouillaient. Puisse le Cœur vous emplir de tout ce qui est bon. Vous allez en avoir besoin, ajouta-t-il tandis qu'ils se relevaient. Vous aurez besoin de toute la force que le Cœur peut vous donner.

Arane fut placée à la tête des magasins de vivres en tant que déléguée de Pastor. Il se passa de drôles de choses les premiers jours – des baies furent renversées par terre, on découvrit que des faines étaient toutes mouillées et il manqua de la farine – mais en une semaine, elle fit bien garder les magasins, et choisit personnellement chaque membre de son équipe. Ce ne lui fut pas difficile. Beaucoup d'animaux savaient comment leurs bébés avaient été sauvés de l'euthanasie, et à qui ils le devaient. Pastor et Arane pouvaient compter sur leur loyauté, et la plupart des loutres la serviraient fidèlement parce qu'elle était une des leurs. Et ils furent tous d'accord pour dire que, si cela devait mal se terminer, ils se battraient plus volontiers aux côtés d'Arane que contre elle.

*

Belle s'inquiétait. Bogue avait encore des cauchemars. Quand il avait appris qu'Oursin s'était montré plus malin que lui, sa rage avait duré plusieurs jours. Et à présent, il y avait une chaîne ininterrompue d'écureuils faisant des allers et retours à toute vitesse vers la Salle du Trône, rien que pour y apporter de l'eau de source fraîche.

Un matin où Granit avait emmené le roi sur les tombes de sa femme et de son fils, Bogue et Belle avaient convoqué Lustré dans la Salle du Trône. Bien sûr, Bogue ne s'assit pas sur le trône. Il se tint debout juste devant, dressé de toute sa hauteur et la patte sur la poignée de son épée, avec Belle à côté de lui. Lustré se glissa sans bruit dans la pièce sous le regard de Bogue, froid comme un ciel d'hiver.

– On vous avait demandé de surveiller Oursin, lui dit-il.

Il était d'un calme inquiétant.

– Excusez-moi, mon capitaine, répondit suavement Lustré. Madame m'a seulement demandé de trouver quelqu'un d'autre pour surveiller l'écureuil enfant trouvé. Moi, pour ma part, j'ai filé le capitaine Pastor, comme vous me l'aviez ordonné, et j'ai fouillé leurs chambres à tous les deux.

– Et rien trouvé ! dit Bogue d'une voix râpeuse. Qu'est-ce que vous avez à répondre ?

– Seulement, dit Lustré avec douceur, que je vous ai bien servi dans le passé.

Bogue le savait. Lustré l'avait très bien servi, et mieux encore. Il ne le savait que trop.

– Vous m'avez excellemment servi, lui dit Bogue. Vous en avez été bien récompensé, et vous serez récompensé de nouveau. Est-ce que vous avez appris quelque chose sur Pastor ?

– Les loutres ont des habitudes contre nature, répondit Lustré d'un air dégoûté. Je peux le suivre jusqu'à un certain point – il a l'air d'aller vers l'autre côté du bois, ou peut-être sur le rivage ouest – mais il finit toujours tôt ou tard par se glisser dans l'eau et je le perds.

– Il nous faut une loutre pour pister une loutre, conclut Bogue. Très bien, Lustré. Laissez-moi Pastor. Surveillez Oursin. Ne fermez pas les yeux sans vous être assuré que quelqu'un d'autre le surveille. Allez, maintenant.

La taupe s'inclina poliment et s'éloigna prestement.

– Visqueux comme une loutre, dit Bogue. Une sale bête rampante. Mais nous avons besoin de lui. Il a une mauvaise vue, mais il entend comme une chauve-souris et il peut flairer un ver à cent pas. Il me faut une loutre pour espionner Pastor, et il n'y en a pas beaucoup à qui on puisse faire confiance. Ces bêtes sans cervelle le prennent pour un héros.

– Cette chère Tay va le faire, dit Belle.

– Elle est beaucoup plus vieille que Pastor, répondit Bogue. Et ce qui l'intéresse, c'est plus le droit et l'histoire ancienne que d'aller patauger dans les ruisseaux et tous ces trucs de loutres. Enfin, on va bien voir.

Il ouvrit la porte et appela un garde.

– Envoyez-moi Tay, ordonna-t-il.

Belle prit une noisette dans un plat et la grignota délicatement.

– On ne peut plus appliquer le rationnement, à présent, dit-elle.

– Non, reconnut Bogue avec un sourire mauvais. On doit tirer parti de tout. Si quelqu'un a plein de choses à manger, à qui en sera-t-il reconnaissant ?

Elle lui rendit son sourire.

– À toi ! lui répondit-elle.

– Et s'il n'y en a pas assez, c'est la faute du roi, compléta-t-il. Ou bien on peut en rendre responsable le pathétique Pastor.

En entendant son rire dément, haut perché, Belle se mordit la lèvre.

– Au Festival de Printemps, ils devront reconnaître que tout ce qui est bon sur cette île vient de moi, et que tout ce qui est mauvais vient du roi.

– Rien de plus facile ! dit-elle pour le rassurer.

– Mais le Festival de Printemps doit être le moment décisif, dit-il. Deux choses doivent s'y produire. D'abord, le roi doit sembler brisé par le chagrin, à moitié fou, incapable de continuer à régner.

– Et puis ? demanda-t-elle.

– Et puis, Pastor doit être publiquement déshonoré et arrêté.

On frappa à la porte.

– Madame Tay, dit le garde.

Et Tay entra dans la pièce en se pavanant sur ses pattes de derrière et en lissant ses moustaches sombres.

– J'ai besoin d'une loutre en qui je puisse avoir

confiance, lui dit Bogue abruptement. J'ai besoin qu'on surveille le capitaine Pastor.

– Difficile, répondit-elle. Pas le genre de travail auquel je suis habituée. Mais quant à savoir si vous pouvez faire confiance pour ça à une autre loutre… c'est vraiment très discutable, en fait.

– Voulez-vous le faire ? lui demanda Bogue d'un ton impérieux.

Belle vint sans bruit se mettre devant lui et parla d'une voix douce et persuasive :

– Le capitaine Bogue est très inquiet, dit-elle. On nous rapporte que Pastor se rend la nuit de l'autre côté des bois, près de la côte ouest, mais sans l'aide d'un bon nageur, nous ne pouvons le suivre plus loin. Il pourrait bien faire là quelque chose d'extrêmement déloyal. Même un complot contre le roi, qui sait ? Il a été très ami d'un certain écureuil que nous préférons ne pas mentionner.

– À l'ouest des bois ? dit Tay. C'est intéressant.

– Oui, dit Bogue d'un ton impatient. Vous êtes experte en histoire ancienne. Croyez-vous au Vieux Palais ? Croyez-vous qu'il existe ?

– Je crois qu'il pourrait exister, capitaine, répondit-elle.

– Il sait, murmura Bogue. Pastor, Crispin. Je suis sûr qu'ils savaient. Ils ne voulaient pas me le dire, bien sûr, mais je suis sûr qu'ils savaient. Je suis sûr que c'est là que Pastor se rend et, s'il va là-bas, c'est qu'il prépare quelque chose. Quelque chose qu'il ne veut pas que je sache.

– Je vois, monsieur, répondit Tay. Eh bien, monsieur, tout ce que je peux dire, c'est que si vous me proposez ce travail, je l'entreprendrai. Tout ce que je pourrai trouver sur Pastor, je vous le communiquerai.

– Je veux des preuves contre lui, grogna Bogue. Des preuves qu'on puisse apporter au Festival de Printemps. Des preuves qui le fassent arrêter.

– Ce sera un grand plaisir de les trouver, dit Tay avec dignité. Et un privilège.

– Et, roucoula Belle, s'il se trouve que Pastor ne peut plus être capitaine, il nous en faudra un autre.

Elle pencha la tête sur le côté en regardant le haut de la tête de Tay comme si elle en mesurait déjà le tour pour un bandeau d'or.

– Nous nous comprenons, Tay.

De retour dans ses sombres appartements, Tay se remit en mémoire tout ce qu'elle avait jamais entendu dire à propos du Vieux Palais dans ses racines d'arbre. Puis elle alla regarder les tapisseries – les plus vieilles, les plus fanées d'entre elles, faites très, très longtemps auparavant quand des animaux très âgés prétendaient avoir entendu raconter l'histoire du Vieux Palais par leurs grands-parents, qui disaient, eux, l'avoir vu. Cela pourrait être passionnant. Peut-être que Pastor savait vraiment. Et, si c'était le cas, pourquoi allait-il là-bas ?

Dieu seul savait pourquoi il était capitaine. Un comportement agréable, une aptitude à fraterniser avec tout ce qui nageait ou marchait, un soupçon d'organisation et de vantardise – n'importe qui en était capable. Elle s'était fait doubler, tout simplement.

Capitaine Tay. Lady Tay. Lady Tay, cela ferait très bien. Si seulement elle pouvait découvrir le Vieux Palais et faire tomber Pastor en disgrâce, elle aurait tous les titres qu'elle voudrait.

Chapitre 16

Pendant l'hiver, Oursin fut un peu moins à la Tour et un peu plus dans le Bois des Anémones. Maintenant que Pastor s'occupait des réserves de nourriture, il y avait plein de raisons d'y aller. Des noisettes à aller y chercher, ainsi que du beurre et du fromage, des fruits secs, et du poisson à y livrer. Parfois, Finaiguille venait avec lui, coiffée d'un chapeau bleu qu'elle n'aimait pas vraiment, mais c'était un cadeau de sa mère et, en plus, il lui tenait chaud. Elle savait Pantouflet en sécurité quelque part, que cela avait quelque chose à voir avec Pastor, et cela lui suffisait.

Au fur et à mesure des visites de Finaiguille et Oursin dans le bois, ils découvraient que de plus en plus de rumeurs couraient dans l'île. Des animaux se disaient entre eux que les euthanasies et les équipes de corvée étaient beaucoup plus le fait du capitaine

Bogue que du roi, et que c'était le capitaine Pastor qui se battait pour défendre les intérêts des animaux ordinaires. Comme de plus en plus de familles étaient touchées par les lois sur l'euthanasie, de plus en plus de parents étaient conduits, les yeux bandés et en secret, à la garderie du Vieux Palais où la mère Câline et Miette la servante taupe prenaient soin de leurs bébés rescapés. De temps à autre, un nouveau petit animal venait soudain se mêler aux jeux des autres dans le bois ou sur le rivage. Chacun faisait semblant de ne pas se demander d'où il venait, ni s'il ne boitait pas un petit peu. Ils étaient au courant.

Dans l'obscurité des terriers ou des tunnels, on chuchotait que le procès de Crispin n'avait pas été ce qu'on croyait. Et, se disait-on, si ce n'était pas Crispin qui avait assassiné le prince, qui était-ce donc ?

Oursin se rendait chaque fois qu'il le pouvait dans la Salle du Trône, mais d'habitude, Bogue, Belle ou Granit s'y trouvaient. Le meilleur moment pour parler au roi, c'était tôt le matin, quand les effets du soporifique se dissipaient et que l'on n'avait pas encore apporté de vin. À partir du milieu de la matinée, il y avait toujours un flacon et une coupe à côté du roi, avec une autre bouteille toute prête pour quand la première serait finie. Alors, chaque matin, à l'heure du petit déjeuner, Oursin remplissait un bol de l'eau pétillante de la source et se précipitait dans les escaliers pour que le roi pût la boire toute fraîche.

Pourtant, en général, il n'allait pas plus loin que le barrage des gardes. Ils lui demandaient poliment l'eau en promettant de la donner au roi, mais Oursin doutait qu'elle parvînt jamais jusqu'à lui. La Tour émit une annonce. Le capitaine Pastor gérait si brillamment les réserves de nourriture que tous les animaux étaient dans une forme exceptionnelle cet hiver-là. Ce qui voulait dire qu'ils pouvaient fournir plus de travail, ce qui serait bon pour eux et leur permettrait de se réchauffer. Ils devraient donc commencer une heure plus tôt le matin et finir une heure plus tard le soir. Ils pouvaient travailler plus vite et transporter des charges plus lourdes. On disait que le roi envisageait l'euthanasie des vieux comme celle des tout-petits. Ce n'étaient que de pauvres animaux aux os douloureux, à la vie terne, et il était cruel d'attendre d'eux qu'ils affrontent des hivers sombres et froids, des vents violents venus de la mer et des étés brûlants. Et puis comme ça, les animaux plus jeunes ne les auraient plus à charge.

Un soir où la tempête faisait rage, les animaux étaient blottis dans leurs nids ou leurs tunnels dans les bois, sur les rivages ou dans la Tour. Ils faisaient chauffer du cordial en se racontant de vieilles histoires. Certains d'entre eux se plaignaient du capitaine Bogue, d'autres de Pastor, et certains disaient même que c'était la faute du roi. C'était un bon roi, mais le chagrin lui avait fait perdre la tête. Personne n'accusait Lady Belle de quoi que ce soit. Elle était gentille et charmante avec les animaux du commun, et s'était occupée de la reine avec dévouement. Le seul fait de la regarder et d'entendre sa voix douce était un ravissement pour les cœurs et les cerveaux fatigués.

Dans la garderie, Miette aérait des couvertures et fourrait des cuillers de porridge dans des bouches bordées de lait. Câline tricotait, cousait et, pour cacher des membres déformés, fabriquait de petites moufles qui avaient l'air aussi naturelles que de vraies pattes. Un groupe de taupes compatissantes emmena le petit hérisson à la vue basse faire un tour dans les tunnels. Son vrai nom était Édouard, mais il était si acharné à apprendre tout ce qu'on lui enseignait, si affectueux et désireux de plaire qu'on l'avait rebaptisé Espoir. Arane, en leur rendant visite ce soir-là, leur fit remarquer qu'il était assez grand pour quitter la garderie. Mais comme il était devenu leur petit chouchou, la mère Câline et Miette étaient réticentes à le laisser partir.

– C'est fou ce que sa maman compte pour lui, dit Câline sans cesser de tricoter. Elle s'appelle Triboulette. Elle ne vient pas souvent ici, mais ce n'est pas de sa faute. Ils lui font faire de si longues heures de travail à la Tour. C'est une remarquable hérissonne aux pattes habiles – elle travaille sur les tapisseries. Elle lui manque tellement.

– Pauvre petit bout de chou, dit Arane. Comment va la nouvelle loutre ?

Le nouveau bébé loutre dormait près du feu.

– Elle va très bien, dit Câline. On peut arranger tout ce qui cloche chez elle rien qu'avec de l'amour, de la chaleur et une bonne nourriture.

– Pastor va amener sa maman ici ce soir, annonça Arane. Je dois repartir, maintenant. Ce n'est bon ni pour Pastor ni pour moi que nous soyons absents de la Tour au même moment.

– Demande-lui de t'épouser, pourquoi tu ne le fais pas ? s'étonna Miette.

– Il se contenterait d'en rire, souffla Arane.

Le vent hurlait en battant les murs de la Tour. Bogue descendit péniblement du lit et chercha à tâtons son épée. Le hérisson venait à nouveau l'attaquer, ce prince Culbute qui ne voulait pas rester mort, et il approchait…

– Arrière ! hurla-t-il d'une voix rauque. Arrière, arrière, arrière !

Belle tentait de lui dire quelque chose, mais il la repoussa.

– Il est là ! croassa-t-il. Il est là ! Arrière !

– Il n'y a personne, lui dit-elle calmement. Retourne dormir.

Bogue eut besoin d'un peu de temps pour se rendre compte qu'il était réveillé. Un cauchemar, tout simplement, mais d'une telle réalité qu'il le rendait fou de terreur. Belle lui retira l'épée des pattes.

Incapable de maîtriser ses frissons, il trouva une cape dans laquelle il s'enroula. Puis il s'agenouilla près de la douce lueur de l'âtre où les braises émettaient encore un peu de chaleur.

– Tu veux que je te donne quelque chose pour dormir ? lui proposa Belle.

– Non, répondit-il. Je n'en veux pas.

– Le soporifique que je te donnerais, ce n'est pas celui que je donne au roi, lui dit-elle d'une voix douce.

– Je n'en veux pas, répéta-t-il en restant accroupi près du feu.

Ses espions lui avaient rapporté que les animaux ordinaires disaient que Crispin était innocent. S'ils n'étaient pas tous si stupides, ces êtres inférieurs, ils auraient trouvé cela depuis longtemps. Mais personne ne l'accusait, *lui*. Son épée avait frappé de façon si experte, si proprement, qu'elle n'avait laissé aucune trace de sang. Après toutes les euthanasies qu'il avait menées à bien, il savait comment s'y prendre. Il avait essuyé sa lame et ses pattes sur de la mousse qu'il avait brûlée ensuite. Il n'y avait eu aucun témoin. Il s'était débarrassé de tous les sceaux qu'il avait fabriqués portant la griffe de Crispin.

En était-il si sûr ?

Évidemment. Il l'avait sûrement fait.

Les gémissements du vent étaient comme les pleurs d'un nourrisson, comme les lamentations d'une reine. Il n'avait pas envie de dormir. Si Belle savait seulement quels cauchemars il faisait, elle n'aurait pas essayé de le faire dormir. L'inquiétude le rongeait. Il ne connaîtrait pas de paix avant d'être allé dans l'antichambre jouxtant la Salle des Assemblées, et regardé dans le coffre où étaient les robes.

Il n'y avait aucune trace de feuilles. Il secoua les robes pour s'en assurer, inspecta la sienne très soigneusement, retournant les manchettes. Il retourna aussi le sac de velours. Il ne restait aucun des sceaux contrefaits. Il ne risquait rien.

La marée était basse. Dans le clair de lune, Pastor nagea loin du rivage, jusqu'à l'endroit où il lui fallait revenir vers la terre. Puis il courut, ventre à terre, jusqu'à une grotte hors d'eau. Il se faufila à l'intérieur jusqu'à ce qu'il y entende des pas traînants et le sifflement de voix graves de loutres.

– Ne vous inquiétez pas, chuchota-t-il. Ce n'est que moi, le capitaine Pastor. Je suis venu vous chercher pour vous emmener voir votre petite fille. Vous êtes prête ? Nous allons remonter à l'air libre, puis nous traverserons l'eau et je vais devoir vous bander les yeux. Faites-moi confiance. Et ne faites aucun bruit.

Enveloppée dans sa cape sombre, dans l'ombre d'un arbre mort, Tay guettait, dans une immobilité parfaite. Une ou deux fois, elle les avait perdus de vue mais il y avait toujours, de temps à autre, quand Pastor et la jeune femelle loutre se glissaient dans la rivière ou en émergeaient, un mouvement vif et coulé. À l'endroit où le ruisseau s'enfonçait sous terre, elle les perdit. Si sa théorie était fondée, ils n'étaient pas tout près du Vieux Palais, mais s'ils nageaient longtemps en remontant le courant, ils déboucheraient sur un réseau de tunnels. Si tout ce qu'elle avait appris était vrai, la plupart de ces tunnels étaient trop étroits pour une loutre adulte. Il n'y en avait qu'un assez large, et il partait vers le nord-ouest en traversant l'eau.

Elle ne pouvait pas les suivre plus loin. Elle craignait de ne pouvoir nager assez vite, et il y avait trop de risque que Pastor s'aperçoive de sa présence. Mais elle en savait assez. Par une si cruelle nuit d'hiver, son triomphe la réchauffait. Elle avait découvert le site du Vieux Palais. On se souviendrait de son nom. On tisserait des tapisseries qui la représenteraient. Lady Tay la loutre, qui avait redécouvert le Vieux Palais.

Et qui donc était cet animal qui accompagnait Pastor ? Une loutre ordinaire du rivage, qui n'avait rien à faire là. Si Pastor connaissait l'emplacement du Vieux Palais, il aurait dû garder le secret. Il avait trahi la confiance qu'on avait mise en lui. Et qu'est-ce qu'il fabriquait là, pour avoir besoin de se glisser au-dehors, en cachette, une nuit d'hiver ?

Il pourrait bien être en train de préparer une révolte. Trahison ! Et cette loutre qui était avec lui, ce n'était pas sa petite amie. Mais Tay se rappelait quelque chose. C'était une pièce de plus pour le puzzle. Le dernier bébé qu'on avait amené pour l'euthanasier était une loutre. Un bébé femelle de loutre. Elle s'en souvenait parce que Bogue n'était pas là et que Granit avait été furieux d'apprendre que c'était Pastor qui s'était occupé de l'opération. Plus elle réfléchissait, mieux elle comprenait.

Elle aurait pu aller tout droit trouver le capitaine Bogue, mais Bogue avait une telle façon de tirer la couverture à lui. Ce triomphe, c'était le sien, à elle. Pour le moment, elle allait faire très attention à ne pas tout lui dire. La preuve qu'il cherchait, Bogue l'aurait au Festival de Printemps, comme il le voulait. Pas avant.

Sapin veillait tard, lui aussi, étendu pour prier sur le sol de sa chambre dans la tourelle. Si le pire était certain, Outrebrume avait besoin du Cœur et lui-même avait besoin de courage comme jamais auparavant. Enfin, quand Outrebrume fut endormi, il prit dans sa patte une lampe et, un panier de chandelles au bras, il descendit lentement, en boitant, l'escalier en colimaçon. Il fallait affronter le pire. Il fallait aller bénir le haut lieu de l'horreur.

Oursin se réveilla tôt ce matin-là, se faufila hors de son lit, et regarda dans la chambre de Pastor juste à temps pour voir le capitaine s'effondrer sur son lit et s'endormir profondément. Il jeta une cape bien chaude sur ses épaules et se glissa au-dehors pour puiser un bol d'eau de source, puis il monta en trottinant les escaliers menant à la Salle du Trône, mais le capitainc Granit en gardait la porte.

– De l'eau de source pour le roi, mon capitaine, dit Oursin.

– Laisse-la-moi, lui ordonna Granit.

Mais la voix du roi s'éleva dans son dos :

– C'est Oursin ! Faites-le entrer ! Oursin, est-ce que les fleurs de printemps sont déjà sorties dans le Bois des Anémones ? Va chercher encore un peu d'eau pour le capitaine Bogue !

Oursin jeta un coup d'œil derrière Granit et n'eut

que le temps d'apercevoir le roi dont le regard semblait voilé, et Bogue se tenant devant lui. Bogue se retourna d'une pièce.

– Oh, vas-y, s'il te plaît ! dit-il en prenant le bol.

Et Oursin retourna à toute vitesse à la source. Il revint aussi vite qu'il le put avec l'eau demandée, mais la porte était fermée et Granit le foudroya du regard.

– Emporte ça, grogna-t-il. On n'en a pas besoin.

Inutile de discuter. Oursin détala dans le couloir, trouva une fenêtre par laquelle il pourrait vider le bol, et pensa juste à temps à regarder en dessous.

– Oups, lâcha-t-il.

Il avait failli arroser Frère Sapin, Finaiguille et un petit écureuil avec des fleurs de printemps dans les pattes. Frère Sapin leva les yeux.

– Descends ! lui cria-t-il. Quelle merveilleuse matinée ! Le printemps est enfin arrivé !

Oursin avait reconnu l'autre écureuil. C'était Criquette, du Bois des Anémones, qui voulait travailler dans la Tour.

– Hum ! dit Sapin quand il se joignit à eux. Il y a de l'eau pour nous ? Ça tombe bien. Finaiguille et moi venons de faire une grande balade et nous avons eu une conversation très intéressante sur les tapisseries. Et puis nous avons rencontré notre jeune amie ici, dans le bois.

– Oursin, tu as vraiment l'air d'une grande personne, lui dit Criquette d'un air timide. Très soigné, tout, et tu marches d'une façon différente.

– Vraiment ? s'étonna-t-il.

– Tu es en train de devenir un véritable écureuil de la Tour, conclut Sapin. Cette délicieuse jeune écureuil apporte des fleurs du bois pour le roi.

– Oh ! s'exclama Oursin. Il vient juste de m'en parler. Il voulait savoir si elles étaient déjà sorties.

Criquette s'étrangla.

– Il t'a demandé à *toi* ? Tu l'as vu ?

– Dans ce cas, dit Sapin, si le roi s'enquiert des fleurs du printemps, nous devons lui apporter celles-là avant qu'elles soient fanées. Si je vous accompagne, ma chère, on vous laissera entrer.

Et il monta les marches en boitant, flanqué de Criquette qui serrait ses fleurs contre elle.

– Qu'est-ce que fricote Criquette ? demanda Oursin à Finaiguille.

– Elle ne fricote rien, lui répondit-elle d'un ton sec. Ce matin, j'ai rencontré Frère Sapin dans un corridor – il regardait des tapisseries et moi, je voulais lui parler de mes soucis. Bogue veut que les nouvelles tapisseries soient prêtes pour le Festival de Printemps, et nous travaillons toutes trop dur pour les terminer, on ne dort pas assez et on fait des erreurs. Ce sont toutes ces nouvelles tapisseries avec les rois et les reines qui ressemblent à Bogue et à Belle. Frère Sapin et moi sommes allés faire un grand tour, nous avons rencontré Criquette, et elle pleurait. Depuis que La Semeuse est ici, elle n'a pas une seule amie.

– Rien d'étonnant, dit Oursin.

– Ne sois pas comme ça ! aboya-t-elle. Elle n'était odieuse que parce qu'elle essayait de rester amie avec

La Semeuse. Et quand La Semeuse honore le bois en venant y mettre les pattes, elle ne fait que se vanter en parlant de Lady Belle. Criquette se donne beaucoup de mal pour devenir mon amie – elle est beaucoup plus gentille qu'avant. Et on désespère tant de pouvoir finir les tapisseries qu'elle pourrait bien avoir un travail aux ateliers. Je devrais déjà y être. J'aurai des ennuis si j'arrive en retard. Salut, Oursin.

– Je vais dans le bois demain pour voir Pomme, dit-il. Tu veux venir avec moi ?

– Qu'est-ce que je viens de te dire ? Je n'ai pas le temps !

Et elle partit d'un pas lourd.

Oursin revint à la Porte de la Source pour trouver Pastor, réveillé, en train de manger un poisson. Au moment où il ouvrait la porte, Pastor regarda derrière lui.

– Ton ombre n'est plus là ? s'étonna-t-il.

– Mon ombre ?

– Lustré, précisa Pastor. Il n'est jamais loin de toi. Il est si sournois qu'il finira par se trahir lui-même. Bon, maintenant, puisqu'on a un moment…

Il ouvrit la porte, regarda des deux côtés, posa son oreille sur le sol pour détecter des taupes et enfin, posant une griffe sur ses lèvres, il s'agenouilla dans l'âtre. Les cendres étaient à peine tièdes, et il les étala comme de la poussière blanche sur tout le foyer.

– J'aurais voulu t'emmener dans ces tunnels moi-même, chuchota-t-il, mais on pourrait bien ne pas en avoir l'occasion, pas si on est suivis tous les deux. Alors, voilà où ça se trouve.

Il traça dans la poussière des lignes et des cercles.

– Là, c'est l'endroit que nous connaissons tous les deux, dit-il et Oursin, sachant qu'il parlait du Vieux Palais, sentit son cœur battre plus fort. Là, c'est la Tour. Je ne peux pas dessiner ici le détail de tous les tunnels, mais voilà les principaux.

Dessinant et chuchotant, Pastor esquissa le plan des tunnels. Oursin le regardait de tous ses yeux. Il y avait une entrée dans la Colline de la Houssaye et une autre sous le rivage sur la côte est, une autre en passant par le ruisseau, mais impraticable pour des écureuils. Il espérait s'en souvenir, mais c'était compliqué.

– Et là, ajouta Pastor, si tu continues assez longtemps, ce tunnel devrait déboucher sous la Tour, mais je ne sais pas exactement où. Je ne l'ai jamais suivi jusqu'au bout. Regarde-le bien.

Quand Oursin eut fini de regarder, Pastor se mit debout devant la cheminée.

– Maintenant, lui dit-il, sans regarder, dis-moi l'entrée la plus proche des Rochers du Nord à marée basse.

– La Butte de Grès, répondit Oursin de but en blanc. Mais, mon capitaine, pourquoi est-ce que je dois connaître tout ça ?

Pastor s'agenouilla pour regarder intensément Oursin dans les yeux.

– Nous ne savons pas ce qui va se passer dans l'avenir, Oursin, lui dit-il. S'ils me surveillent d'encore plus près, ou si on m'arrête – oui, je sais bien que ce n'est pas une idée agréable, mais cela pourrait arriver –, je ne pourrais plus me rendre au Vieux Palais, et tu pourrais bien avoir à y aller pour moi. Pour être plus précis, tu pourrais avoir besoin pour toi-même ou pour tes amis d'un endroit sûr. Alors, tu dois savoir ça.

– Oui, mon capitaine, répondit Oursin.

Le danger lui paraissait soudain très proche et bien réel. Ses poils se hérissèrent. Il faillit dire « ne soyez pas arrêté, mon capitaine », mais c'était idiot, alors il ne dit rien.

Pastor continua à lui poser des questions jusqu'à ce qu'il se soit assuré qu'Oursin se souvenait de tout, et il lui dit enfin :

– Garde-toi d'oublier cela. Il faut que ce soit écrit dans ton cœur et dans ton cerveau. Garde-le secret, et ne l'oublie jamais.

Puis, balayant l'âtre de sa queue, il réduisit en cendres la seule carte existante des routes menant au Vieux Palais.

Chapitre 17

Retiré dans sa propre chambre, Bogue tremblait de fureur. Il sursauta en entendant la porte s'ouvrir. Belle entra comme si elle marchait sur un nuage.

– Tu as laissé le roi tout seul, dit-elle. Il est très peiné.

– Il fallait que je me calme, dit-il en crachant les mots d'une voix basse et tendue. Frère Sapin a amené une petite femelle écureuil du commun, la patte pleine de fleurs sauvages. Nous avions à discuter d'importants problèmes d'État, et voilà que le roi ne veut plus parler que de chélidoines et de boutons printaniers. Sapin se permet trop de choses, sous prétexte qu'il est le prêtre. Ce maudit page de Pastor l'y a poussé. Il est dangereux.

Belle examina son reflet dans le miroir.

– Il pourrait avoir un accident, dit-elle. Il pourrait

trébucher sur quelque chose, ou buter dans quelque chose, ou tomber de quelque chose… oui !

Avec un sourire inspiré, elle se retourna.

– Il tombe en bas des choses. On m'a dit qu'il avait l'habitude de tomber du ciel.

Bogue fronça les sourcils. Sa colonne vertébrale était glacée. Ses nerfs le picotaient. En une seconde, il se rua à travers la chambre pour l'agripper aux épaules, et elle chancela contre le mur.

– Qu'est-ce que tu veux dire ? s'étrangla-t-il.

– Mon seigneur ! s'écria Belle.

Il se reprit.

– Ma chérie, lui dit-il. Pardonne-moi. Je suis désolé, vraiment très désolé. S'il te plaît – je t'ai fait mal ? S'il te plaît, explique-moi exactement ce que tu veux dire par « tomber du ciel » ?

– Si tu es vraiment sûr de vouloir m'écouter, dit-elle d'un ton chargé de reproches, c'est seulement une chose que La Semeuse m'a racontée. Elle a surpris une conversation dans laquelle Frère Sapin lui parlait du jour où on avait trouvé Oursin.

– C'est cette énorme femelle écureuil qui l'a trouvé, dit Bogue, mais il tremblait.

– Apparemment pas, poursuivit-elle. Pomme croit qu'elle l'a trouvé. Mais Frère Sapin et Crispin…

– *Crispin* ?

Elle lui lança un regard sévère et continua :

– Ils l'ont trouvé en premier, et ils l'avaient vu tomber du ciel dans la mer. J'ai interrogé Pomme à ce sujet et elle le nie, mais je crois que la mémoire de

Frère Sapin ou de Crispin est plus fiable que la sienne. Et pourtant, elle a bien remarqué qu'Oursin était tombé d'une fenêtre de la Tour, le soir de notre mariage.

– Il a fait *quoi* ?

– Je n'arrive pas à comprendre comment il y est arrivé, dit-elle. Peut-être que, tout simplement, il n'avait plus la moindre idée de l'endroit où il se trouvait.

Bogue se détourna pour qu'elle ne pût voir son visage. Il revint vers la fenêtre, appuya ses pattes sur le rebord en s'efforçant de respirer profondément, calmement.

– Envoie-moi Lustré, dit-il.

Quand la taupe se glissa dans la pièce, il avait retrouvé tous ses esprits.

– J'ai surveillé l'écureuil, dit Lustré. J'en sais plus sur lui qu'il n'en sait lui-même.

– Je n'en doute pas, répondit Bogue d'un ton sinistre. Je le veux mort. Tout de suite. Cela doit avoir l'air d'un accident.

– Ce n'est que ça ? dit Lustré. C'est comme si c'était fait. Il a prévu de rendre visite demain à sa mère adoptive dans les bois, et je sais exactement par où il va passer. Il y a toutes sortes de tunnels sur son chemin. C'est surprenant que personne n'y tombe jamais.

Il s'inclina avant de quitter la pièce.

Belle prit les pattes de Bogue.

– Tiens bon, lui dit-elle. Nous y sommes presque. Laisse-moi m'occuper du roi. Oursin sera bientôt mort. Tay fera arrêter Pastor. Nous aurons un magnifique Festival de Printemps.

Elle appela La Semeuse, qui arriva avec une promptitude surprenante.

– Assure-toi que personne ne me dérange ce matin, lui dit-elle. Je dois préparer les somnifères du roi.

La Semeuse s'inclina et s'en alla en trottinant d'un air important dans les couloirs.

– Personne ne doit déranger Lady Belle, disait-elle d'un air affairé à chaque animal qu'elle croisait.

Elle était sur le point d'aller reprendre son poste devant le trou de la serrure quand elle aperçut Criquette.

– Qu'est-ce que tu fais là ?

– Je rends visite à Finaiguille, répondit Criquette.

Elle s'était perdue et cherchait la sortie, mais répugnait à l'avouer.

– Oh, celle-là, dit La Semeuse qui ne put retenir un petit sourire narquois. Eh bien, je connais un certain écureuil de ses amis qui ferait bien de faire attention.

– Je ne veux pas le savoir, dit Criquette.

Mais La Semeuse avait envie de le dire. Elle se serra contre Criquette pour chuchoter comme elles avaient l'habitude de le faire quand elles étaient les meilleures amies du monde :

– Entre toi et moi, lui dit-elle, et je ne pourrais pas imaginer de le dire à qui que ce soit d'autre, et il faudra que ça reste notre secret… Oursin va avoir droit à ce qu'il a toujours cherché. Et il est grand temps, d'ailleurs. Je passe mon temps avec Lady Belle, je ne peux rien faire pour éviter de savoir ce qu'ils se disent, le capitaine Bogue et elle. Oursin pourrait bien faire une chute de trop !

Et avec un clin d'œil entendu, elle lui fit une petite moue et se sauva.

Chapitre 18

Le matin suivant, Oursin fut réveillé très tôt par des coups de marteau et des bruits métalliques qui venaient de quelque part du côté de la Tour. Peu importait ce que ça pouvait être, mais ce n'était pas la peine d'essayer de se rendormir. Il ferma un sac à dos qu'il avait préparé pour sa visite à Pomme plus tard dans la matinée et se glissa hors de sa chambre, non sans regarder derrière lui comme Pastor le lui avait appris, pour le cas où il serait suivi. En allant se présenter à Pastor, il trouva le capitaine en train d'essayer de dormir, les pattes sur les oreilles. À cet instant précis, il grommelait quelque chose en tirant de la mousse par-dessus sa tête, mais il abandonna aussitôt.

– Une taupe sourde n'arriverait pas à dormir avec tout ce raffut, dit-il. Allons voir ce qu'il se passe. Bon sang de bonsoir, je me suis endormi sans détacher mon épée.

Le bruit venait du flanc de la Tour le plus proche des bois. Sur le terrain plat au-delà des rochers, des animaux construisaient des échafaudages, sciant et clouant des poteaux, des perches et des planches. Des écureuils allaient et venaient à toute vitesse, des hérissons donnaient des coups de marteau, des loutres allaient chercher des choses ou en emportaient, et des taupes couraient en tous sens, l'air affairé.

– Qu'est-ce que c'est que ça ? s'enquit Pastor.

– C'est pour le Festival de Printemps, mon capitaine, lui dit un écureuil hors d'haleine. Pour accrocher les tapisseries, les stores, tout ça, mon capitaine. Regardez ! La grande table va être au milieu sur ces rochers-là, et les tapisseries seront pendues derrière elle et tout autour pour que tout le monde puisse les voir, et puis il y a un grand baldaquin qui va venir au-dessus, mon capitaine.

– J'ai toujours cru qu'on faisait des tapisseries pour l'intérieur, remarqua Pastor. D'un autre côté, ça ne peut pas les abîmer. J'aurais seulement aimé être mis au courant.

Une ombre les recouvrit et, en se retournant, ils virent le capitaine Granit.

– J'étais au courant, grogna-t-il.

– Oh, alors tout va très bien, dit Pastor avec entrain en lui donnant une petite tape dans le dos. Oursin, on va prendre notre petit déjeuner avant que tu ailles voir

Pomme. Granit, voulez-vous vous joindre à nous et prendre un peu de poisson frais ?

– Non, merci, répondit-il d'un ton sinistre.

– Non, je pensais bien que ça ne vous tenterait pas, dit Pastor avec un sourire. Ah, voilà le capitaine Bogue qui vient inspecter les travaux.

Bogue arrivait de la Tour à grands pas, une cape richement ornée jetée sur ses épaules. Quand un hérisson se précipita pour lui parler, il se retourna brusquement, l'air irrité. Mais ensuite, il se montra souriant, l'air intéressé, parlant aux animaux qui travaillaient et les encourageant. Oursin fut soulagé de suivre Pastor jusqu'à la Tour.

Ce n'était pas l'habitude de Bogue de sortir si tôt le matin, mais il n'avait pas envie de retourner dormir. Le roi avait été pénible, exigeant de l'eau de source et voulant sortir pour rencontrer les animaux. Il avait fallu pas moins d'une demi-bouteille de spiritueux et une bouteille entière du breuvage de Belle pour le calmer.

Bogue voyait toujours le prince Culbute dans ses cauchemars mais, à présent, il y voyait aussi Crispin. L'exil avait été une erreur. Crispin aurait dû avoir un malencontreux accident, comme cela allait être le cas d'Oursin.

– Ton ombre n'est pas là ce matin, dit Pastor à Oursin, quand ils furent en sécurité dans sa chambre. Je vais te dire ce qui va se passer au Festival de Printemps.

Ils entendirent des pattes trottiner vers eux.

– Non, je ne vais pas pouvoir le faire, soupira Pastor en ouvrant la porte à la volée.

– *Hello*, Finaiguille ! dit Oursin en bondissant sur ses pattes.

Mais il ne pouvait s'empêcher d'être agacé. Pastor avait été sur le point de lui dire quelque chose d'important.

– Oh, et Criquette.

Finaiguille entra précipitamment, l'air anxieux et pressé. Criquette se serrait timidement contre elle.

– Nous sommes désolées de vous interrompre, mais nous avons quelque chose d'important à vous raconter à tous les deux, dit Finaiguille. Enfin, Criquette, en tout cas.

– Dis-leur, toi, dit Criquette en jetant un coup d'œil intimidé vers Pastor.

Oursin voulait seulement qu'elles en finissent et qu'elles s'en aillent.

– La Semeuse a voulu impressionner Criquette, dit Finaiguille à toute vitesse. Elle a fait des allusions, et dit qu'Oursin allait avoir droit à ce qu'il méritait. « Il va faire une chute de trop », c'est ce qu'elle a dit.

Oursin sentit ses pattes trembler un petit peu. Le danger avait toujours été présent, mais il était maintenant tout proche, et cela le concernait, lui. Pastor s'assit par terre et prit la patte de Criquette.

– C'est vrai ? lui demanda-t-il. C'est exactement ce que t'a dit La Semeuse ?

– Oui, mon capitaine, dit-elle timidement.

– Tu es un bon écureuil, lui dit Pastor. Tu as bien fait

de me le dire. N'aie pas peur. Va voir Frère Sapin, et répète-lui ce que tu viens de nous dire. Je vais appeler un garde qui t'accompagnera.

Quand elle fut partie, il inspecta le couloir, ferma la porte et s'y appuya.

– Une chute de trop, répéta-t-il à voix basse. La Semeuse est au service de Lady Belle. Je me demande si Bogue et Belle savent que tu es tombé du ciel. Cela ajoute à ton étrangeté, et ils ne veulent sur cette île aucun être ni aucune chose qui les déroute. Beaucoup trop dangereux. Ceci est sérieux, Oursin.

– Tombé du ciel ? s'étonna Finaiguille.

– Frère Sapin a eu la sagesse de le garder secret, et c'est ce que nous ferons, dit Pastor avec fermeté.

– Je vais m'en tirer, dit Oursin, s'efforçant d'être brave.

– Non, si tu restes ici, certainement pas, lui dit Pastor.

Il marqua une pause, et regarda longtemps Oursin avant de reprendre la parole :

– Oursin, tu leur as donné trop de fil à retordre. Tu t'es interposé entre Bogue et le roi. Tu es mon page. Tu as l'air différent et ton passé est un mystère. Ils veulent se débarrasser de toi. Je suis désolé. Il faut que tu partes.

– Où ça, mon capitaine ? lui demanda Oursin.

Il espérait avoir mal entendu.

– Aussi loin que possible, lui dit Pastor.

– Me cacher, mon capitaine ? Peut-être dans le Vieux Palais ?

– Trop risqué, lui dit Pastor d'un air si malheureux qu'Oursin en eut de la peine pour lui. S'ils sont décidés à te trouver, ils te trouveront.

– Et si je restais dans le Vieux Palais, ils trouveraient les petits du même coup, concéda Oursin.

– Il n'y a qu'une chose à faire et elle me fait horreur, poursuivit Pastor. Tu as été pour moi un excellent page. Et un grand ami. Mais si tu restes sur cette île, Bogue va te trouver.

Cela, Oursin l'avait senti venir. C'était comme si, à l'intérieur de lui, tout était devenu gris et froid comme un ciel d'hiver.

Il se souvint du jour où Crispin était parti, et comment il avait envisagé de partir avec lui, même si cela voulait dire qu'il abandonnerait tous ceux qu'il avait connus et aimés. Mais là, il allait partir seul. Plus que jamais il était conscient de tout ce qu'il devait à Pastor. Pour lui, c'était un capitaine, un père, un frère aîné, un ami, un guide, un protecteur. Il allait devoir quitter Pastor.

– Je suis obligé ? demanda-t-il.

– Tu pourrais bien être capable de revenir un jour, lui dit Pastor. On n'a jamais su avec certitude si tu étais vraiment d'ici.

– Si. J'en suis, mon capitaine ! s'écria Oursin, blessé.

– Oui, oui, s'empressa d'admettre Pastor. Tu es l'un des nôtres, bien sûr que tu l'es. Ce que je voulais dire, c'était que tes parents venaient sans doute d'ailleurs. Alors, tu devrais pouvoir revenir en traversant les brumes.

– Je ne suis de nulle part ailleurs, dit Oursin. Je suis né ici ou, en tout cas, c'est ce que je crois. Mon capitaine, je ne crois pas que je pourrais le supporter, de ne jamais revenir chez moi.

Pastor l'agrippa par l'épaule.

– Il y a des tunnels sous la mer, dit-il, en tout cas les taupes disent qu'il y en a. Longs et tout noirs, mais c'est un moyen de voyager en évitant la mer. Tu pourrais revenir par là. S'il y avait un navire au port là, maintenant, je t'y embarquerais clandestinement, mais nous allons devoir nous contenter d'armer un canot, comme nous l'avons fait pour Crispin. Tu n'auras pas faim.

– Je pourrais attendre la tombée de la nuit ? demanda Oursin d'un ton plein d'espoir.

– La tombée de la nuit, ce pourrait être trop tard, lui dit Pastor. Nous te ferons partir de la côte nord, où personne ne te remarquera. Tout le monde est occupé.

– Mais je devais voir Pomme aujourd'hui ! s'exclama Oursin. Elle m'attend, je ne peux pas la laisser tomber !

– J'irai, moi, lui dit Finaiguille. Je lui dirai… Qu'est-ce que je dois lui dire, capitaine Pastor ?

– Dis-lui la vérité, et fais-lui jurer le secret, répondit-il. C'est un risque, mais on ne peut pas la laisser penser que tu as juste disparu.

– J'avais des cadeaux pour elle, murmura Oursin en espérant faire durer ses dernières heures sur l'île.

– Je les emporterai, s'empressa de répondre Finaiguille.

Oursin lui lança un regard furieux.

– Cela va te faire manquer ton travail, plaida-t-il.

– Le capitaine Pastor pourra arranger ça, dit Finaiguille.

Oursin se tourna vers Pastor.

– Ils vont remarquer que je suis parti. Alors, qu'est-ce que vous leur direz ?

– Pas de problème, le rassura Pastor. À en juger par ce que La Semeuse a dit à Criquette, Bogue a donné des instructions pour ta mort. Quand tu disparaîtras, il pensera qu'on les a exécutées. Si les gens de l'île remarquent que tu n'es plus là, ils vont le soupçonner de t'avoir assassiné, ce qui est plutôt bon. Oursin, moi non plus, je n'aime pas ça et, si les gens d'ici n'avaient pas besoin de moi, je serais venu avec toi. Je vais ramer sur ton bateau pour t'emmener moi-même jusqu'aux brumes, puis je te laisserai les rames et je reviendrai à la nage jusqu'au rivage. Je ne sais pas grand-chose sur les pays au-delà des brumes, mais je te dirai tout ce que je sais.

Oursin pensa à Crispin. C'était rassurant de se dire qu'il était là-bas, quelque part.

– Si Crispin est toujours en vie, je le trouverai, dit-il et penser à Crispin lui redonna du courage. Je ne pars pas seulement pour sauver ma vie, mon capitaine. Je pars à la recherche de Crispin. Et, quand je l'aurai trouvé, je découvrirai bien un moyen de le ramener ici. Il doit y en avoir un.

Mais il pensa à l'immensité de la mer, à ses tempêtes, et à ces petits canots dont se servaient les loutres. Les griffes recroquevillées, se sentant soudain tout petit à côté de Pastor, il leva les yeux pour lui avouer ce qu'il n'aurait dit à aucun autre animal, et qu'il aurait préféré ne pas dire devant Finaiguille.

– J'ai peur, mon capitaine.

– J'aurais tout aussi peur, à ta place. Mais il faut qu'on le fasse. Avant toute chose, je vais te conduire à Sapin. Tu veux prendre le raccourci par les murs extérieurs ?

– Non, je vais marcher, lui répondit Oursin qui ne se sentait pas d'humeur à grimper aux murs à toute vitesse.

L'ascension de la tourelle de Sapin, avec Finaiguille marchant lourdement derrière eux, ne lui avait jamais semblé si longue. Quand ils arrivèrent à la hauteur des ateliers, Finaiguille s'arrêta.

– Il faut que j'aille travailler, maintenant, dit-elle.

– Je viens te chercher très vite, lui dit Pastor.

Elle se trémoussa un peu.

– Fais attention, Oursin, dit-elle gauchement.

– Merci d'être mon amie, lui dit-il.

Après ça, il n'y avait plus grand-chose à ajouter.

La tourelle de Sapin donnait l'impression qu'on y avait prié. Quelque chose dans l'air parlait de sérénité. Mais Sapin avait l'air changé. Les rides de son visage semblaient s'être creusées. Il se leva lentement, avec raideur, comme s'il portait le poids d'une grande peine et que tout lui demandait un grand effort, et Pastor tendit la patte pour l'aider. Mais il y avait dans son regard une profondeur qui suggérait qu'il était plus vieux que le socle rocheux de l'île, et qu'il en savait bien plus que tout ce que les légendes locales pouvaient raconter.

– Oursin, vérifie sous les serres des plantes pour voir si on est espionnés, lui dit Pastor.

Cela parut à Oursin un peu excessif, mais il obéit à son capitaine qui, pendant ce temps, exposa à Sapin tout ce qui était arrivé.

– Oui, dit Sapin avec tristesse après avoir entendu toute l'histoire, oui, il faut qu'il s'en aille. Hum ! Je suppose qu'on devrait lui donner des forces.

Il versa dans un poêlon de l'eau et du cordial.

– Maintenant, Oursin des Étoiles Filantes, il y a des choses que tu dois savoir.

Oursin s'assit pour l'écouter, et Sapin lui donna une pomme.

– Tout d'abord, je vais te dire ce que j'ai dit à Crispin avant qu'il ne parte. Je sais quelques petites choses sur les îles. La plupart des navires de commerce viennent du nord-ouest et, dans cette direction, il y a de grandes îles bien peuplées, mais très loin d'ici. Les plus proches sont au sud-est, alors, rame pour contourner l'île, puis maintiens ton cap dos à la Tour en ramant tout droit. Donne-lui une voile, Pastor, il n'est peut-être pas assez fort pour ramer autant. À chaque navire que tu vois, à chaque loutre que tu rencontres, dans toute île où tu accostes, demande si on a entendu parler de Crispin. Cherche jusqu'à ce que tu l'aies trouvé. Et autre chose encore. Grave ça dans ton esprit.

– Oui, monsieur.

Frère Sapin prit les pattes d'Oursin dans les siennes. Son vieux visage fut éclairé par un sourire si doux, si profond, si sage et si gentil qu'Oursin ne put en détourner les yeux. Dans la simplicité de cette chambre banale, avec une brise légère entrant par une fenêtre, Oursin se sentit pénétré par la sainteté du lieu.

– Tu nous reviendras, Oursin des Étoiles Filantes. La nuit où tu as été envoyé vers nous fut une nuit très importante. Outrebrume est ton destin. Tu nous reviendras. Je ne saurais dire comment. Mais nous te reverrons.

Alors, Oursin oublia qu'il était un écureuil de la Tour et jeta ses pattes autour de Frère Sapin, en pressant sa joue contre la tunique blanche et rugueuse.

– Oh, mon jeune héros, lui dit Sapin d'une voix apaisante. Tous les héros ressentent les choses comme cela… C'est vrai, tu sais.

Par-dessus les oreilles d'Oursin, il s'adressa à Pastor :

– Je te suggère de trouver la jeune Arane et de lui demander de préparer l'approvisionnement d'un bateau. Pas de rations chichement mesurées. Des biscuits au miel. Des gâteaux aux épices. Des noix et du pain aux herbes. Du beurre. Des galettes d'avoine et du fromage. Des pommes… Oh, et puis tout ce que peut bien aimer ce courageux aventurier. Et si tu sais ce que le jeune Crispin aime manger, mettez-en aussi, parce que je ne doute pas une seconde qu'Oursin va tomber sur lui. Et pendant que tu y es, demande-lui de t'épouser.

– Elle se contenterait de me taper dessus, murmura Pastor comme d'habitude en dévalant l'escalier.

Après son départ, Sapin caressa les oreilles d'Oursin, puis le fit asseoir avec une coupe de cordial. Oursin avait l'impression de n'avoir envie de rien, mais c'était chaud et fort, et lorsque Pastor revint, il se sentait mieux.

– Finissons-en, dit le capitaine. S'il vous plaît, Frère Sapin, donnez-lui votre bénédiction.

Oursin s'agenouilla. Il se sentait très calme, maintenant qu'il se savait sur le point de partir. La voix de Sapin était aussi vieille qu'une cape usée jusqu'à la corde, mais elle résonna avec autorité quand il étendit une patte au-dessus de la tête d'Oursin.

– Puisse le Cœur t'avoir en sa sainte garde, Oursin des Étoiles Filantes, dit-il. Puisse le Cœur te guider, te garder, te nourrir, t'éclairer. Et puisse l'immense amour du Cœur te ramener sain et sauf à Outrebrume.

Le bateau était prêt, bien équipé, avec des rames et une voile, bien qu'Oursin n'eût pas été entraîné à se servir d'une voile et qu'il espérât ne pas en avoir besoin. De la nourriture, de l'eau, du cordial et des capes y étaient impeccablement empilés.

– Veillez sur Pomme pour moi, dit Oursin à Pastor.

– Rappelle-toi tout ce que je t'ai dit, lui conseilla Sapin.

– Et ne te sépare pas de ça, lui dit Pastor.

De sous sa cape, il sortit la petite épée dont Oursin

se servait pour son entraînement, avec son baudrier et son fourreau.

– Ne t'en sers que si tu y es contraint, et rappelle-toi tout ce que tu as appris. Si tu frappes, que ce soit rapide et propre.

– Merci, mon capitaine, lui dit Oursin. Et merci pour tout.

Il valait mieux à présent partir vite pour en finir, mais Pastor le prit soudain par les épaules.

– Je ne peux pas te laisser partir seul, lui dit-il d'un ton pressant. Je ne peux pas faire ça, Oursin. Il ne faut pas que je te laisse seul quand on arrivera aux brumes. Il faut que quelqu'un parte avec toi.

– Non, mon capitaine ! s'exclama Oursin, qui aurait pourtant apprécié la présence d'un ami. Ce serait condamner un autre animal à l'exil !

– Je vais trouver Traînelapatte, lui dit Pastor. Il peut se débrouiller.

Il se jeta à l'eau et s'éloigna vivement à la nage. Oursin le regarda jusqu'à ce qu'il soit hors de vue, puis il se tourna vers Sapin.

– S'il vous plaît, voulez-vous pousser ce bateau à l'eau pour moi, *maintenant* ? lui demanda-t-il.

Le nez de Frère Sapin s'agita.

– S'il vous plaît, Frère Sapin, le pressa Oursin. Et comme Pastor voulait ramer pour moi jusqu'aux brumes, je ne lui ai pas vraiment dit au revoir, alors vous en chargerez-vous pour moi ? Dites-lui que je suis désolé de désobéir à mon capitaine, mais il ne faut pas qu'il expédie Traînelapatte avec moi. Traînelapatte ne peut pas être séparé de cette île. Et puis, il a une famille. Il doit rester.

Il bondit dans le canot.

– Maintenant, s'il vous plaît, Frère Sapin. Avant que je change d'avis.

Oursin se souviendrait de ces instants toute sa vie. La mise à l'eau du bateau qui dansait sur les vagues. Le cri d'un goéland. Une larme qui brillait sur le visage bon et sage de Frère Sapin. Une étoile de mer sur le sable. Un oursin de mer. Les rames toutes lisses, qui craquaient et dégoulinaient, l'éclat du soleil sur l'eau quand il regarda par-dessus son épaule pour prendre ses repères. L'odeur d'eau salée dans l'air. Un poisson qui filait sous l'eau. À une cadence régulière, coup de rames après coup de rames, il se rapprochait des brumes.

Il se répéta qu'il ne venait pas d'Outrebrume. Sapin disait qu'il pourrait revenir. Il tirait régulièrement sur les rames, mais bientôt les brumes voilèrent sa vision, ne lui permettant plus de voir la flèche d'or pâle de la Tour d'Outrebrume. Il ferma les yeux et continua à ramer.

Il espérait qu'il se dirigeait bien vers le sud-est, mais il ne pouvait rien voir d'autre que de la brume. Son sillage avait l'air droit, pour autant qu'il puisse en juger, mais les brumes se resserrèrent, toutes blanches, autour de lui jusqu'à ce qu'il ne pût même plus le discerner. Ce qui était encourageant, c'était de se dire que s'il en émergeait à la nuit tombée, il pourrait naviguer aux étoiles – Pastor lui avait appris les étoiles –

mais il perdait la notion du temps. Il se drapa dans une cape en se demandant ce qu'étaient en train de faire ses amis dans l'île. Finaiguille, Pastor – non, il ne fallait pas penser à eux. Cela lui picotait les yeux.

Il tenta de chanter pour garder le moral, mais dans les blanches volutes de brume, sa voix rendait un son ténu, qui se perdait aussitôt. Il préféra prier dans son cœur en silence. De tout petits diamants de vapeur se prenaient dans sa fourrure et ses moustaches. Il se demandait qui étaient ses parents, et ce qu'ils feraient s'ils pouvaient le voir, et espérait qu'ils seraient fiers de lui. Il ne fallait pas qu'il se lamente sur lui-même, il ne fallait pas qu'il regrette de ne pas avoir attendu Traînelapatte.

Les brumes faisaient l'effet d'un poids. Les rames semblaient plus lourdes, exigeant un effort plus pénible. Derrière ses paupières qui se fermaient, il vit un écureuil, une femelle, aussi pâle que lui…

… Il était en train de s'endormir. Il devait avoir ramé depuis une éternité. Il rangea les rames et s'étendit pour voler quelques instants de repos mais, bientôt, il dormait profondément. La nuit avançait, de plus en plus froide. Le bateau dérivait. Et tandis qu'Oursin dormait dans le canot à la dérive, Lustré sortit furtivement de derrière les provisions et rampa vers lui.

Chapitre 19

C'était idéal pour un écureuil. Avec un sac comme celui-là sur le dos, Oursin pouvait courir à travers bois, grimper et dévaler des murs à toute vitesse, sauter par-dessus des ruisseaux en oubliant complètement son fardeau. Finaiguille prit le sac rempli de gâteaux, de biscuits et de fromage pour Pomme, l'installa fermement sur ses piquants et partit d'un pas lourd à travers la forêt.

Elle avait beau adorer son métier, elle savourait sa liberté de ce matin. Les horaires de travail s'allongeaient de plus en plus et elle avait mal aux pattes. Triboulette, la hérissonne gentille et plutôt laide qui était assise à côté d'elle, lui avait donné des baumes à se mettre sur les pattes pour les soigner. Cela lui faisait du bien mais, dernièrement, le travail était devenu si dur que même les lotions de Triboulette ne pouvaient pas guérir toutes ses coupures et ses égratignures. En ce frais matin de printemps, elle ressentait de la compassion pour les animaux de l'atelier. Les bourgeons étaient tout verts, tout frais. Chélidoines et jonquilles surgissaient de terre. Elle se hâtait à travers bois, flairant les hyacinthes en train de pousser, écoutant le ruisseau, saisissant au vol les notes d'un chant d'oiseau, observant un merle qui ramassait des brindilles pour faire son nid. Au pied du hêtre, elle gratta le sol ici et là à la recherche des glands que Pomme aimait, déterrant au passage quelques vers et quelques scarabées aussi, qu'elle mangea. La rivière faisait entendre des glouglous tentateurs et se révéla délicieusement fraîche et légère quand elle y but, puis s'y aspergea les pattes.

De l'autre côté du ruisseau, les coussins de mousse étaient moelleux comme des vagues et verts comme des chenilles. Quand elle passait par là avec Oursin, il franchissait toujours cette partie d'un saut, tandis qu'elle faisait le tour en trottinant vers les basses eaux pour traverser en pataugeant. Parfois, elle sautait pardessus, mais son saut à elle était toujours court et lourdaud comparé à celui d'Oursin.

Aujourd'hui, Oursin n'était pas là pour rivaliser avec elle. Avec nostalgie, elle pensa à lui, tout seul dans son petit bateau sur une mer vide d'amis. Il aurait aimé qu'elle fasse ce saut pour lui. Elle assura le sac sur son dos, recula de quelques pas pour prendre un bon élan et bondit par-dessus le ruisseau. La mousse sèche céda sous ses pattes. Malade de peur, elle tomba, de plus en plus vite, trop vite pour pouvoir s'en tirer, et elle entendait sa propre voix hurler – mais sa voix se perdait dans ce puits profond tandis qu'elle griffait désespérément la terre.

Ses piquants très pointus freinaient sa chute en se prenant dans les parois de terre et, en grattant et en s'agrippant, elle parvint à enfoncer profondément ses griffes dedans. Elle s'accrocha en serrant les dents, en collant son dos contre le mur d'argile derrière elle, mais elle continuait à glisser. Elle tenta de grimper –mais le seul fait de libérer une patte suffisait pour la faire glisser encore plus bas. En s'arc-boutant, elle essaya encore, et tomba si bas que la lumière du jour n'était plus au-dessus d'elle qu'un petit point blanc.

Mais, cette fois, elle avait atterri sur une racine d'arbre qui avait poussé à l'intérieur de ce trou. Ce n'était pas grand-chose mais cela offrait un mince rebord où, tant qu'elle ne paniquerait pas, elle pouvait rétablir son équilibre en évitant de tomber plus bas. Elle essaya encore de grimper et, encore, elle retomba. Elle se demanda si elle ne ferait pas mieux de descendre en crapahutant à la recherche d'une entrée de tunnel, mais si elle recommençait à tomber ? Et qu'y avait-il en dessous d'elle ? Des rochers ? Une eau profonde ? Et si elle tombait de plus en plus bas dans l'obscurité de la terre, et qu'elle ne trouvait toujours pas de tunnel de taupe ? Elle pourrait bien ne jamais être capable de remonter jusqu'en haut.

« Je vais rester sur cette saillie, se dit-elle avec bon sens. Quelqu'un finira bien par me trouver. »

Elle prit une grande inspiration et cria pour demander de l'aide, mais sa voix rendait un pauvre son terrifié et elle n'aurait su dire jusqu'où elle porterait. Elle serra les griffes. Elle pourrait bien être là pour des heures avant que quelqu'un ne la trouve. Des jours, même.

« Absurde, se dit-elle avec fermeté. Reprends-toi, hérissonne. » Quelqu'un remarquerait qu'elle avait disparu. Ce serait le cas de Pastor. Les hérissons qui dirigeaient l'atelier iraient lui demander pourquoi elle n'était pas revenue, et il enverrait une expédition de secours qui la trouverait. Il partirait lui-même à sa recherche. Pastor était comme ça. Craignant de tomber, elle se tortilla pour s'assurer une meilleure prise en priant pour demander que Pastor arrive vite. Il allait venir. Il l'entendrait, il verrait où la mousse s'était effondrée.

Cela ne faisait jamais ça quand Oursin atterrissait là. Oui, évidemment, Oursin était léger mais à coup sûr, s'il y avait un tunnel là-dessous, quelqu'un serait déjà tombé dedans, non ?

Et là elle se sentit soudain toute tremblante, et dut prendre sur elle encore un peu plus. Ce n'était pas un vieux tunnel de taupes. Les tunnels ne descendaient pas à la verticale. On avait réalisé ce piège pour Oursin. Être abandonnée là serait terrible, et y être trouvée par les brutes griffues au service de Bogue pourrait bien être pire encore. Elle se sentit défaillir.

Est-ce qu'il n'y avait pas eu un bruit ? Elle tendit

l'oreille. Oui, il y avait un frottement. Puis des pattes, plein de pattes, de l'autre côté du mur de terre. Elle avait ouvert la bouche pour crier « au secours » quand elle décida qu'il serait plus sûr d'attendre, pour découvrir qui c'était.

Il y eut le bruit d'une queue qui se traînait, puis le claquement de pattes sur le sol. Une loutre ! « Cœur, s'il te plaît, fais que ce soit Pastor ! » Il y avait aussi de petites pattes affairées – des pattes de taupes. Mais quand la loutre prit la parole, les espoirs de Finaiguille s'effondrèrent :

– Écoutez-moi bien, maintenant, disait la loutre d'un ton sévère.

C'était Tay. Malade de peur, le cœur soulevé par cette déception, Finaiguille s'accrocha à la racine et ne dit rien.

Ankylosé par sa longue attente derrière les provisions, Lustré s'étira et tendit une griffe vers la silhouette endormie dans le canot au clair de lune. Il avait pris une épée, cachée dans un fourreau noir accroché à un baudrier noir, mais une griffe ferait l'affaire. Il pouvait tuer Oursin maintenant et rentrer par des tunnels en emportant une oreille d'Oursin pour prouver qu'il l'avait fait. Mais il serait encore mieux de rester caché et de laisser Oursin le conduire à Crispin. Il pourrait les tuer tous les deux, et rentrer avec une oreille de chaque.

Mais il pourrait aussi bien ne pas rentrer. Pourquoi rester l'assassin attitré au service de Bogue alors qu'il pourrait trouver une autre île pour en devenir lui-même le roi ? Les écureuils se croyaient tellement supérieurs. Il se pouvait bien que Crispin soit sur une île qui se cherche un roi. Et s'il existait un chemin de retour vers Outrebrume, il pourrait revenir par ces tunnels avec une armée de taupes derrière lui pour la conquérir. Bogue en serait alors réduit à faire des commissions pour lui, et Belle s'agenouillerait à ses pattes pour l'implorer d'épargner sa vie.

Il ne tuerait pas Oursin tout de suite.

Oursin se réveilla sous le crachin et sous un ciel gris qui rejoignait une mer grise. Aucune terre en vue, et aucun moyen de savoir s'il s'était écarté de sa route. Contrairement au jour précédent où il ne s'était pas senti un gros appétit, il avait faim, et avant qu'il n'eût fini son petit déjeuner de pain de glands et de faines arrosé d'un cordial à base de cassis, le soleil perçait les nuages. Une brise légère était dans l'air. Oursin renifla le vent, et se demanda de quel côté était le sud-est. Au prix d'énormes efforts, il hissa la voile et se fit pousser par le vent. C'était une sensation agréable. Il était Oursin des Étoiles Filantes, Oursin d'Outrebrume, Oursin l'Aventurier, menant la quête de son héros seul avec son épée au côté. Il espérait seulement qu'il allait dans la bonne direction.

Quand le ciel finit par s'assombrir, il pensa d'abord que c'était la tombée de la nuit. Mais la tombée de la nuit ne se présentait pas comme ça, avec de gros nuages roulant à basse altitude et grondant dans le ciel. Il mit une cape quand le vent commença à le tourmenter et à le harceler et que les premières grosses gouttes de pluie le frappèrent au visage. Il poussa ses provisions pour les mettre plus à l'abri, se tassa au fond du canot, et attendit la fin de la tempête.

Mais elle n'en finissait pas. Le vent était une vraie brute qui lui fouettait cruellement le visage à coups d'embruns, poussait le bateau et le faisait gîter, précipitait sur lui des vagues pour le tremper jusqu'aux os. Arane avait mis dans le canot un bol pour écoper l'eau et, luttant contre les gifles de la tempête, il s'activait avec rage. Un coup de vent s'engouffra dans la voile, secoua le bateau en tous sens, le ballotta, le fit tanguer, le martela et déchira la voile alors qu'il se débattait pour l'affaler. Une autre rafale le projeta au fond du canot. Luttant pour se tenir debout, il perdit pied de nouveau et ce ne fut qu'en s'agrippant au mât qu'il s'épargna d'être jeté à la mer. Rentrant la tête, il se recroquevilla de plus en plus, attendant que ce déchaînement cesse, car cela devrait bien cesser, mais quant à savoir s'ils y survivraient, son bateau et lui, c'était plus qu'il n'en pouvait juger. La pluie lui criblant le visage, la cape trempée claquant autour de lui, il tenta de chercher du regard une terre, mais à travers les trombes d'eau il ne pouvait rien voir, et il se découvrit sans défense.

– Peste et pourriture ! cria Oursin en s'accrochant au mât.

Le bateau échappait complètement à son contrôle. Il était devenu le jouet d'un vent qui riait en le déchiquetant. Il y avait de l'eau glacée dans sa fourrure, dans ses pattes, dans ses yeux, et plein au fond du bateau. Il fallait qu'il l'écope, mais ses pattes glissaient et il tomba dans l'eau qu'il était en train d'écoper. Il tenta de se souvenir de tout ce qu'il avait appris à propos des bateaux, mais rien de ce que Pastor lui avait dit, rien de ce que quiconque lui avait dit ne l'avait préparé à affronter cette mer déchaînée qui voulait l'engloutir à jamais.

Personne ne saurait jamais ce qu'il lui était arrivé. Crispin et Pastor n'auraient jamais de ses nouvelles, Pomme… Tombant au fond du canot plein d'eau, claquant des dents, Oursin s'agenouilla et renversa la tête en arrière, faisant face à la pluie.

– Cœur ! hurla-t-il. Tu me vois ? Tu ne veux pas m'aider ? Tu ne veux pas faire quelque chose ?

Il ne s'avouerait pas battu. Il écopa avec tant de force et d'obstination qu'il ne remarqua pas que le vent tombait. La pluie se fit plus légère. Peu à peu, il se rendit compte que le terrible tangage avait cessé. Il pouvait lever la tête sans être aveuglé par la pluie, et cette obscurité autour de lui, ce n'était plus la tempête, mais la nuit.

Il se mit sur ses pattes en titubant, laissa tomber sa cape dans la flaque au fond du canot et fouilla dans les réserves pour en trouver une autre avec laquelle se sécher. Puis il s'assit sur le banc de nage et, tout frissonnant, leva les yeux vers le ciel. Les nuages s'étaient éclaircis. Il pouvait distinguer quelques étoiles. Il barra au sud-est et suivit ce cap jusqu'à ce qu'il s'endorme. Quand il fut endormi, deux loutres vinrent nager, plonger puis refaire surface de part et d'autre du bàteau.

– Joli bateau que celui-là, dit l'une. J'en ai déjà vu un comme ça.

– Sur l'île aux Cygnes, dit l'autre. Oui. Très semblable à celui-là.

Elle se hissa avec curiosité pour regarder au fond du bateau.

– Même genre d'animal, aussi. Une de ces choses d'arbres…

– Oui, dit son compagnon. Un de ceux-là. Un qu'est-ce-que-c'est-que-ces-moustaches. Sireuil ou coreuil ou quelque chose comme ça. Drôle de couleur, pour ce que je peux en voir. Qu'est-ce qu'il fait là ?

– Peut-être que celui-ci aussi va à l'île aux Cygnes, dit la dame loutre. Mais il en est loin, et il perd son cap en dérivant.

– Si on lui donnait une pichenette ? proposa l'autre. Ce sireuil, là, sur l'île aux Cygnes, c'est un gars bien, j'ai fait un bout de causette avec lui un jour où il se promenait dans son bateau à rames. Il m'a dit que son meilleur ami était une loutre.

– C'est vrai ?

– Oui, d'Outrebrume, apparemment. M'a demandé, si jamais j'allais là-bas, de prendre un message pour un capitaine Pastor, mais Outrebrume, c'est pas facile d'y aller.

Oursin se retourna dans son sommeil.

– Capitaine Pastor, mon capitaine, murmura-t-il, et ses yeux s'ouvrirent à demi pour se refermer aussitôt.

Les deux loutres se regardèrent et échangèrent un signe de tête.

– Bon, eh bien alors, viens du côté de la poupe, dit le monsieur loutre.

Et tous deux, en douceur et avec régularité, poussèrent le bateau à travers les mers de la nuit jusqu'à ce que, au prix d'une dernière poussée sans brutalité, il vînt s'échouer sur les rivages de l'île aux Cygnes. Les loutres échangèrent un signe de tête et un sourire avant de s'éloigner à la nage.

Profitant de ce qu'il faisait encore nuit, Lustré quitta le bateau. Il nagea jusqu'à l'île et entama sa recherche, loin du rivage.

L'aube réveilla Oursin. Il était tout engourdi par le sommeil et souffrait du froid.

– Ouille ! dit-il en se mettant sur son séant pour se frotter les membres et leur redonner vie. Terre ! s'écria-t-il, et, d'un cœur plus léger, il chuchota des grâces à l'attention du ciel.

Il parcourut l'île du regard, ne vit personne dans les parages, et sauta dans l'eau peu profonde pour tirer son bateau sur la plage. Il tâtonna à l'intérieur pour y prendre la cape la plus sèche qu'il put trouver, s'enveloppa dedans et se retourna brusquement en entendant un froissement derrière lui.

Il fut fasciné, cligna des yeux très fort, regarda de nouveau, et secoua ses oreilles pour le cas où il serait en train de rêver. Mais c'était vrai, et c'était merveilleux.

– Capitaine Crispin ! s'exclama-t-il.

*

Finaiguille s'interdit d'avoir peur. Quand un animal avait peur, il tremblait, et si elle se mettait à trembler, elle tomberait presque immanquablement du rebord sur lequel elle se tenait. Elle devait se faire toute petite, rester immobile, et écouter. Le glissement des pattes s'était arrêté, mais elle percevait maintenant le tintement des armes, ce qui était pire. Elle tendit l'oreille pour entendre ce que disait Tay.

– Écoutez-moi bien, les taupes, clama Tay. Il vous suffira de savoir que j'ai découvert un site où une certaine personne, une personne de haut rang, qui aurait dû y réfléchir à deux fois – je dirais, une certaine loutre – se livre à des pratiques hautement illégales et répréhensibles.

Finaiguille n'entendit pas vraiment les paroles qu'elle prononça ensuite, mais seulement un échange de murmures entre deux taupes. L'une demandait :

– De quoi est-ce qu'elle parle ?

Et l'autre répondait :

– Elle veut dire que le capitaine Pastor manigance quelque chose.

Mais les paroles suivantes lui parvinrent clairement, et glacèrent Finaiguille jusqu'à la moelle des os.

– Il y a plusieurs accès à cet endroit, poursuivait Tay. Je vais vous envoyer dans les tunnels de taupes qui sont tout indiqués pour vous, tandis que je passerai, moi, par la voie des loutres. N'entrez pas dans la place avant d'avoir entendu mon signal. Je tousserai, à deux reprises. À ce moment-là, on lance l'assaut et on arrête tout ce qu'on y trouve, si jeune et innocent que ça puisse paraître. Arrêtez-les tous et amenez-les à la Tour.

« Non, non, se disait Finaiguille. Elle parle de l'endroit où Pantouflet est caché. Non, non. »

Il y eut de nouveaux tintements d'armes, puis le martèlement des pas s'évanouit dans le lointain. Finaiguille crispa ses griffes. Elle était en danger, la cachette était en danger, et elle ne pouvait rien faire. Quand les taupes ne se furent plus fait entendre pendant un moment et qu'elle fut sur le point de prendre le risque de crier, elle entendit un mouvement tout près d'elle.

Cette fois, c'étaient des voix jeunes. Des taupes, pour la plupart. L'une d'entre elles gloussa.

– Allez, viens, disait une voix douce. Tu t'en sors bien. Continue à avancer.

– Il est aussi acharné qu'une taupe, dit une autre.

Puis :

– Je sens un hérisson !

– C'est moi, dit une voix très jeune.

– Non ! cria Finaiguille. C'est moi ! C'est Finaiguille, et je suis coincée !

Il y eut un silence, puis des chuchotements entre les jeunes animaux. Elle entendit au vol son propre nom, celui d'Oursin, et quelqu'un dit « la sœur de Pantouflet ». Puis une voix de taupe s'éleva, une agréable voix féminine :

– Ne bouge pas. On creuse vers toi.

Il y eut plein de grattements et de raclements, puis un « ouille ! ».

– Désolée, dit Finaiguille. Mes piquants sont pris dans la terre. Ils sont un peu acérés.

À l'instant même, une patte apparut, qui creusait un trou dans la paroi. L'orifice fut bientôt assez large pour que Finaiguille s'y fraie un passage. Avec précaution, et avec beaucoup de « ouille ! » de la part des taupes et de « désolée ! » de la part de Finaiguille, elle se traîna de la racine en saillie jusqu'à la sécurité d'un tunnel fraîchement creusé, où elle se trouva face à face avec une petite servante taupe.

– Je suis Miette, lui dit la taupe.

Elle désigna d'un signe de tête les deux autres taupes qui l'accompagnaient.

– Voilà Jig et Fig, qui sont sœurs. Et voici Espoir.

Un tout petit hérisson nasilla dans la direction de Finaiguille sans la voir :

– Une très bonne journée, madame Finaiguille, dit-il civilement.

– Ce ne sera pas le cas si on ne fait pas très vite, répondit-elle.

Et, à toute vitesse, elle leur raconta tout ce qu'elle avait entendu. Miette fit une signe de tête aux autres taupes.

– Vous deux, emmenez Espoir jusqu'à un terrier sécurisé, leur dit-elle. Si nous y allons par un passage secret, nous pourrons être à la garderie avant l'arrivée de Tay. Viens avec moi, Finaiguille.

Elle disparut, si bien que Finaiguille la perdit de vue et dut se guider au bruit de ses pattes qui couraient. Elle entendit derrière elle le hérisson expliquer, plein d'espoir, que sa maman travaillait à la Tour et qu'il pourrait aller la retrouver, et les taupes lui dire avec douceur que la Tour n'était pas vraiment un endroit sûr pour lui en ce moment précis. Puis il n'y eut plus que la longue cavalcade dans les tunnels, son cœur cognant de plus en plus fort au fil de sa course, ses pattes douloureuses, sa poitrine qui lui faisait mal, un point de côté transperçant son flanc. Elle suivait Miette le long de tunnels dont elle raclait la voûte, prenant de la vitesse dans les descentes, tournant, suivant la taupe à une allure d'enfer par-ci, par-là, se faufilant dans d'étroits passages jusqu'au moment où elle se trouva soudain dans une pièce brillamment éclairée.

Après les tunnels obscurs, elle ne put s'empêcher de ciller et de se détourner jusqu'à ce que ses yeux se soient accommodés mais, déjà, Miette bafouillait leur histoire à Arane la loutre, qui se haussa sur ses pattes de derrière en claquant dans ses mains.

– Nous allons être attaqués, annonça-t-elle brusquement. Il ne faut pas qu'ils nous trouvent, et il ne faut pas qu'ils trouvent le moindre signe de notre existence. Nous partirons par la voie des eaux. Pas de discussion, pas de larmes. Vous allez vous mouiller les pattes, c'est tout. Ramassez tout, brûlez ce dont nous n'avons pas besoin. Triez les bébés. Ceux qui peuvent marcher, emmenez-les, ceux qui ne peuvent pas, portez-les. Ayez l'œil !

Tous se précipitèrent pour lui obéir. La mère Câline fit un paquet de vivres et de couvertures. À coups de patte, Arane transforma les nids en tas de mousse. On éteignit le feu.

– On ne peut pas prendre les cruches d'eau, dit Arane en fronçant les sourcils.

– Excusez-moi, intervint Finaiguille, mais est-ce que c'est grave s'ils savent que Pastor est venu ici ? Il n'y a pas de raison pour qu'il ne puisse pas y être. C'est seulement le fait de cacher des bébés qui est contraire à la loi.

– Bien vu ! dit Arane. Cela veut dire qu'on n'est pas obligés de tout emporter. Simplement, ne laissez rien qui ait un rapport avec les bébés. Tu t'appelles comment ?

– Finaiguille, répondit-elle.

– Ah !

Arane désigna un nid d'un signe de tête.

– Celui-là est à toi.

Finaiguille avait été trop absorbée par l'évacuation pour penser à son frère. Mais il était là, et bien réveillé ! L'œil brillant, il regardait du fond de son nid en remuant son nez. Finaiguille le prit dans ses bras.

– Et en allant dans le tunnel, marchez à reculons en balayant le sol, ordonna Arane. Pas de traces de pattes.

Debout sur la coque retournée d'un canot, Pastor scrutait la mer. Oursin n'aurait pas dû partir tout seul et il se le reprochait amèrement, mais il était trop tard, maintenant. Il se glissa dans l'eau et passa en revue ses plans pour le Festival de Printemps. Plus que deux jours. C'était l'occasion pour lui de défier Bogue, et tout dépendait de la façon dont les animaux d'Outrebrume allaient choisir entre Bogue et lui. Il lui fallait les convaincre. Il devait sauver toute l'île avec Traînelapatte, Arane, quelques très jeunes animaux et une poignée de feuilles mortes. L'avenir d'Outrebrume reposait sur lui, et il se sentait profondément seul.

Il se retourna dans l'eau, peu désireux de rentrer dans ses appartements. Sans Oursin, ils lui faisaient l'impression d'un désert.

Tay toussa très fort et pénétra à grands pas dans le Vieux Palais. Une colonne de soldats taupes se rua à l'intérieur, l'épée haute, et s'arrêtèrent.

– C'est vide, dit l'un.

Un autre donna un coup de pied dans l'âtre.

– Il y avait quelqu'un, dit-il.

– Y a de l'eau dans ces cruches-là, dit un autre. Mais ça prouve seulement que quelqu'un est venu là. Peut-être le capitaine Pastor. Et alors, même s'il y était ?

Tay se mit à quatre pattes. Elle inspecta le sol, le plafond, les coins. Elle renifla, gratta et scruta du regard. Restées en arrière, les taupes avaient l'air plus intéressées par l'examen des racines tordues qui les entouraient de toutes parts.

– Des bébés, murmura Tay. Ils étaient là. Je sens l'odeur des bébés. Rompez, vous tous. Et que personne ne se risque à parler de cet endroit, si peu que ce soit, jamais. Vous êtes tous tenus au secret, sous peine de châtiment.

Les taupes s'éloignèrent en traînant les pieds et en grommelant. Tay s'assit, la tête dans les pattes. Pendant des années, elle avait rêvé de découvrir le Vieux Palais. Et voilà tout ce que c'était ? Une grande salle vide avec rien d'autre à signaler que quelques vieilles racines d'arbres ? Et elle avait partagé cette découverte avec une bande de stupides taupes bayant aux corneilles.

Pastor avait dû mettre les jeunes animaux à l'abri, elle en était sûre. Sans qu'elle sache comment, ils devaient avoir été prévenus de son arrivée, et s'étaient échappés. Mais il devait bien y avoir une preuve matérielle. Flairant, courant en tous sens, elle continua à fouiller.

Chapitre 20

Tandis que Crispin étreignait les épaules d'Oursin en se tenant à distance pour le regarder, Oursin cherchait à déterminer exactement ce qui avait changé chez Crispin. Il ne portait plus son bandeau et son manteau n'était plus aussi bien brossé que dans le passé. Mais ce n'était pas tout. Son visage avait perdu de son éclat. Il n'avait plus ce regard perçant et cet air intrépide qui allaient de pair avec le fait d'être capitaine. Cet air, Oursin ne l'avait jamais remarqué auparavant, mais il remarquait aujourd'hui son absence. Il espérait ne pas avoir l'air déçu. Une fois passé le premier moment de joie des retrouvailles, Crispin fronça les sourcils.

– Pourquoi es-tu là ? demanda-t-il d'un ton impérieux. Ils ne t'ont pas renvoyé, toi aussi, non ? Qu'est-ce qu'il se passe ?

– Je suis venu pour vous, mon capitaine, lui répondit Oursin. Et parce qu'il le fallait, mais…

Il se rendit compte alors du nombre de choses qui étaient arrivées depuis que Crispin avait quitté Outre-brume, et du temps que cela prendrait de les raconter.

– Il y a un tas de choses à expliquer, dit-il. Et je vous ai apporté votre petit déjeuner, mon capitaine.

Il déballa du pain de glands et des gâteaux au miel en expliquant tout ce qu'il s'était passé en Outre-brume. Dès que Crispin goûta le pain, il ferma les yeux. Il devint tellement silencieux qu'Oursin crut qu'il était entré dans une sorte de transe, mais ensuite il ouvrit les yeux, soupira profondément, et dit :

– J'avais oublié combien ce pain était bon. C'est le goût de chez nous. Je me demande où est allée Murmure ? Continue, Oursin, je t'écoute toujours.

Oursin continua, et ils ne furent dérangés qu'une fois, à l'arrivée d'une femelle écureuil aux yeux brillants. Crispin bondit sur ses pattes, se leva d'un bond pour qu'elle se joigne à eux et lui offrit du pain de glands. Oursin remarqua d'abord qu'elle était très jolie et portait le bandeau d'or de Crispin, puis ensuite que Crispin semblait être davantage lui-même quand elle était là.

– Voici Murmure, annonça-t-il en l'attirant à lui. Sans Murmure, j'aurais oublié qui j'étais. Murmure, voici Oursin.

– Vous êtes celui que Crispin a trouvé dans la mer ? demanda Murmure.

Sa voix était douce et son sourire chaleureux.

– J'ai entendu parler de vous.

– Viens prendre un petit déjeuner, Murmure – viens découvrir à quoi ressemble le goût des aliments authentiques, lui dit Crispin. Oursin, je me serais noyé dans un étang gelé s'il n'y avait pas eu Murmure.

Murmure haussa les épaules.

– C'est Lord Colarqué qui l'a sorti de l'eau, dit-elle. Crispin venait de sauver Lady Colarqué de la noyade quand elle était attirée vers le fond par des herbes.

– Et Murmure m'a fait renaître et elle s'est occupée de moi quand j'étais plus mort que vif, insista Crispin. Mais continue ton histoire, Oursin.

Oursin termina son récit :

– Pastor prépare une action contre Bogue pour le Festival de Printemps, dit-il. Mais nous voulons votre aide. Je ne me suis pas mis à votre recherche simplement pour m'échapper, mon capitaine, nous devons trouver un moyen de vous ramener. Je sais que c'est impossible. Mais il faut que nous rendions cela possible.

Le regard de Crispin se perdit dans les lointains de la mer.

– Si j'avais été meilleur capitaine, cela n'aurait pas pu se produire, dit-il. J'aurais dû voir ce que faisait Bogue et je l'en aurais empêché. Je croyais avoir appris à vivre sans Outrebrume. Outrebrume !

Son regard était fixe, comme s'il croyait qu'il pourrait apercevoir l'île juste en regardant assez fort et assez longtemps.

– Je commençais à m'habituer à vivre en exil, dit-il.

Mais de te voir, d'en entendre parler, de goûter ces aliments – je boirais même le consternant cordial de Pomme si je pouvais rentrer. Oh, je te demande pardon, Oursin. J'oubliais qu'elle était ta mère adoptive.

– Ce n'est pas grave, dit-il. Je n'en aurais jamais bu si j'avais pu l'éviter. Je m'en débarrassais en le versant dans des tunnels de taupes quand elle ne regardait pas. Les taupes non plus n'aiment pas ça.

Murmure rit, et Crispin pencha la tête pour la regarder.

– Est-ce que tu viendrais avec moi en Outrebrume ? lui demanda-t-il.

– Bien sûr, répondit-elle comme si cette question était stupide.

– Il y a peut-être des tunnels, lui dit Crispin, mais pas nécessairement assez larges pour des écureuils et ils doivent être loin en dessous du fond de la mer. Je n'en connais pas la carte et je ne sais pas non plus comment on peut respirer là-dessous. Et puis, ça prendrait trop longtemps. J'aimerais qu'il y ait un prêtre ici. Si nous nous mettions tous à prier, le Cœur pourrait bien nous trouver un moyen de franchir les brumes.

– Je vais prier, dit Oursin avec ardeur.

– Nous allons tous le faire, dit Crispin avec un sourire. Et pendant qu'on y est, nous pourrions tout simplement naviguer jusqu'aux brumes et voir jusqu'où on peut aller. Elles pourraient peut-être nous laisser passer d'une façon ou d'une autre. « Ceux qui sont d'ici peuvent quitter l'île par la mer, mais ils ne pourront jamais revenir par la mer. » Peut-être que je ne suis plus de là-bas, alors, je peux y retourner ! Cela vaut le coup d'essayer !

– Mais en fait, vous êtes de là-bas, mon capitaine ! s'exclama Oursin.

– Enfin, avant qu'on fasse quoi que ce soit, il faut que je t'emmène voir Lord Colarqué, lui dit Crispin. C'est le seigneur cygne. Je suis attaché à son service, alors, si je m'en vais vraiment, je dois lui demander la permission.

– Mais vous êtes capitaine d'Outrebrume, mon capitaine ! s'étonna Oursin.

– Nous ne sommes pas en Outrebrume, dit Crispin.

– Je vais rester près de ton bateau, dit Murmure.

Et elle bondit à l'avant du canot où elle se percha comme une figure de proue.

Certains des écureuils de la forêt le saccageraient s'ils en avaient l'occasion.

– Merci, Mur…, commença Oursin.

Mais, se rappelant soudain comment on s'adressait à la compagne d'un capitaine, il se reprit :

– Lady Murmure.

– Oui, dit Crispin avec un sourire rayonnant. J'avais oublié cela ! Tu es Lady Murmure ! Allons-y, Oursin !

Oursin marcha aux côtés de Crispin vers l'étang, souriant d'entendre encore le rire de Murmure. Sans doute, se dit-il, riait-elle à l'idée d'être Lady Murmure. Il se surprit à penser à sa mère, en imaginant qu'elle ressemblait peut-être à Murmure. Il l'espérait.

Crispin ne cessait de poser des questions sur le nombre d'animaux qui se rallieraient à Bogue, ce qu'il y avait dans l'armurerie, et qui désignait les gardes. Oursin répondait quand il connaissait la réponse et admettait son ignorance dans le cas contraire, se rendant compte au passage de tout ce que lui avait appris en quelques mois son expérience de page. Ils entendirent au-dessus d'eux un battement sourd et régulier, et sentirent un souffle d'air. Oursin leva les yeux et se baissa vivement. Il ne put s'en empêcher.

– Lord Colarqué, lui dit Crispin. Le seigneur cygne. Il fait le tour de l'île. Les cygnes ont une très haute opinion d'eux-mêmes et de leur importance personnelle. Alors, comme cette île est la leur, ils s'attendent…

De la plage, derrière eux, leur parvint un cri perçant.

Dévalant la colline, l'épée à la main, Crispin et Oursin regagnèrent le rivage. Murmure était étendue, absolument inerte là où elle s'était effondrée, une patte lancée en avant comme si elle avait tenté de se défendre, le bandeau d'or toujours posé sur sa tête. Crispin se jeta à terre et lui leva la tête en lui tâtant le pouls et en guettant son souffle, mais toute vie l'avait quittée. Oursin, les deux pattes crispées sur la poignée de son épée, vit une ombre luisante sauter à bas du bateau.

– Crispin ! hurla Oursin en bondissant en avant.

Puis il y eut un terrible grognement de Lustré, l'éclat de l'épée de Crispin, un torrent de sang – puis plus rien d'autre que confusion et obscurité quand d'immenses ailes blanches les submergèrent, renversant Oursin sur le dos et dérobant à sa vue Crispin et Lustré.

Les ailes se relevèrent et il bondit à nouveau sur ses pattes. Un cygne, immense, blanc et terrifiant, le dominait de toute sa taille et tenait dans son bec la taupe inanimée, la secouant comme un torchon. Enfin, le cygne laissa tomber le corps de Lustré sur le sable et bouscula Oursin du bec.

Oursin était fasciné. Ce bec orange lui paraissait aussi long que son bras des griffes à l'épaule. Le cou était aussi gros et fort qu'un serpent, et les plumes étaient splendides. Quand cette tête altière se tourna vers lui, il s'inclina sans réfléchir.

Crispin, les dents serrées et le pelage taché de sang, fixait le corps de Lustré sur le sol. Oursin n'aurait su dire si le coup d'épée de Crispin avait tué la taupe avant que le cygne ne lui brise la nuque.

– Mon capitaine, dit nerveusement Oursin, êtes-vous… ?

Il s'arrêta. Il n'arrivait pas à dire : « Êtes-vous blessé ? » Bien sûr que Crispin était blessé. On le voyait au feu de ses yeux, au frémissement rageur de ses pattes. C'était d'une telle réalité brute qu'Oursin en avait mal lui-même.

– Êtes-vous blessé ? demanda-t-il, mais Crispin ne fit pas attention.

Le cygne tourna vers Oursin un regard farouche.

– Rat des bois ! cracha-t-il. Quel genre de rat des bois es-tu ?

– Je suis Oursin, monsieur, répondit-il. Le page de Crispin.

– Page ? Page ? Qu'est-ce qu'un page ?

– Son serviteur, monsieur.

– Eh bien alors, sers-le ! lui dit le cygne d'un ton tranchant.

Alors, Oursin alla puiser de l'eau de mer pour laver les taches de sang sur Murmure et sur Crispin. Puis il alla chercher une cape sèche dans le bateau car il pensait que Crispin pourrait en avoir besoin, mais son capitaine parut à peine se rendre compte qu'Oursin lui enroulait une cape autour des épaules. Et bien qu'il sache que Murmure était morte et ne sentait plus rien, il trouva qu'elle avait l'air d'avoir froid et lui apporta une couverture. Il y avait sur sa fourrure des miettes de gâteau au miel qu'il brossa.

– Ne la touche pas, lui dit Crispin, mais il prit la couverture et l'étendit sur elle.

Le cygne repoussa le corps de Lustré.

– Comment est arrivée cette vermine ? demanda-t-il.

Oursin avala sa salive.

– Il était sans doute dans mon bateau, je le crains, avoua-t-il piteusement. Je ne sais pas.

Et il se demanda comment Crispin pourrait jamais lui pardonner d'avoir introduit dans l'île le meurtrier de Murmure.

Le cygne tendit le cou en déployant ses ailes.

– C'est toi qui as amené ce répugnant assassin ? lui demanda-t-il d'une voix rauque.

Tête basse, Oursin souhaita que cette misérable erreur fût la cause de sa mort. Si le cygne le tuait, ce ne serait que justice.

– Oui, monsieur, chuchota-t-il. Je suis désolé. Je ne l'ai pas fait exprès.

Crispin releva son regard posé sur le corps de Murmure.

– Non, seigneur Colarqué, dit-il, ce n'est pas Oursin qui a amené la taupe. Il est venu quérir mon aide pour son île, et la taupe est arrivée ici par ruse, avec de mauvaises intentions. Ce n'est pas de ta faute, Oursin, pas du tout. Lustré me cherchait, sans doute, et quand il a vu un écureuil portant un bandeau d'or…

Sa voix se brisa, et Oursin attendit qu'il pût continuer.

– Dis-lui ce qu'il s'est passé chez nous, Oursin.

Oursin répéta au cygne tout ce qu'il venait de raconter à Crispin. Le capitaine ne l'écoutait pas. Agenouillé sur le rivage, il berçait le corps de Murmure dans la couverture.

– Verminc, laissa finalement tomber le cygne. Crispin, vous m'avez bien servi. Si votre île est envahie par une telle engeance, je vous permets de repartir pour aller l'éliminer.

Et, avec une puissance qui laissa Oursin pantois, il déploya ses ailes et s'éleva dans le ciel.

Oursin n'était pas sûr que Crispin ait entendu Lord Colarqué le moins du monde. Il le vit s'agenouiller comme si le chagrin l'avait changé en pierre, et il se demanda quoi faire.

Il fallait des fleurs pour Murmure. Il aperçut des immortelles et des espèces de pâquerettes à la tige rugueuse pas très loin, et bondit pour aller en cueillir. Quand il revint, Crispin n'avait toujours pas bougé.

– Des fleurs pour elle, mon capitaine, dit-il gauchement.

Crispin lui fit un bref signe de tête, et Oursin s'agenouilla timidement pour placer les fleurs entre les pattes inertes de Murmure. Crispin referma les griffes de Murmure sur le bouquet.

– Laisse-nous, dit-il. Je m'occuperai de tout le reste.

– Oui, mon capitaine.

Et, bien qu'il ne fût pas sûr que ce soit la chose à dire, il ne put s'empêcher d'ajouter :

– Mon capitaine, j'espère que ma mère lui ressemblait.

Crispin lui fit un nouveau signe de tête.

– Va, Oursin, lui dit-il d'une voix enrouée.

Et Oursin se dépêcha de partir, comprenant que Crispin ne voulait pas que quiconque pût le voir pleurer. Il trouva un creux dans les racines d'un arbre et s'y blottit tout seul, frottant ses yeux de sa patte quand sa vue se brouilla. Peut-être ce qui était arrivé là était-il le comble du malheur, après tout. À présent, rien ne pourrait lui paraître pire.

Quand il eut le sentiment d'avoir laissé Crispin seul assez longtemps, il revint sur le rivage en trottinant pour le retrouver. Quelque chose bougea au milieu des hêtres et il avait déjà la main sur l'épée avant de s'être rendu compte que c'était Crispin.

Dans une clairière, le capitaine avait élevé un joli monticule de galets bien lisses, lavés par la mer, gris et verts, et de silex d'un rose pâle. Le bandeau d'or couronnait le tout.

– Il fallait que je lui élève un petit monument, dit Crispin en posant un bouquet d'immortelles à côté. Cela marque sa place. Quant au bandeau – il est à elle et devrait être là où on peut le voir, mais il m'est insupportable de penser que quelqu'un pourrait le voler.

– Je crois que vous devriez le garder, mon capitaine, lui dit Oursin. Vous veillerez dessus pour elle. Et puis, mon capitaine, il faut que vous le portiez quand vous reviendrez en Outrebrume, ce serait comme si vous la rameniez avec vous.

– Non, Oursin, ce ne serait pas pareil, dit Crispin.

– Je veux dire, ce serait ce qui vous en rapprocherait le plus, mon capitaine, se reprit Oursin en regrettant ce qu'il venait de dire.

Errant comme un malheureux, il retourna dans la baie où un cygne flottait, dansant un peu, porté par les vagues. Deux autres arrivèrent au-dessus de lui en vol plané pour se poser doucement, comme des pétales, sur la surface de la mer, tournant l'un autour de l'autre, altiers et gracieux comme des voiliers. Et Oursin, qui s'était arrêté pour se jucher sur un rocher, fixait les cygnes en admirant leur taille, leur force, et vit poindre un espoir.

Il y avait un moyen de rentrer en Outrebrume.

Chapitre 21

Qui peut bien avoir besoin de dormir ? Bogue passa en hâte à côté des chambres où des écureuils de la Tour se blottissaient dans leurs nids et leurs lits. Seuls les imbéciles et les nourrissons avaient besoin de sommeil. Le jour qui venait allait être son jour, et il attendait impatiemment le lever du soleil. Il ferait sec et beau. Un grand jour. Son Festival de Printemps.

On avait construit une estrade sur les rochers, avec des tentures au-dessus et dans le fond. Un espace avait été dégagé devant pour les spectacles, et les tables du festin étaient disposées en demi-cercle pour lui faire face. Sur l'estrade, il y aurait un trône pour le roi, des fauteuils plus modestes pour lui-même, Belle, Granit et Pastor, et une table d'honneur. C'était dommage d'y inclure Pastor, mais ce ne serait pas pour longtemps. L'ordre des discours devait être : d'abord Granit, puis

Tay, puis Pastor et enfin lui-même – mais après celui de Tay, il n'y aurait plus de Pastor.

Ce qui importait, c'était la splendeur. Il s'était donné beaucoup de mal pour s'assurer que les tapisseries soient somptueuses et dorées, la table d'honneur serait tendue d'un épais brocart de velours avec des fleurs sur fond or, et on porterait les robes. Des épées aussi, juste pour le protocole, et le trône serait tendu de velours pourpre. Il fallait que les animaux soient impressionnés par toute cette grandeur. Cela ferait paraître le roi ridicule.

Bogue était particulièrement content du roi. Ces derniers temps, il n'avait pu bénéficier de l'aide d'aucun prêtre importun ni d'aucun petit écureuil modèle, et à présent le grand roi Cœurdepique avait l'air totalement brisé et parfaitement pitoyable. C'était à peine s'il pouvait marmonner une phrase sans fondre en larmes ou écouter une chorale sans s'endormir. Quand il avait bu, il ne parvenait guère à marcher droit. La plupart des animaux ne l'avaient pas vu depuis les funérailles de la reine. Ils n'apprécieraient pas ce qu'ils allaient voir aujourd'hui.

La robe de mariage de Bogue était étendue sur la commode de sa chambre. Il était trop tôt pour la mettre, mais il ressentait le besoin de la toucher une fois de plus, et d'appuyer sa joue contre les pierres précieuses. Il avait tout un entrepôt de pierres précieuses à présent, pour les vendre, pour payer des choses, pour corrompre des gens et pour son plaisir personnel. Les pierres précieuses pouvaient tout acheter.

Brusquement, il regarda par-dessus son épaule. Est-ce qu'on l'observait ? Le suivait ? On n'était jamais trop prudent. S'attendant à trouver Belle endormie, il se glissa sans bruit dans la chambre, mais il la trouva réveillée et assise au bord du lit, en train de coiffer les touffes de poil de ses oreilles avec la petite brosse d'ébène.

– Le roi a eu une nuit agitée, remarqua-t-elle d'un ton pensif. Il m'a demandée. Je lui ai apporté de l'eau de source, celle qu'il aime, avec quelque chose dedans pour le calmer.

– Il n'avait pas pris son somnifère la nuit dernière ? demanda Bogue.

– Oh, non !

Ses yeux sombres s'agrandirent.

– Frère Sapin s'inquiétait à propos des somnifères que prenait le roi. Frère Sapin est le prêtre, après tout. Alors, la nuit dernière, je n'ai rien donné au roi pour l'aider à dormir. Malheureusement, le résultat est qu'il est dans un état épouvantable ce matin.

Elle tourna vers lui ses grands yeux bruns.

– Il n'est vraiment pas beau à voir.

Bogue hocha lentement la tête avec admiration.

– Tu penses à tout, lui dit-il. Que ferais-je sans toi ? Est-ce que je dois mettre une bouteille de vin devant lui à la table d'honneur ? Il pourrait avoir envie de boire durant le spectacle.

– Et une flasque sur sa hanche, dit Belle. Je veillerai à la remplir. Et toi, mon seigneur ? As-tu dormi ?

– Je n'en ai pas besoin, dit-il en se détournant.

À présent, Oursin, depuis sa disparition soudaine et si opportune, faisait aussi partie de ses cauchemars. Et le prince taché de sang continuait à s'approcher de lui à tâtons dans une obscurité aux relents de moisi…

… Mieux valait ne pas dormir.

Pastor aussi s'était levé tôt, et grimpait les escaliers de la tourelle de Frère Sapin. Le prêtre était agenouillé, figé dans une telle immobilité que Pastor se contenta de refermer la porte sans bruit et de l'observer, en se pénétrant de sa sérénité. Un peu plus tard, il vint s'agenouiller à côté de lui et se rendit compte que Sapin savait depuis le début qu'il était là, car il étendit la patte pour la placer sur la tête de Pastor en signe de bénédiction. Le cœur de Pastor s'élança vers ce Cœur qui battait pour l'île d'Outrebrume, la préservant, l'aimant, l'entourant de ses bras protecteurs et la nourrissant. À ce moment les premiers rayons du soleil s'infiltrèrent par la fenêtre. Enfin, Sapin et Pastor se levèrent et regardèrent en bas de la tourelle.

Dans une baie à demi dérobée aux regards par la courbe du rivage, une rangée de petits bateaux avait été hissée au-dessus de la laisse de haute mer. Certains étaient retournés, pour se vider de l'eau qu'ils contenaient ou pour permettre à leur peinture de sécher.

– Ils sont dans le bateau vert, chuchota Pastor. Je n'ose pas y aller moi-même pour le cas où je serais surveillé, mais c'est bien là. Un petit peu plus près de la Tour que je n'aurais voulu, mais ce n'est que temporaire et cela veut dire que je peux faire porter un message rapidement à Câline si j'en ai besoin.

– Hum, dit Sapin. Je les bénis.

Il leva une patte en direction du bateau qui se trouvait à quelque distance.

– Nos animaux sont prêts et à leurs postes, chuchota Pastor. Chacun sait ce qu'il doit faire. Nous resterons vigilants pendant le spectacle et le festin, puis je n'aurai plus qu'à ronger mon frein pendant les offrandes de présents et les discours. Traînelapatte, Arane, et un certain nombre de nos fidèles seront sur le qui-vive pour le cas où Bogue et ses voyous griffus tenteraient quelque chose. Quand je ferai mon discours et que je démasquerai Bogue, nous tablons sur le fait que les animaux se rallieront à moi. Tout dépend de cela. Ceux du Bois des Anémones et les loutres seront avec moi. Mais si on en arrive à se battre – et je déteste cette idée des animaux d'Outrebrume faisant couler le sang les uns des autres – ceux de Bogue seront mieux armés.

– On ne devrait pas en arriver là, dit Frère Sapin.

Ses oreilles s'agitèrent.

– Cette excellente loutre qui s'occupe des réserves de vivres, est-ce qu'elle s'occupe aussi des chandelles ?

– Des chandelles ? s'étonna Pastor. Je n'en ai pas la moindre idée.

Par respect, il s'abstint de demander pourquoi Sapin voulait des chandelles quand tout l'avenir de l'île était en question, mais il trouvait quand même cela agaçant.

– Je vais descendre pour aller voir ce que Bogue

manigance. Ne cessez pas de prier, Sapin. Et priez pour Oursin, seul le Cœur sait où il se trouve et ce qu'il lui arrive. Je m'attends toujours à le trouver deux pas derrière moi, attendant les ordres.

Le soleil s'éleva encore au-dessus de cette belle et lumineuse journée. De leurs colonies dispersées un peu partout dans l'île, les animaux accouraient, familles avec leurs nourrissons portés ou menés par la patte, petits groupes de jeunes femelles échangeant des chuchotements à propos des mâles tandis que ces derniers paradaient en feignant de ne pas les avoir remarquées. Des animaux âgés s'appuyant sur l'épaule de plus jeunes. Les petits animaux de la Tour, comme Finaiguille, à qui on avait donné une journée de congé, se précipitaient au-dehors à la rencontre de leurs amis et de leurs familles. Même ceux qui travaillaient à la cuisine et qui avaient encore à faire surgissaient un instant, dans leurs tabliers, pour accueillir leurs amis. Ils seraient autorisés à se joindre aux célébrations. Les jours de festin, seuls les adultes travaillaient à la cuisine et venaient participer à la fête à tour de rôle.

Au sortir des bois, ils étaient ébahis. Les plus jeunes, fascinés, en avaient le souffle coupé d'admiration. Les vieux cessaient de dire que les festins n'étaient plus rien, comparés à ceux de l'ancien temps, et hochaient lentement la tête avec stupéfaction. Tous s'émerveillaient avec des chuchotements de la fantastique générosité du capitaine Bogue.

À chaque tourelle de la Tour d'Outrebrume flottaient au vent des oriflammes. Des bannières pendaient des fenêtres.

Un drap de pourpre et d'or recouvrait le trône surmonté d'un dais, à une grande hauteur. Tout autour, on voyait de nouvelles tapisseries, splendides. Le festin n'avait pas encore été servi, mais les tables étaient recouvertes de nappes blanches toutes neuves, ornées de guirlandes de fleurs de printemps et de branches. La plupart des jeunes écureuils se précipitèrent en haut des arbres pour mieux voir, et quelques-uns, qui avaient grimpé sur l'échafaudage, se virent sévèrement intimer l'ordre de redescendre. Puis ils se turent tous.

Les bavardages cessèrent. Il n'y eut plus de trémoussements, plus de regards levés pour détailler les étendards. Les trompettes, deux hérissons, deux écureuils et deux loutres, tous en tunique rouge, sortaient de la Tour au pas avec des trompettes d'argent qui étincelaient au soleil. Ils formaient la garde d'honneur et la fanfare. Deux taupes de garde les saluèrent.

Quatre hérissons à la fourrure luisante conduisaient la procession. Puis venaient le capitaine Granit et le capitaine Pastor côte à côte, l'un en vert et or, l'autre en argent et turquoise. Le soleil brillait sur leurs bandeaux d'or. Mais un instant plus tard, plus personne n'avait un regard pour eux. Les gens suffoquaient d'admiration.

Cela pouvait être aussi bien pour Bogue que pour Belle. Avec sa légère cape d'or pâle lui tombant des épaules et une couronne de fleurs de printemps sur la tête, Belle était encore plus ravissante que le jour de son mariage. Quant à Bogue, il était magnifique. Avec son bandeau d'or éblouissant et sa robe étincelante, une épée d'un côté, une dague de l'autre, s'avançant à grands pas, la tête haute, dans ce matin de printemps, il avait une allure seigneuriale. Il donnait l'impression, se chuchotèrent les animaux les uns aux autres, d'être le roi d'Outrebrume.

Sur un signal de Bogue, les capitaines et Lady Belle se retournèrent pour mettre un genou en terre. Tout le monde fit de même. Le roi Cœurdepique apparut sur le seuil, et Bogue se précipita avec Belle pour lui prendre les pattes et l'empêcher de tomber.

L'assistance acclama son roi, mais ces acclamations étaient un peu réticentes. C'était gênant de le voir dans cet état. Il avait les épaules tombantes, il traînait les pattes, ses piquants se dressaient dans tous les sens. Sous la couronne, ses yeux étaient injectés de sang et il avait le teint brouillé. Ses pattes tremblaient. Mais Bogue et Belle, à l'affût de ses moindres besoins, lui tenaient les pattes et l'aidaient doucement à gagner son trône. Ils étaient suivis de Tay et de Frère Sapin, mais presque personne ne fit attention à eux. Vu de près, affalé sur son trône, le roi semblait plus mal que jamais. Puis, au grand soulagement des animaux, les divertissements commencèrent.

Et ce spectacle était merveilleux. Des hérissons récitaient leurs poèmes avec sentiment et conviction. Des clowns hérissons tombaient les uns sur les autres jusqu'à ce que les petites loutres se roulent de rire dans l'herbe. Des loutres jouaient de la cornemuse et réussissaient des sauts périlleux spectaculaires. Des taupes jonglaient avec des baies et faisaient d'éblouissantes démonstrations d'escrime. Mais les écureuils éclipsèrent les autres – chantant, dansant, bondissant, enchaînant les exercices de corde raide et les sauts périlleux, le tout à une vitesse incroyable et en faisant tournoyer leurs queues. Des servantes taupes passaient dans le public avec de petites coupes de vin et des biscuits délicats, tout cela avec les compliments du capitaine Bogue et de Lady Belle, et tous étaient d'accord pour dire que Bogue et Belle savaient y faire pour donner une fête aussi magnifique. Puis, sur un signal de Pastor, une petite femelle écureuil prit place sur la scène et chanta avec une telle douceur que la foule hystérique se calma. Tous les animaux l'écoutaient, fascinés, et certains essuyaient une larme.

– Ravissant ! s'exclama Belle en se penchant en avant sur son siège. Qui est-ce ?

– Elle s'appelle Sépia, ma dame, répondit Pastor. Un talent exceptionnel. J'ai eu de la chance de la trouver.

– Délicieuse, dit Belle.

Une chorale de tout petits écureuils enchaîna, et deux ou trois d'entre eux dansèrent.

– Délicieux petits bouts de chou, dit Belle en tendant une patte pour aider le roi qui s'était endormi et était sur le point de tomber de son trône.

Bogue passa derrière lui pour le soulever et le remettre en place.

– Sa pauvre Majesté, chuchota Belle à Pastor. Il boit trop. Cela l'aide à oublier ses chagrins.

Tandis que les animaux contemplaient le spectacle, Bogue considérait le public. Ils appréciaient énormément le festival. C'était une bonne chose. Le roi s'était rendormi. Qu'on le laisse tranquille.

Ce n'était pas au spectacle que Tay réservait son attention. Ce n'était pas du tout son genre, et elle avait encore un travail d'une importance vitale à terminer avant les discours. On ne disposait toujours pas d'une preuve vivante irréfutable de ce que Pastor avait tramé. Par-delà la foule, elle regardait le rivage où étaient alignés de petits canots. De son siège haut placé sur l'estrade, elle apercevait tout au bout un canot vert retourné.

Quelque chose bougeait. C'était un mouvement imperceptible, au loin, et elle n'était pas sûre de ce que c'était mais, quoi que ce pût être, c'était déplacé. Parfois, des crabes ou des crapauds s'abritaient sous les bateaux, mais un simple coup d'œil lui suffit pour s'assurer que ce n'était pas un crabe ni un crapaud.

Elle plissa les yeux et regarda plus attentivement. Le canot avait été légèrement surélevé et posé sur des pierres à une extrémité pour qu'il ne touche pas complètement le sol. Pourquoi laisser cet intervalle ?

Elle continua à regarder.

*

Les animaux les plus petits commençaient à donner des signes d'excitation, et à loucher vers les tables avec espoir. Le soleil était haut dans le ciel. Le moment était venu pour le roi d'annoncer l'ouverture du festin, mais il était effondré sur son trône, les yeux vitreux.

Pastor alla trouver Bogue.

– L'un de nous devrait annoncer le festin, dit-il. Le roi ne peut pas le faire.

– Bien sûr que si, Sa Majesté peut le faire ! répondit Bogue avec indignation.

Il se leva, offrit au roi le soutien de sa patte et le guida, chancelant, jusqu'au bord de l'estrade. Pastor bouillait de rage.

– Oh, le manteau du roi est trop lourd ! dit Belle, l'air soucieux. Laissez-moi le prendre. Granit, aidez-moi.

Devant tous les animaux, Belle et Granit enlevèrent la robe de sur les épaules du roi et remirent la couronne d'aplomb. Il se tenait là, en pleine confusion, hérisson échevelé portant une couronne et pas de robe, et tous purent voir qu'il ne portait plus d'épée. À la place, il avait sur la hanche une flasque d'argent.

– An'maux d'Outrebrrrem, dit-il d'une voix embrouillée, nous sommes ici réunis p… l… Fest'fal d'Été.

– Festival de Printemps, Votre Majesté, lui chuchota Bogue.

– … Le Cœur nous a fait survivre à un autr… hiv… hieer. Nous louons le Cœur, nous rendons crass. Le festin est… commence !

Sans force, il claqua des mains. Bogue l'aida à regagner son trône et le festin commença.

Les animaux, en s'agitant en tous sens et en bavardant, prirent place aux longues tables tandis que des serviteurs arrivaient de la Tour en procession avec des saladiers, des paniers, des assiettes et des plats. Il y avait des gâteaux de noix ronds, des tartes, des pâtisseries et toutes les sortes de pains que l'île pouvait offrir, des bassines de soupe, des jattes d'algues craquantes, des poissons entiers, des gâteaux au miel, des biscuits, des fromages importés d'îles lointaines, du beurre, de la crème et des baies, de hautes piles de fruits aux couleurs rutilantes. Des miettes s'accrochèrent aux moustaches, des pattes devinrent poisseuses, du jus dégoulina sur le pelage.

« Loyal comme un hérisson, déterminé comme une taupe, brillant comme un écureuil, courageux comme une loutre… » Pastor se répétait la vieille formule à lui-même quand il s'excusa pour s'absenter de la table d'honneur. Il retrouva Arane, qui donnait des ordres aux servantes taupes.

– Évite qu'elles ne donnent trop de vin aux hérissons, lui dit-il. Nous dépendons de leur soutien.

Arane attrapa deux bouteilles vides sur la table et, en se retournant, aperçut Finaiguille.

– Finaiguille ! lui cria-t-elle. Prends deux copines avec toi et va remplir ça à la source.

Elle se tourna vers Pastor.

– Je vais dire au personnel de couper d'eau le vin de poire.

Une bouteille dans chaque main, Finaiguille attendit qu'Arane se fût éloignée.

– Capitaine Pastor, mon capitaine, dit-elle en levant les yeux un peu timidement vers lui. Excusez-moi, puis-je vous poser une question à propos d'Arane, mon capitaine ?

– Oui, qu'est-ce qu'il se passe avec elle ? répondit Pastor sans cesser d'observer la foule.

– Si elle vous demandait de l'épouser, est-ce vrai que ça vous ferait rire ?

– Quoi ? s'exclama Pastor.

Il rit, puis s'arrêta tout d'un coup.

– Pourquoi me demandes-tu ça ? C'est ce qu'elle raconte ?

– Hum…, commença Finaiguille, mais elle eut l'impression d'en avoir assez dit.

Elle alla retrouver Criquette – elles étaient en train de devenir amies – et elles déguerpirent ensemble. Pastor envoya chercher Traînelapatte, et Tay continua à surveiller le bateau.

Les nourrissons du Vieux Palais avaient été déménagés provisoirement en un lieu sûr au bord de l'eau. Ils y étaient un peu serrés, mais heureux de pouvoir construire des châteaux de sable et, ce jour-là, il y avait fête. Miette et la mère Câline portaient leurs plus jolis tabliers de dentelle et des colliers de fleurs. Arane avait apporté en cachette d'abondantes provisions de nourriture et de boisson détournées du festin, notamment des puddings et des compotes de fruits pour les tout-petits, et une bonne quantité de vers et de larves, qui étaient ce qu'il y avait de meilleur pour beaucoup des animaux. Miette était allongée à côté de la fente entre la coque du bateau et le sable, pour ne rien laisser perdre du spectacle de la fête, et mangeait un délicat gâteau de fleur de sureau. Sans cesser d'enfourner du porridge à la crème de citron au coin de la bouche d'un bébé hérisson, la mère Câline lui souriait gentiment. De temps à autre, une petite loutre curieuse se tortillait pour se dégager des autres et venait fourrer son nez noir et luisant sous le canot, le temps d'être fermement repoussée par Miette ou tirée en arrière par la mère Câline.

– Allez, tu vas passer un moment à la fête, ma petite Miette, dit-elle. Ils vont tous s'endormir, maintenant qu'on leur a donné à manger. Va t'amuser un peu.

– J'aimerais bien, reconnut Miette. J'irai dès que j'aurai fini mon gâteau.

La Semeuse se tenait au garde-à-vous derrière le fauteuil de Belle. On n'avait guère besoin d'elle, mais elle voulait qu'on la voie avec Lady Belle.

Quand Belle lui donna la flasque du roi à aller remplir à la carafe de la Salle du Trône, elle fila sans attendre. Traînelapatte la taupe surgit soudain devant elle.

– Je vais le faire, mademoiselle, merci, mademoiselle.

– Mais c'est…

– Au roi, mademoiselle, et à remplir. Laissez-la-moi, mademoiselle, ordre du capitaine, mademoiselle.

La Semeuse pensa que ça ne devait pas poser de problèmes. Même vide, la flasque était lourde. Maintenant, elle allait pouvoir aller à la Tour pour coiffer ses touffes d'oreilles à la façon de Lady Belle.

Traînelapatte se dirigea, en clopinant mais d'un pas décidé, vers la source où il tomba sur Finaiguille et Criquette qui repartaient en chancelant avec entre leurs pattes des bouteilles qui débordaient.

– C'est de l'eau fraîche de la source ? leur demanda-t-il. Donnez-m'en un peu.

Belle fit à peine attention à ce garde, une taupe, qui lui rapportait la flasque d'argent. Elle était en train de nettoyer le jus de cassis que le roi avait laissé dégouliner sur sa poitrine.

– Une jeune femelle écureuil m'a demandé d'apporter ça, lui dit Traînelapatte. Trop lourd pour elle.

– Pauvre petite Semeuse, soupira Lady Belle.

Elle fixa la flasque à la ceinture du roi, et continua à le nettoyer.

Le moment des discours allait arriver. Tay s'éclipsa. En droit, il était possible de remplacer le roi s'il n'était plus en état de régner. Le roi Cœurdepique pouvait être déposé, et remplacé par Bogue. Mais Pastor s'y opposerait, il était donc vital d'avoir des preuves contre lui.

Vite et sans bruit, elle traversa les rochers en quelques bonds et descendit tant bien que mal sur la plage. Le bateau était laissé sans aucune surveillance.

Se coulant à plat dans le sable, Tay passa son nez dans l'interstice sous la coque et vit ce qu'elle espérait voir.

Une hérissonne en tablier se penchait sur une rangée de petits nids. Des cuvettes, des couvertures, des pelotes de laine et des aiguilles à tricoter étaient bien rangées sur le sable. Un petit écureuil portant un bavoir s'assit tout droit dans son nid.

– C'est Pastor, Pastor, Pastor ! glapit-il.

La mère Câline se retourna avec un sourire qui se mua en une expression horrifiée.

– Oh, par le Cœur ! s'écria-t-elle en bégayant de désespoir. Je…je…je n'attendais personne, madame Tay !

– Non, lui répondit Tay. Sauf que vous vous attendiez à voir le capitaine Pastor.

Avant que la mère Câline ait pu faire un mouvement, elle s'empara à la volée du petit écureuil dans son nid en le saisissant fermement par la patte.

– Alors, voici donc la garderie de Pastor !

– Non, madame, c'est ma garderie, lui répondit Câline avec fermeté. Et, excusez-moi, madame, mais si vous ne lâchez pas tout de suite ce petit écureuil, j'ai bien peur d'être obligée de vous mordre.

– Mordre une loutre du Cercle ? s'indigna Tay. Cet animal constitue une preuve. De même que celui-ci, ajouta-t-elle en saisissant Espoir, le petit hérisson. Ce bateau grouille de créatures difformes qui étaient destinées à l'euthanasie. Vous êtes en état d'arrestation. Inutile de tenter de vous échapper. Les gardes seront là dans deux minutes. J'emmène ces deux-là pour servir de preuves.

Elle se tortilla pour sortir. Mais, à sa grande surprise, elle avait du mal à bouger. Quelque chose n'allait pas du côté de ses pattes de derrière.

Elle se débattit pour essayer de se dégager du bateau en rampant, un écureuil dans une patte et un hérisson dans l'autre, et tourna la tête. Elle eut juste le temps de voir une petite servante taupe en train de ligoter ses pattes de derrière avec un tablier de dentelle, puis le bébé écureuil la mordit. On lui fourra une couverture entre les dents, une autre par-dessus la tête. Elle était prise au piège.

Chapitre 22

Finaiguille, qui avait travaillé tard dans la nuit, devait faire effort pour ne pas s'endormir pendant les discours. Les offrandes de présents au roi étaient terminées, et c'était à présent le capitaine Granit qui s'exprimait dans un ronronnement ennuyeux donnant l'impression qu'il avait appris son discours par cœur sans rien y comprendre. Des hérissons s'étaient mis en boule pour dormir. Quelques taupes s'étaient éclipsées par des tunnels. Des loutres se prélassaient au soleil et même les écureuils bâillaient. Cela n'allait pas. Pastor avait besoin qu'ils soient bien éveillés.

– Le roi Cœurdepique a été un grand roi…, continuait à ronronner le capitaine Granit.

Finaiguille quitta sa place d'un pas traînant et se faufila à travers la foule.

– Aïe ! gémit une taupe.

– Oh là ! s'exclama un hérisson.

– Désolée, leur disait Finaiguille, qui ne l'était pas, en fait.

Sa brusquerie n'était pas inutile. Elle se fraya un chemin au milieu des animaux, secouant et piquant tous ceux qu'elle rencontrait. Ils n'appréciaient guère, mais cela les maintenait éveillés. Par-dessus le murmure d'une taupe demandant « dites à ce hérisson de s'asseoir » se fit entendre la voix monotone du capitaine Granit.

– Quand le roi Cœurdepique ne pourra plus supporter le fardeau de sa charge royale, nous pourrons compter sur le capitaine Bogue. Malheureusement, ce temps est très proche.

Finaiguille le fixa avec stupéfaction, puis regarda autour d'elle pour voir si les autres animaux étaient aussi scandalisés qu'elle. Certains, incrédules, ouvraient déjà la bouche pour protester, mais ne savaient pas quoi dire. D'autres hochaient la tête pour exprimer leur accord. Ils avaient vu combien le roi était malade. Le laisser abdiquer était une décision de simple bon sens. Bogue ferait un bon roi. Si l'on y réfléchissait un tant soit peu, le roi Cœurdepique n'avait pas été si bien que ça. Ils lui devaient les équipes de corvée et les euthanasies. Il aurait rationné la nourriture si le capitaine Bogue ne l'en avait pas dissuadé. Et est-ce que Lady Belle ne ferait pas une jolie reine ?

Beaucoup d'autres animaux donnaient plutôt l'impression de n'avoir rien remarqué. Ils s'ennuyaient trop, ou ronflaient sur les tables.

Granit s'assit. Il y eut quelques claquements de pattes polis, agrémentés du hoquet d'un bébé loutre endormi. Un hérisson se leva pour annoncer :

– Mme Tay va maintenant prendre la parole.

Il y eut une pause prolongée.

– Madame Tay ? répéta-t-il.

Des gardes partirent en hâte dans toutes les directions, à la recherche de Tay. Les animaux se rendirent soudain compte qu'il se passait quelque chose d'intéressant, et se redressèrent sur leur séant. Quelqu'un fut dépêché à la Tour pour la chercher, mais Tay restait introuvable.

Finaiguille se dressa sur ses pattes de derrière pour voir l'estrade. Bogue et Pastor restaient d'un calme olympien, leurs visages n'exprimant rien d'autre qu'un intérêt poli.

En lui-même, Bogue bouillait de colère. Cela ne se passait pas comme il l'avait prévu. Tay avait promis des preuves qui permettraient l'arrestation de Pastor sur-le-champ pour trahison. Le roi en serait très affligé, aussi lc ramènerait-on tout doucement à la Tour avec Frère Sapin pour veiller sur lui. Puis, une fois tous ceux-là écartés, Bogue n'aurait plus qu'à revendiquer la couronne, et les animaux la lui donneraient.

Pastor espérait avoir l'air tout à fait calme. Il n'avait pas la moindre idée de ce qui avait pu arriver à Tay. Il soupçonnait que cela faisait partie du plan de Bogue, et que Tay allait soudain se diriger à grands pas vers l'estrade en prétendant qu'il avait assassiné quelqu'un, ou essayé de mettre le feu à la Tour. Il se rappela avoir dit à Crispin de se contrôler. C'était maintenant à lui-même qu'il le conseillait. Des gardes vinrent rendre compte à Bogue, mais aucun d'entre eux n'avait de nouvelles de Tay.

– Je vois, dit pensivement Bogue en se penchant pour parler à Pastor.

Granit se rapprocha. Sapin fit de même.

– Qu'est-ce que nous pouvons faire ? demanda Bogue. Pastor ne peut pas parler avant son tour, avant Tay. J'ai bien peur que nous devions annuler ton discours, Pastor.

– Mais, capitaine Bogue, dit Sapin d'une voix douce. Vous ne pouvez parler qu'après le capitaine Pastor. Il semble donc qu'aucun de vous ne puisse prononcer de discours.

– Peut-être devrait-on renvoyer tout le monde, dit Bogue.

Il avait attendu avec impatience son triomphe, mais ce ne serait que partie remise.

– Sans votre discours ? s'indigna Sapin. Voyons, voyons ! Comment pourrions-nous ? Ils sont si impatients de vous entendre, Bogue. Pastor ne sera pas long, n'est-ce pas, Pastor ?

Pastor avait glissé à bas de son fauteuil. Il s'agenouilla aux pattes du roi et leva les yeux sur le visage triste et perdu du souverain qu'il aimait encore, et qu'il servait toujours.

– Votre Majesté ? lui dit-il.

– Sa Majesté n'est pas bien, le coupa Belle.

Elle lui présenta sa flasque, et il y but avidement.

Le roi baissa les yeux et vit le bon visage de Pastor qui lui souriait. L'eau fraîche l'aida à avoir les idées plus claires. « Pastor le bûcheur. Un type bien. »

– Me donnez-vous l'ordre de prononcer mon discours maintenant, Votre Majesté ? lui demanda-t-il.

– Discours ? Bien sûr, Pastor, lui répondit le roi.

Et il éleva la voix :

– J'ordonne au capitaine Pastor de parler !

Bogue gronda imperceptiblement. Pastor s'avança sur le devant de l'estrade. Finaiguille, au premier rang dans la foule, prit conscience d'un bruit de pas derrière et autour d'elle. Les habitants du Bois des Anémones se mettaient en place.

– Braves animaux d'Outrebrume, dit Pastor, Votre Majesté, Lady Belle, capitaine Granit, Frère Sapin. Je ne vais pas être long, et je vous promets de ne pas être ennuyeux.

Aucun risque de s'ennuyer, à présent. Depuis que Tay ne s'était pas présentée, les animaux s'étaient réveillés. Il se passait quelque chose.

– Il y a quelques années, commença Pastor, quand la loi d'euthanasie venait juste d'entrer en vigueur, on amena à la Tour un petit écureuil. Il était minuscule, parvenait à grand-peine à se nourrir et avait du mal à respirer, et certains pensaient qu'il devait être euthanasié. Crispin, Sapin et moi-même fîmes remarquer que cet écureuil était né le jour précédant la mise en œuvre de la loi. Le roi donna son accord pour que, seuls les animaux nés après cette date pussent être exterminés. Si elle était née un jour plus tard, elle aurait été tuée, mais elle a vécu. Elle a chanté aujourd'hui pour vous. Elle s'appelle Sépia.

Un murmure courut dans la foule des animaux. Bogue grogna.

– Depuis lors, poursuivit Pastor, j'ai été inquiet de voir que certains animaux étaient trop prompts à pratiquer l'euthanasie. Si cette loi est celle du roi, aucun animal ne devrait être euthanasié sans son ordre exprès.

Le regard de Bogue était fixé sur le dos de Pastor. Il tapa sur l'estrade avec sa patte de derrière.

Pastor fit un signe de tête à Arane, qui se trouvait devant l'estrade. Elle apporta dans une de ses pattes le petit bébé loutre et, dans l'autre, se tortillant un peu et tirant la langue, il y avait le petit frère de Finaiguille, Pantouflet. Les piquants de Finaiguille se hérissèrent sous la tension.

« Oh, Cœur, Cœur, Cœur, priait-elle silencieusement. Protège-le, protège-le. »

Elle se rendit compte qu'elle retenait son souffle. Avec douceur, Pastor enleva Pantouflet des pattes d'Arane, et lissa les piquants qui n'étaient pas encore acérés. Il mit un genou en terre à côté du roi.

– Votre Majesté, dit-il. Cet animal a été condamné à mort simplement parce qu'il était petit, avec la patte de derrière un tout petit peu repliée. Quant à la loutre, elle n'est pas déformée du tout, mais l'ordre a été donné de la mettre à mort.

Le roi se pencha sur Pantouflet, le prit, l'assit sur ses genoux et lui sourit. Il avait les yeux humides.

– Oh que le Cœur l'aime bien fort ! lâcha la voix de Pomme dans la foule.

Il y eut un petit rire et un murmure d'approbation de ceux qui l'entouraient.

– Votre Majesté, dit Pastor en élevant la voix. Avez-vous ordonné la mise à mort de ces animaux ?

– Certainement pas ! grogna le roi.

– On ne peut pas demander à ce pauvre roi de s'occuper de chaque petite euthanasie ! s'exclama Belle.

– Petite euthanasie ! reprit Pastor en rendant les animaux à Arane. Est-ce que la mort d'un animal n'est qu'une petite chose ? Si le roi ne l'ordonne pas, qui donc le fait ?

Il parcourut la foule du regard.

– Savez-vous qui le fait ? Dois-je vous le dire ? Toute cette extermination est l'idée du capitaine Bogue, pas du roi ! Les pénibles équipes de corvée aussi, pensez-vous que cette idée vienne du roi ? C'étaient les ordres de Bogue ! Le roi apparaît devant vous aujourd'hui, malheureux et pitoyable, parce que c'est ce que le capitaine Bogue a fait de lui ! Vous croyez avoir eu un beau festin parce que Bogue l'a voulu ainsi, mais Bogue avait l'intention de rationner votre nourriture pendant tout l'hiver. Arane la loutre a pris en main les réserves de nourriture – c'est à elle que vous devriez dire merci pour votre festin !

Tous les animaux se haussaient sur leurs pattes de derrière. Des oreilles s'agitaient nerveusement, des yeux étincelaient. Un cercle de hérissons et de loutres s'était refermé autour de l'estrade, se resserrant très régulièrement autour de Bogue et du roi. Finaiguille se rapprocha d'Arane.

– Qu'est-ce que vous auriez mangé, si la nourriture avait été rationnée ? poursuivit Pastor. Qu'est-ce que vous auriez pu trouver ? Des feuilles de hêtre ?

Il pivota pour faire face à Bogue.

– Est-ce qu'ils auraient mangé des feuilles de hêtre, capitaine Bogue ? Est-ce pour cela que vous les gardiez en réserve ? Des feuilles de hêtre, comme celles que nous avons utilisées pour le tirage au sort, quand Crispin a été convaincu de meurtre ?

Le roi se débattit pour se lever. Lady Belle bondit.

– Le roi va mal ! s'écria-t-elle.

– Le roi est en colère, répondit Pastor. Arane, reste à ses côtés, s'il te plaît.

– Facile à dire, murmura-t-elle. J'ai les pattes pleines de bébés. Prends ça, Finaiguille.

Elle fourra Pantouflet dans les bras de Finaiguille et donna la petite loutre à sa mère. Suivie de deux hérissons, elle grimpa sur l'estrade en foudroyant Belle d'un regard de mépris. Pastor éleva la voix au-dessus des grognements des animaux :

– Une feuille de hêtre portant la marque de Crispin, dit Pastor. Le capitaine Bogue s'est chargé lui-même de tirer au sort. Quelques semaines plus tard, la nuit du mariage de Bogue, on a trouvé d'autres feuilles de hêtre dans le coffre où on gardait nos robes. Celles-là aussi portaient la marque de Crispin !

Finaiguille se rendit compte qu'elle tenait Pantouflet trop serré. Tout doucement, les deux hérissons prirent les pattes de Bogue et les tinrent contre eux. Il y avait des hérissons de chaque côté de Belle et de Granit, aussi. Les griffes sortaient. On montrait les dents. Le visage de Bogue était fermé, et terrifiant de rage.

– Comment étaient-elles arrivées là ? demanda Pastor. Étaient-elles tombées là par hasard ? C'est facile à faire !

Il glissa une patte dans la manchette de sa robe.

– C'est facile, n'est-ce pas, de glisser des feuilles dans une manchette, ou de les en ressortir ! Cette marque n'était pas dans le sac, n'est-ce pas, Bogue ? Elle était dans votre manchette !

Et quand il brandit les feuilles en l'air, toute la communauté d'Outrebrume les fixa avec effarement. C'était comme s'ils avaient une vision.

Le grognement se fit plus fort, mais Finaiguille se rendit compte qu'elle respirait mieux. Pastor avait réussi. Cela se passerait bien.

Pastor leva une patte pour retenir la foule qui allait se jeter en avant, mais son autre patte était sur la poignée de son épée. Il mit un genou en terre devant le roi.

– Votre Majesté, dit-il, je réclame l'arrestation du capitaine Bogue.

– Arrêtez Bogue ! rugit le roi.

La patte de derrière de Bogue martela de nouveau l'estrade. Les hérissons l'emmenèrent. Avec un chuintement, Granit tira son épée – puis, du fond de la foule parvint un cri, un hurlement se fit entendre d'un autre endroit, l'estrade trembla et la bataille commença.

Chapitre 23

D'où sortaient-ils ? Des taupes se déversaient des tunnels, des écureuils bondissaient des arbres et des rochers, il y avait au milieu d'eux des loutres et des hérissons et, en poussant des cris de guerre, ils se ruèrent en masse vers l'estrade. Partout, des épées tranchantes tournoyaient et des dagues étincelaient mais, en plus, il y avait des casques et des plastrons blindés comme on n'en avait jamais vu en Outre-brume. Dispersant les habitants des bois, les attaquants se précipitaient vers l'estrade. Sous le commandement de Traînelapatte, les hérissons de Pastor tenaient bon, leurs piquants hérissés, leurs épées brandies. Finaiguille baissa la tête de Pantouflet et courut, couvrant du mieux qu'elle pouvait les yeux et les oreilles du petit pour le protéger des cris de guerre. Par-dessus les hurlements et le tintement des armes, elle entendait Sapin crier : « Trahison ! » et Pastor : « Prenez soin du roi ! » Sans cesser de courir, elle arriva au sol sablonneux proche de l'estrade, s'accroupit derrière un rocher et posa Pantouflet.

Ils avaient toujours su que Bogue ne partirait pas sans combattre. C'était pourquoi les hérissons s'étaient préparés à l'action. Mais il y avait tant de monde accourant de toutes parts pour se ranger aux côtés de Bogue, et si bien armés ! L'acier lançait des éclairs et cliquetait, on montrait les dents et les griffes, il y avait des grognements, des cris aigus et perçants, des rugissements et des hurlements, des nuages de sable et de la terre qui s'élevaient quand des animaux tombaient. Il n'y avait aucune trace de Bogue sur l'estrade mais Pastor et Arane tenaient bon, se battant dos à dos, l'épée de Pastor et celle de Granit s'entrechoquant. Et où était passé le roi ?

Traînelapatte et les hérissons se battaient furieusement, mais la marée des taupes armées continuait à monter. Une loutre qui ressemblait un petit peu à Pastor jetait des pierres sur eux, mais il lui fallut arrêter quand ils se mélangèrent aux partisans de Pastor. Ces taupes seraient bientôt sur l'estrade, et toutes ces lames aiguisées voleraient vers Pastor. Avec désespoir, Finaiguille leva les yeux. Les tentures et les tapisseries spectaculaires qui entouraient l'estrade étaient secouées par le puissant mouvement de la bataille. Elle pouvait s'en servir. Elle regarda autour d'elle comme une folle. Criquette et Sépia se serraient l'une contre l'autre, terrifiées, s'enlaçant étroitement de leurs pattes. Quelques écureuils du chœur et les équipes d'acrobates regardaient, eux aussi, blottis les uns contre les autres.

– Criquette ! Sépia ! cria Finaiguille. J'ai besoin de vous ici ! *Plus vite* !

Elle tapait du pied pendant qu'elles se glissaient nerveusement vers elle.

– Regardez ! On a besoin de ronger cet échafaudage. Après, on pourra tout faire s'effondrer sur les taupes dès qu'elles arriveront sur l'estrade !

– Mais, et le capitaine Pastor ? s'inquiéta Sépia.

– On le fera descendre d'abord ! Allons-y !

– Je vais vous aider ! dit un petit écureuil du chœur.

Puis un autre, et encore un autre. Criquette tenta de leur dire qu'ils étaient trop jeunes, mais les acrobates s'élançaient déjà vers le haut des échafaudages. Un grand chapeau avec des roses dessus donna l'impression de nager au milieu des échauffourées et, un instant plus tard, Pomme était sur l'estrade, jetant des pierres sur les assaillants. Quand elle fut à court de munitions, elle se joignit à ceux qui rongeaient l'échafaudage. D'autres jeunes animaux, en les voyant, se frayèrent un chemin à travers la bataille pour venir aider.

Pastor et Arane avaient été acculés au bord de l'estrade. Deux fois, Granit avait tenté d'en faire tomber Pastor, et Pastor l'avait repoussé. Finaiguille vit Granit soulever son épée à deux pattes et se préparer à l'abattre sur le crâne de Pastor qui frappa de toute sa force pour parer le coup, reculant d'un pas en chancelant avant de se remettre d'aplomb. Une taupe bondit sur lui, mais d'un coup de queue, il l'envoya voler loin de l'estrade. Les tapisseries allaient bientôt tomber, mais cela pourrait bien ne pas être si rapide.

– Quelqu'un pour aider le capitaine Pastor ! cria Finaiguille.

Mais, la bataille faisant rage, elle n'aurait su dire si quiconque l'avait entendue.

– Pourquoi est-ce que c'est toujours à *moi* de le faire ?

En grinçant des dents, elle lutta pour grimper sur l'estrade.

– Qu'est-ce que tu fais ? lui cria Pomme.

– Aide-moi à monter, lui répondit Finaiguille.

Et, hissée par Pomme, elle se retrouva sur l'estrade, braquant ses piquants sur toute taupe qui s'approchait d'elle pendant qu'elle se ruait en avant. Elle attrapa à deux pattes la cheville de Granit et le mordit de toutes ses forces. Granit hurla, lui envoya un coup de patte et, tandis qu'elle roulait en arrière, elle aperçut un écureuil bondir d'une tapisserie pour plonger ses dents dans les épaules de Granit. Des taupes armées arrivaient sur l'estrade, puis d'autres encore.

Mais les tentures étaient sur le point de tomber. Finaiguille descendit d'un bond.

– Secouez les échafaudages ! s'égosilla-t-elle.

– Secouez les échafaudages ! vociféra Pomme.

– Pastor, Arane, Traînelapatte, sautez ! cria-t-elle.

– Pastor, Arane, Traînelapatte, sautez ! mugit Pomme tandis que l'échafaudage oscillait.

Au cri de « Outrebrume, sautez ! », Pastor et Arane se jetèrent du haut de l'estrade. À l'autre bout, Traînelapatte et le reste de ses partisans bondirent et se bousculèrent pour se mettre en sûreté tandis que l'échafaudage craquait et s'effondrait. Tapisseries et tentures oscillèrent, tanguèrent et tombèrent, balayant tout comme une mer déchaînée tandis qu'en dessous, les animaux pris au piège donnaient force coups de pattes et coups d'épée.

Pastor était déjà debout.

– Le roi ! cria-t-il.

– La Tour ! haleta un hérisson. Nous avons essayé de rejoindre Sa Majesté, mais Bogue l'avait fait entourer de ses gardes et il l'a traîné à l'intérieur de la Tour. Sais pas d'où lui venaient toutes ces troupes, mon capitaine.

– Je crois que j'en ai une idée, lâcha Pastor qui reprenait son souffle. Qui se trouve dans la Tour ?

– Le roi, Bogue, Lady Belle, répondit le hérisson. Frère Sapin, je pense, mais je n'en suis pas sûr. Certains des serviteurs et des gardes de Bogue.

Pastor leva les yeux sur la Tour. Sur fond de ciel de fin d'après-midi, elle se dressait, belle comme un coucher de soleil et dure comme le diamant.

– Ils doivent tenir sous bonne garde chaque tunnel et chaque entrée. Mais nous devrions arriver à la prendre d'assaut.

On entendait crier et jurer derrière lui. Des épées tailladaient les tapisseries tombées.

– Ligotez-moi ceux-là et enfermez-les – oh, zut !

Nous n'avons pas de cachot. Une grotte, alors, bien gardée. Ou un terrier. Arane, Traînelapatte, prenez quelques animaux de confiance pour y veiller.

Le combat se prolongeait encore un peu au pied de l'estrade, mais il semblait que la plupart des partisans de Bogue soient, ou bien piégés sur l'estrade, ou rentrés dans la Tour. Les tapisseries détruites se soulevaient et retombaient, et les taupes cherchant à s'échapper se trouvaient de plus en plus entortillées à l'intérieur.

– Bien joué, tout le monde, dit Pastor.

Il sourit à l'essaim des jeunes animaux groupés autour de lui.

– La chute de cet échafaudage a tout simplement sauvé l'île tout entière. Elle m'a sans aucun doute sauvé la vie. De qui était l'idée ?

– C'tait elle, m'sieur, dit Pomme avec un hochement de tête en direction de Finaiguille.

– Ils m'ont tous aidée, dit Finaiguille.

– Finaiguille, lui dit Pastor, tu es l'un des héros d'Outrebrume et nous t'honorerons toujours. Tu figureras sur les tapisseries.

– On va avoir besoin de nouvelles tapisseries, remarqua Pomme.

Les yeux de Finaiguille se remplirent de larmes. Elle essaya de se mordre la lèvre, elle tenta de faire bonne figure, mais ses larmes ne pouvaient être refoulées, et elle se mit à sangloter misérablement.

– Je sais, je sais, dit Pastor avec compassion en lui prenant les mains. Tu n'avais jamais participé à une bataille. Tout cela, c'est trop. Pleure tant que tu voudras, il n'y a pas de raison d'en avoir honte.

– Ce n'est pas ça, le coupa Finaiguille à travers ses larmes. Ce sont les tapisseries ! On avait travaillé si dur, on en était fières !

Pastor se redressa et frotta son épaule qui lui faisait mal. Il avait été sérieusement commotionné dans son combat contre Granit, il en souffrait et sa patte de derrière, celle de droite, avait été entaillée par l'épée d'une taupe.

– Bon, pour la Tour, c'est le moment, dit-il.

Il grimpa sur un rocher et frappa de son épée un casque tombé, pour attirer l'attention.

– Animaux d'Outrebrume, cria-t-il, loyaux et sincères, fidèles hérissons, écureuils au grand cœur, courageuses taupes, vaillantes loutres, voulez-vous sauver votre roi ? Êtes-vous à mes côtés ? À mon commandement, les loutres à la Porte de la Source ! Les hérissons et écureuils au grand escalier ! Les taupes aux tunnels ! Êtes-vous prêts ? Pour Outrebrume ! Pour le roi ! Pour vos familles ! À l'assaut de la Tour !

– Et moi qui avais mis mon plus beau chapeau ! murmura Pomme.

Finaiguille lui mit Pantouflet dans les pattes.

– S'il te plaît, amène-le à ma mère, dit-elle. Je vais avec Pastor.

La charge menée par Pastor était pleine de cœur et de furie, mais chaque tunnel et chaque fenêtre étaient gardés. On jeta de grosses pierres sur eux, une pluie de flèches partit des créneaux.

– En arrière ! cria Pastor, peu désireux de risquer des vies dans un combat sans espoir. En arrière !

Mais alors qu'il criait cet ordre et se retirait à toute vitesse à travers les rochers, une fenêtre s'ouvrit.

– Capitaine Pastor !

Belle l'appelait de là-haut, les pattes sur l'appui de la fenêtre, la tête haute.

– Allez aux fenêtres de la Salle des Assemblées. Le capitaine Bogue souhaite parlementer avec vous.

– C'est un piège, mon capitaine, dit Finaiguille.

– Tu ne devrais pas être là, dit Pastor. Tu es trop jeune pour ça.

– Je suis un héros d'Outrebrume, mon capitaine, dit-elle, et cette traîtresse est en train de vous tendre un piège.

– Je dois prendre le risque, répondit Pastor. Si Bogue veut réellement parlementer, c'est le signe qu'il sait la partie perdue pour lui. Ne t'inquiète pas, j'ai une armée derrière moi.

Bien décidé à ne pas laisser voir qu'il boitait, il se dirigea vers les rochers qui se trouvaient sous les fenêtres de la Salle des Assemblées. Des animaux armés le suivirent.

– Bogue ! cria Pastor, qui ne voulait plus l'appeler capitaine. Venez à la fenêtre !

Une autre fenêtre s'ouvrit, et les animaux en eurent le souffle coupé de terreur.

Le visage de Bogue était farouche, animé d'une folle et dangereuse jouissance, comme si cette heure était pour lui sans prix. Il donnait l'impression de ne pouvoir attendre pour tuer. En le voyant, on ne pouvait douter qu'il eût perdu la raison.

– Pastor la loutre, dit-il en riant. Pastor le bûcheur. Bûcheur la loutre, Loutre le bûcheur. Êtes-vous venu demander grâce ?

Pastor posa une patte sur la poignée de son épée.

– Je suis venu, dit-il, exiger que vous relâchiez le roi Cœurdepique et Frère Sapin, que vous les remettiez entre mes mains, et que vous rendiez la Tour.

– Et si je ne le fais pas ? ricana Bogue. Vous vous remettrez à pouponner ?

– Si vous ne le faites pas, dit Pastor d'une voix claire, vous pouvez décider de vous appeler le roi d'Outre-brume si cela vous chante. Mais le roi de qui ? Vos partisans sont morts ou prisonniers. Aucun d'entre nous ne vous appellera jamais son roi. Le seul titre que nous puissions vous donner est celui de meurtrier et de traître, et chacun de nous est prêt à donner sa vie pour défendre cette île contre vous. Seulement, nous ne tenons pas à mourir. Nous voulons vivre sur une île libre, sous les ordres de notre vrai roi.

– Votre vrai roi ? dit Bogue avec un sourire terrifiant. Vous voulez le voir, votre vrai roi ?

Il disparut de la fenêtre. Finaiguille tenta de se convaincre que tout se passerait au mieux, mais cela ne se présentait pas vraiment bien. Et quand Bogue revint, elle faillit crier.

Le roi ne portait ni robe, ni couronne. Il avait les pattes liées aux flancs, son pelage était rugueux et ses yeux injectés de sang. Bogue et un garde le hissèrent brutalement sur la fenêtre ouverte, et pendant un instant d'horreur, Finaiguille pensa qu'ils allaient le jeter en bas.

Dans un grincement, Bogue dégaina son épée et il y eut un cri de désarroi chez les animaux. Si Pastor n'avait pas levé une patte pour les retenir, ils auraient pu donner l'assaut à la Tour à l'instant, et se faire impitoyablement mettre en pièces. Mais ils restèrent immobiles, le souffle court et tendu, quand Bogue posa sa lame sur la gorge du roi.

– Approchez-vous si peu que ce soit, dit-il, et le roi est mort. Je serai roi alors, de par la loi. Qui peut le contester ? Et ça ne sert à rien d'essayer de vous glisser à l'intérieur par un tunnel. Ils sont tous gardés. Le plus léger frémissement d'un envahisseur, et le roi meurt. Et dans ce cas, nous laisserons Frère Sapin sortir de sa tourelle solitaire pour qu'il puisse me couronner.

– Frère Sapin est-il votre prisonnier ? demanda Pastor.

– Non, pas du tout, dit Bogue par-dessus l'épaule du roi. Il adore sa chambre de la tourelle. Et il pourra en sortir à l'instant même où il consentira à me couronner. Je ne me rendrai pas, il faudra donc que ce soit vous qui le fassiez. Pauvre Pastor, on peut vous donner jusqu'à l'aube pour me proclamer roi. Je sais que cela vous prend beaucoup de temps de réfléchir et de comprendre. Jusqu'à l'aube, Pastor. Je ne peux guère attendre. La nuit va être longue.

Chapitre 24

Pastor passait en revue le champ de bataille. Il y avait des prisonniers à garder, des morts à enterrer, des animaux blessés et éplorés dont il fallait s'occuper, et des gardes qu'il fallait poster. Désireuse de se rendre utile, Finaiguille lui apporta une flasque d'eau.

Elle le trouva près des ruines de l'estrade avec la jeune loutre qu'elle avait vue dans la bataille. Quel qu'il puisse être, il était meurtri, couvert de bleus, et souriant.

– L'héroïsme, ça suffit, Fingal, lui disait Pastor. Je sais que tu as été brave, mais tu aurais pu te faire tuer. Va laver tes blessures. Peu importe que je sois ton frère… je suis ton capitaine, alors fais ce qu'on te dit.

Finaiguille donna l'eau à Pastor, et il en offrit d'abord à Fingal. Quelques écureuils continuaient à ronger l'échafaudage parce que, disaient-ils, c'était bon. Certains des petits faisaient des nids avec les tapisseries, et le travail de ses propres mains était mis en lambeaux par un bébé taupe. Un hérisson mangeait la frange. Finaiguille essaya de ne plus regarder.

– S'il vous plaît, mon capitaine, demanda-t-elle pendant que Pastor buvait, d'où venaient toutes ces taupes ?

– Des mercenaires, répondit Pastor en lui offrant de l'eau. Nous n'avons pas autant de taupes. Il y a longtemps que Bogue a dû organiser cela. Sachant qu'il ne pouvait pas compter sur un soutien suffisant des animaux d'Outrebrume, il a fait entrer en fraude des taupes sur des bateaux de commerce et les a payées avec des pierres précieuses. Tout s'explique. C'est pourquoi nous avons fait tant de commerce, et qu'il a amassé un trésor. Et c'est pourquoi il voulait rationner la nourriture, pour pouvoir garder son armée secrète bien approvisionnée. Ils étaient tous prêts dans des tunnels, attendant un signal. Tu as remarqué qu'il avait tapé de la patte sur le plancher ? C'était le signal. La première fois pour qu'ils se tiennent prêts, la deuxième pour attaquer. Tout cela est très clair, maintenant.

– Comme quand on connaît la réponse à une devinette, dit Finaiguille. Une fois qu'on sait, on trouve ça évident, mais ça ne l'est pas en réalité.

– Bogue devait avoir tout arrangé depuis des semaines, dit Pastor. J'ai toujours su que j'avais des algues à la place du cerveau. Mais Bogue ne s'était pas préparé à une résistance si farouche d'Outrebrume.

Il lui sourit, la faisant rayonner de fierté.

– Il n'était certainement pas prêt à t'affronter, toi, et il ne s'attendait pas à un siège. Il y a encore de l'espoir.

Il se leva, et grimaça en s'appuyant sur sa jambe blessée.

– Voilà Miette !

La petite servante taupe se hâtait vers lui en trébuchant sur les rochers. Elle avait l'air contente d'elle.

– Miette ! cria-t-il. Est-ce que tous les petits sont sains et saufs ?

– Oh, oui ! répondit-elle avec assurance. Mais nous ne sommes pas très à l'aise, coincés sous ce bateau, surtout avec notre prisonnière. Elle prend beaucoup de place.

– Prisonnière ? s'étonna Pastor.

– Oui, mon capitaine, voudriez-vous venir voir ? Et nous dire, s'il vous plaît, ce qu'on doit faire avec elle ?

Quelques animaux robustes aidèrent Pastor à retourner le bateau et la mère Câline saisit par les pattes tous les nourrissons qui risquaient de se sauver. Des bols et des assiettes avaient été renversés par terre, et quelqu'un avait répandu du porridge.

– Que le Cœur nous aime ! dit Pastor. C'est Tay !

Sur le sable, Tay le foudroyait du regard avec toute la dignité qui lui restait. Pas beaucoup, en fait. Elle avait été ligotée de la tête aux pieds avec tout ce que la mère Câline avait pu trouver – de la laine à tricoter, des algues épaisses et, bien sûr, le tablier de Miette. On avait fourré entre ses dents une couverture rose pelucheuse que l'on avait attachée comme un bâillon. Il y avait du porridge sur son pelage.

– Elle nous a posé beaucoup de problèmes, dit la mère Câline d'un ton sévère, comme si Tay était une enfant insupportable. Elle nous a fait une vraie colère, a renversé tous les bols et a répandu le porridge par terre, c'est pourquoi nous avons dû la ligoter à ce point-là. Je te serais très reconnaissante si tu pouvais me l'enlever des pattes, capitaine Pastor.

Pastor se tourna vers ses aides.

– Mme Tay, leur dit-il, est une loutre distinguée, une érudite et une juriste, et a failli être nommée capitaine. Traitez-la avec respect. Détachez-la, servez-vous d'un autre bateau retourné comme cellule pour l'enfermer et tenez-la sous bonne garde. Quand nous aurons pris la Tour, on l'escortera jusqu'à une cellule là-bas.

Il s'inclina bien bas en cachant le frémissement de ses moustaches.

– Madame Tay, je suis désolé pour cet outrage, lui dit-il. Mais je vous soupçonne d'en avoir été vous-même la cause.

Puis, après une brève inclinaison de tête pour la mère Câline et Miette, il s'éloigna à grands pas, avant qu'elles ne puissent le voir rire.

– Je pense que les petits peuvent rentrer chez eux, à présent, dit Finaiguille qui était restée avec la mère Câline. Personne ne va les exterminer maintenant.

– Alors, c'est ça, soupira Câline. Plus de garderie secrète. Plus de bébés. Retour à la maison. Et sans problème, en plus.

– J'ai perdu Espoir, dit soudain Miette.

– Il n'y a pas de raison, ma chérie, lui dit Câline.

– Non, reprit Miette, je veux dire, lui ! Espoir ! On n'en a perdu aucun, sauf Espoir le hérisson !

– Oh, le petit ange, soupira Câline. On ne sait plus quoi faire avec lui. Il est sûrement parti à la recherche de Triboulette, sa « jolie maman », comme il l'appelle.

– Je la connais ! s'exclama Finaiguille. Mais je ne sais pas où elle est.

– Dieu seul le sait, dit Câline. Et c'est dangereux de se promener tout seul.

– Il sait creuser des tunnels, dit Miette.

– Il en est encore à se cogner aux murs, grommela Câline. Il va falloir qu'on se mette à le chercher. Mais je crois pouvoir dire qu'il ne lui arrivera rien. En ce qui le concerne, il y a quelque chose de spécial. Le Cœur protège les êtres sans défense, je suppose.

Dans la Salle des Assemblées vide, la lumière du jour s'estompait. Belle envoya La Semeuse allumer les lampes.

– Et transmets un message à tous ceux qui sont de garde, lui dit-elle. Dis-leur que le capitaine Bogue et moi-même, nous sommes fiers d'eux. Nous sommes à présent moins nombreux, mais cela veut dire des parts plus importantes du trésor. Fais-leur porter de quoi manger et du vin.

– Oui, ma dame, répondit La Semeuse. S'il vous plaît, ma dame…

– Oui, La Semeuse ?

– Tout est de la faute de Pastor, n'est-ce pas ?

– Oui, La Semeuse.

La Semeuse s'éloigna en trottinant d'un air important, en essayant de se déplacer avec la majesté et la grâce de Belle. Tout était de la faute de Pastor. Si simplement il avait laissé Bogue prendre le pouvoir, rien de tout cela ne serait arrivé.

Belle se tourna vers Bogue dans un bruissement impatient de sa robe.

– Pourquoi est-ce qu'on ne le tue pas maintenant, tout simplement ? demanda-t-elle.

– Parce que, dans ce cas, nous perdrions tout, lui répondit sèchement Bogue. Pastor donnerait l'assaut à la Tour.

– Et alors ? dit-elle. Nous gagnerions.

– Pas forcément, répondit Bogue.

Le roi s'affaissait dans ses pattes, et il le repoussa rudement contre la fenêtre.

– Tenez-vous bien, vous. Nos pertes dans la bataille ont été plus importantes que ce que nous avions prévu. Granit aurait dû régler son compte à Pastor, comme ça, ils n'auraient plus de chef. Ils auraient dû tous faire ce que je leur avais dit, depuis le début. Je l'ai toujours dit. C'est la vérité.

Il fixa le rivage en contrebas. La marée montait. Les partisans de Pastor avaient installé leur camp bien au-dessus de la côte, près de la Tour. Rien de tout cela ne serait arrivé si chacun avait simplement agi comme il le souhaitait. Il avait toujours raison.

Dans sa famille, il était le premier fils ou, plutôt, le premier fils qui comptait. Il y en avait un autre, fragile, qui était mort à la naissance et un encore plus maladif qui avait réussi à survivre. Mais il ne servait jamais à rien. Il représentait une gêne pour sa famille et pour la colonie. Bogue avait essayé de l'expliquer à ses parents mais ils n'avaient pas voulu l'écouter, il avait donc dû se charger de pousser ce misérable infirme du haut d'une falaise.

Tuer le prêtre aurait été satisfaisant, mais cela portait malheur, aussi. En outre, il tenait à ce que Frère Sapin le couronne. Le prêtre se rendrait à ses raisons.

On frappa à la porte. Belle tira la petite dague qu'elle avait fixée à sa ceinture.

– Puis-je entrer ? demanda la voix de La Semeuse.

Et, un instant plus tard, elle entra en trombe en portant un panier.

– J'ai apporté de quoi manger, dit-elle.

– Merci, La Semeuse, lui dit Belle en remettant sa dague en place. Et, La Semeuse, le roi ne peut pas prendre sa flasque. Il a peut-être envie d'y boire de temps en temps.

– Oui, ma dame, répondit-elle.

Elle prit la flasque et la porta aux lèvres du roi. Elle ne savait pas ce qu'il y avait dedans, car l'odeur était moins forte que celle des alcools que Belle donnait au roi, mais elle préféra ne pas en parler. Le capitaine Bogue la terrorisait.

– Il ne dort donc jamais ? dit Pastor.

Levant les yeux pour regarder à travers le crépuscule naissant, il voyait Bogue qui, devant la fenêtre ouverte, gardait toujours le roi, le couteau sous la gorge. Il avait posté des groupes d'animaux à différents endroits tout autour de la Tour et de l'île, mais lui-même était resté avec Arane et quelques autres devant la fenêtre de la Salle des Assemblées. À la lueur du feu de camp, leurs visages étaient ardents et farouches.

Se drapant dans sa cape, Pastor massa son épaule douloureuse et contourna la Tour pour aller se placer sous la tourelle de Sapin. La petite silhouette voûtée se découpa dans la lumière sous l'arche de la fenêtre.

– Frère Sapin ! cria Pastor.

Et il vit la tête du prêtre se pencher vers lui.

– Mon très cher Pastor ! s'exclama Sapin.

Il faisait trop noir pour qu'il le distingue clairement, mais Pastor perçut un sourire dans sa voix.

– J'ai prié pour toi. Cher fils, tiens bon.

– Est-ce que vous avez tout ce qu'il vous faut ? cria Pastor. Ils vous traitent bien ?

– Je suis en compagnie de quatre excellentes taupes, répliqua Sapin. Elles sont là pour s'assurer que je ne saute pas par les fenêtres, que je ne les menace pas d'une épée. Elles sont quatre, Pastor ! Avec des armes ! Deux ici à l'intérieur, et deux à la porte ! On doit me considérer comme un guerrier tout à fait redoutable, et j'en suis profondément flatté. Et puis, j'ai du pain et de l'eau, ce qui est tout… Mon Dieu ! Voilà une étoile ! Une étoile filante !

– Ce n'est pas possible !

Pastor se retourna pour regarder l'étincelle d'argent traverser le ciel.

– Mais vous nous prévenez toujours quand nous allons avoir des étoiles filantes !

– Hum, dit Sapin. Eh bien, cette fois, je ne l'ai pas fait, parce que je ne le savais pas. Extraordinaire !

« Pour le meilleur ou pour le pire », se répéta Pastor en pensant à Crispin et à tout ce qu'il s'était passé depuis la dernière nuit d'étoiles filantes. « Bon ou mauvais ? » Il s'agenouilla sur le rocher froid.

– Frère Sapin, puis-je avoir votre bénédiction ?

Et si vieux, si fatigué que fût Sapin, la patte qu'il leva pour donner sa bénédiction était ferme et ne tremblait pas.

La nuit fraîchissait. Les étoiles affluaient, dansaient, s'arrêtaient et recommençaient. Les assiégés dormaient par intermittence. Pastor se glissa dans une flaque sur les rochers, pour laver ses blessures à l'eau salée. Bogue murmurait pour lui-même, pour le roi, pour Belle. Tous regardaient les étoiles. Et Sapin, debout devant sa fenêtre, porta son regard au-delà des étoiles filantes et vit la première lueur d'or pâle strier l'horizon dans le ciel de l'est. Son cœur fit un bond et fut submergé de joie, car il apercevait dans le lointain les germes encore distants de la délivrance d'Outrebrume.

— Mais vous nous préviendrez toujours, quand nous allons avoir des [illegible] ?

[illegible]

« Tout le [illegible] a pu [illegible] [illegible] [illegible] [illegible] depuis la [illegible] [illegible] — bien entendu [illegible] sagement [illegible] le [illegible]

— [illegible] avoir votre [illegible]

[illegible]

[illegible] pas.

[illegible]

[illegible] par [illegible] [illegible] [illegible] sur [illegible] pour [illegible] [illegible] [illegible] [illegible] [illegible] [illegible] les [illegible] [illegible] [illegible] [illegible] [illegible] [illegible] la [illegible] [illegible] [illegible] dans [illegible] [illegible] de [illegible] [illegible] [illegible] de la [illegible]

Chapitre 25

Oursin était agenouillé dans les plumes, penché en avant et s'accrochant fermement au cou blanc et fort du cygne. L'air froid qui s'engouffrait dans sa fourrure le glaçait, mais ses pattes étaient au chaud, pressées comme elles l'étaient contre le corps du cygne. Il regardait devant lui et en hauteur, par-dessus la tête de l'oiseau, fixant le ciel sans oser regarder en bas.

Ils volaient plus haut. Le battement indéfiniment répété des puissantes ailes blanches faisait bruisser l'air pendant qu'ils montaient.

« Je vole ! se redit-il à lui-même, hors d'haleine, les yeux écarquillés. Je suis vraiment en train de voler ! » C'était merveilleux et impossible, mais cela se passait réellement.

Sa cape et son sac à dos flottaient derrière lui car il

avait renoncé à essayer de les retenir contre le flux d'air. Crispin volait devant eux, la tête haute, ses pattes de derrière ancrées dans l'espace entre les ailes du cygne. Pour Oursin, s'il existait une chose meilleure encore que de rentrer en Outrebrume par les airs, c'était de faire ce vol de retour avec Crispin, qui était redevenu lui-même.

Il s'émerveillait de la force et de l'endurance des oiseaux. Les cygnes lui avaient dit combien ils étaient nobles, et qu'il ne fallait pas les prendre pour des oiseaux de charge qui transportaient des animaux plus petits qu'eux mais que, pour une fois et une seule, par égard pour Crispin, ils le feraient. Pendant des heures et des heures, ils avaient flotté dans le ciel nocturne qui, maintenant, se chargeait de nuages, tandis que l'air semblait plus dense autour d'eux.

– Ce sont les brumes ! s'émerveilla Crispin. Nous rentrons à la maison !

– Quels merveilleux cygnes ! s'exclama Oursin. Quels magnifiques et merveilleux cygnes !

Il ne savait pas s'ils l'entendaient, et les cygnes ne se souciaient pas des louanges d'un vulgaire rat des bois. Mais il fallait qu'il le dise. Des volutes de brume s'enroulaient autour d'eux. Les ailes blanches montaient et descendaient, montaient et descendaient.

– Capitaine Crispin, mon capitaine ! s'écria Oursin. Je ne vous vois plus !

À travers la brume et l'obscurité, il entendit rire Crispin.

– Ne t'inquiète pas ! Je suis toujours là !

Quelque chose d'argenté fonça sur eux, et Oursin se baissa, le souffle coupé.

– Crispin ! cria-t-il. Vous avez vu ? Une étoile !

– Les étoiles volent pour nous, Oursin ! s'écria Crispin.

Et Oursin, qui avait pensé que rien ne pouvait être plus merveilleux que cela, retint son souffle. Les étoiles qui avaient dansé la nuit de sa naissance filaient à travers le ciel pour le ramener chez lui en Outrebrume, et il voyageait au milieu d'elles.

En Outrebrume, l'aube était froide. Belle avait envoyé chercher du petit bois pour allumer un feu, et elle se tenait à côté de la cheminée pour se réchauffer, mais Bogue ne voulait pas quitter le roi. Le regard toujours farouche, il en tirait un terrifiant plaisir. La Semeuse abreuvait le roi avec sa flasque, qu'il le demandât ou non. C'était sa façon d'aider Lady Belle.

L'air froid venant de la fenêtre et l'eau de source avec laquelle Traînelapatte avait rempli sa flasque aidaient le roi à retrouver des idées claires. Il avait complètement repris ses esprits, et ne comprenait que trop bien la situation.

Finalement, il avait été la marionnette de Bogue. Ivre la moitié du temps et drogué pour le reste, il avait, dans sa faiblesse et son chagrin, laissé Bogue s'en tirer à bon compte. Il ne méritait plus d'être roi. Mais il *était* le roi, et il lui incombait de sauver l'île. Il se souvint des jours de sa jeunesse, quand il était vif et prompt à passer à l'action. Il s'assoupit et se réveilla plusieurs fois, et chaque fois qu'il se réveillait, il était plus pleinement lui-même. Bogue maintenait une dague contre sa gorge, mais son épée était toujours au fourreau. Si seulement il pouvait libérer sa patte gauche, s'il se concentrait en faisant appel à toute sa vieille expérience, il pourrait dégainer vivement cette épée et, d'un rapide moulinet, envoyer voler la dague que Bogue tenait dans sa patte. Il serait alors libre, et Pastor pourrait donner l'assaut à la Tour. Il ne pourrait pas tenir contre Bogue et Lady Belle jusqu'à ce que Pastor arrive jusqu'à lui, mais il allait prendre ce risque.

Tout doucement, progressivement, avec de tout petits mouvements, il tortilla sa patte gauche dans ses liens. Cela prendrait peut-être jusqu'au matin, mais il pouvait le faire.

Belle quitta la chaleur du feu pour venir le regarder. Le roi cessa d'essayer de libérer sa patte, et tourna un peu la tête. Bien que la fenêtre fût grande ouverte, il pouvait, sous cet angle, voir un reflet dans la vitre. Il regarda et regarda encore, observant les étoiles qui filaient dans le ciel, tandis que cette nuit lui semblait durer une éternité, jusqu'à ce qu'enfin, les paupières de Bogue s'affaissent et que Lady Belle se mette à bâiller.

Il fit glisser sa patte un petit peu plus haut. Les yeux de Bogue s'ouvrirent brusquement.

– Restez tranquille ! lui ordonna-t-il.

– Bogue, lui dit-il d'un ton las pour essayer une autre tactique, trop de sang a été versé. Laissez-moi abdiquer. La couronne est à vous. C'est ce que vous vouliez, non ?

– C'est ça, et vous laisser la vie sauve pour que tout le monde puisse comploter dans mon dos afin de vous rendre votre trône ? railla Bogue. Et laisser cette loutre s'en tirer comme ça ? J'aurais pu être roi dès maintenant, sans que personne ne dégaine la moindre épée. Et cette île serait parfaite. Parfaite ! Ils m'obéiraient tous. Nous aurions des armes. Nous partirions conquérir d'autres îles. Les bêtes n'auraient qu'à m'obéir sans trop réfléchir, c'est tout ! C'est si facile ! Je ne serai pas satisfait tant que je n'aurai pas haché menu cette loutre et mis sa tête sur une pique au-dessus de la tour du prêtre. Et je le ferai. Vous voyez les étoiles filantes ? Elles sont pour moi ! Les étoiles me proclament roi ! Cessez de gigoter, vous !

Le roi regarda en contrebas et vit Pastor près d'un feu de camp, ne quittant pas la fenêtre des yeux. Au loin, une lumière dorée balafrait le ciel. Le jour était presque levé, et sa patte était libre. Il ne pouvait savoir si Pastor le voyait bien, mais il regarda ostensiblement en bas avec espoir.

– Maintenant, articula-t-il en silence. Prêt. Maintenant.

Belle s'était endormie sur ses pattes. Elle se réveilla en sursaut, se secoua et se tourna brusquement pour regarder.

– Le roi ! cria-t-elle en bondissant en avant tandis que le roi dégainait d'un coup l'épée de Bogue et faisait voler la dague de sa patte. D'un coup de pied, elle envoya valser le roi en lui faisant perdre l'équilibre et, la dague dans sa patte, s'abattit sur lui avec une telle force qu'ils tombèrent tous deux par terre. De son côté, Bogue se reprit et plongea en avant pour tenter de reprendre au vol son épée, en criant quelque chose à propos de la fenêtre.

Trop tard. Quand Bogue cria, Belle et le roi étaient déjà sur l'appui de la fenêtre. Il criait encore lorsqu'ils tombèrent pour aller s'écraser sur les rochers.

Chapitre 26

– Emparez-vous de la Tour ! cria Pastor, et dans une ruée ponctuée d'un rugissement, ses hommes s'élancèrent.

Pastor regarda autour de lui pour repérer les plus âgés et les plus lents.

– Occupez-vous du roi, ordonna-t-il, et de Lady Belle.

Tandis que les soldats passaient à côté de lui à toute vitesse pour aller attaquer la Tour, il se pencha au-dessus de Belle et du roi. Une épée gisait sur les rochers. Le roi avait les yeux fermés, mais il gémissait doucement. Lady Belle reposait totalement immobile, et une petite flaque de sang tachait les rochers sous sa tête.

Pastor mit la patte sur sa gorge. Le pouls battait encore. Tous les deux étaient blessés, et l'épée comme la dague étaient tachées de sang.

– Faites de votre mieux pour les deux, dit-il brièvement.

Et il courut en direction de la Tour tandis que, terrifiés, les gardes de Bogue fuyaient pour sauver leurs vies ou se repliaient dans la Salle des Assemblées. Les forces de Pastor se précipitèrent à l'intérieur, les écureuils escaladant les fenêtres, les taupes arrivant en masse par les tunnels, les loutres et les hérissons surgissant par toutes les portes. Quand Pastor courut vers la Salle des Assemblées, Arane dévalait un escalier.

– Va libérer Sapin ! lui cria-t-il.

– C'est fait ! répondit-elle. Il s'est faufilé dehors comme un poisson – pour aller où, je ne sais pas.

Des cris de guerre et le fracas des épées lui parvenaient de la Salle des Assemblées. Les partisans de Bogue devaient y mener un dernier combat. Pastor découvrit des écureuils et des hérissons, des taupes et des loutres, en train de se battre avec leurs dents, leurs griffes et leurs armes. Bogue s'était armé de nouveau et, une épée dans une patte et une dague dans l'autre, il combattait avec toute la passion et la rage de sa vie. Pastor leva son épée à deux pattes et, de toute sa force, serrant les dents pour contenir la douleur de son épaule, il la fit résonner contre l'embrasure de la porte.

– Au nom du roi ! hurla-t-il.

Le combat cessa. Tous les regards se tournèrent vers lui. Les animaux reculèrent d'un pas, respirant bruyamment, appuyés sur leur épée, léchant leurs plaies.

Cet instant, il l'avait imaginé et s'était préparé à le vivre. Son épaule lui faisait encore mal et sa patte de derrière lui cuisait. Il n'était pas aussi rapide que Bogue, mais il était plus fort et plus lourd.

– On a versé assez de sang, dit-il. Bogue, menteur, meurtrier, traître à ton roi et à Outrebrume, je te défie en combat singulier au nom de ceux que tu as trompés. Je représente le roi Cœurdepique, la reine Fuseaux et le prince Culbute. Je représente le capitaine Crispin, l'exilé, et Oursin des Étoiles Filantes. Je représente l'île d'Outrebrume.

– Et moi, je représente Bogue, gronda Bogue, courbé sur son épée. Le capitaine Bogue, Lord Bogue, Bogue le triomphant, le roi Bogue.

Sa voix enflait, perçante et folle.

– Pour le grand roi Bogue, et pour la reine Belle !

Il leva son épée à deux pattes.

Pastor leva la sienne, et en baisa la lame. Il prit soudain conscience qu'un hérisson passait à côté de lui en courant, et reconnut Finaiguille qui se ruait vers la fenêtre.

– Regardez ! cria-t-elle joyeusement. Vous tous, regardez ! Regardez !

À l'exception de celle de Bogue, toutes les têtes se retournèrent pour regarder. Tous furent fascinés, les yeux écarquillés, soudain muets d'émerveillement.

– C'est une ruse ! ricana Bogue, méprisant.

Mais personne ne l'écoutait. Ils regardaient le ciel où quelque chose émergeait des brumes, quelque chose qui volait haut et s'approchait d'eux à une allure régulière.

– Des écureuils montés sur des cygnes ! chuchota Finaiguille avec stupéfaction. Capitaine Pastor, mon capitaine, c'est…

– Oui, dit Pastor.

Et il eut l'impression que son cœur allait exploser de joie. Et Bogue, lui aussi, entendit le message venu du fond de son cœur : « Tu n'as rien à craindre jusqu'au jour où des écureuils voleront dans le ciel. »

Peu à peu, pris de nausée, il sentait son courage l'abandonner. Il se retourna et alla à la fenêtre, mais ce n'était pas pour voir ce que regardaient les autres. Il se pencha à l'extérieur, et cria aux archers :

– Tirez ! Réveillez-vous, bande d'imbéciles ! Tirez !

Les oreilles d'Oursin étaient toutes dressées, et ses yeux brillaient de joie. La Tour était devant eux. Mais pourquoi ces animaux étaient-ils agglutinés sur les rochers, et pourquoi n'y avait-il personne d'autre alentour ?

– Baisse-toi, Oursin ! hurla Crispin. Des flèches !

Oursin esquiva, appuya sa tête sur le cou du cygne et s'y accrocha en le serrant de toutes ses forces. Le cygne dévia de sa route, prit de l'élan, puis s'éleva dans les airs si abruptement qu'Oursin eut besoin de tout son sens de l'équilibre pour ne pas tomber. Il leva un peu la tête, juste pour anticiper la prochaine volée de flèches.

– Oursin ! lui cria Crispin. Nous sommes en train de mettre les cygnes en danger ! Nous allons devoir sauter. Prêt ?

– Oui, mon capitaine ! cria Oursin en retour.

Sans lâcher sa prise, il se dressa sur ses pattes de derrière. Il vit Crispin bondir, toutes pattes en avant, vers les fenêtres de la Salle des Assemblées. Puis son cygne fit un écart et, pour la troisième fois de sa vie, Oursin tomba du ciel.

Il atterrit sur du sable mou devant la Porte de la Source, roula sur lui-même et tira son épée en courant vers la porte. Il n'y avait personne pour l'arrêter et il se précipitait vers la Salle des Assemblées quand un bruit venant du sous-sol l'arrêta.

C'était la voix menue, chevrotante, d'un jeune animal angoissé. Un hérisson, à en juger par le son. Cela venait de trop loin pour qu'il comprenne les mots prononcés, mais la voix était à la fois furieuse et proche des larmes. Il y avait d'autres voix, aussi, désagréables, celles-là.

L'exaspération submergea Oursin. Il aurait dû être avec Crispin, faisant une irruption triomphante, en vol plané, dans la Salle des Assemblées. Mais quelque part, non loin de là, se trouvait un très jeune animal angoissé et presque certainement en danger. Il savait ce que Crispin aurait voulu qu'il fasse.

Oursin n'était pas familier des tunnels. S'efforçant de se souvenir de ce que Pastor lui avait enseigné à ce sujet, il trouva une entrée au coin du mur. La voix effrayée du hérisson se rapprochait et avec elle un rire cruel suivi, à sa grande horreur, du raclement d'une épée que l'on dégainait. Oursin se rua dans cette direction.

Le tunnel s'élargit si soudainement qu'Oursin

n'était pas prêt à affronter le spectacle qui s'offrit à lui, et il dut se ressaisir. Il se trouvait dans une sorte de salle de garde, avec un plateau posé sur une petite table, une lampe brillant sur le mur, et deux taupes, qui n'avaient ni l'apparence ni la voix de taupes d'Outre-brume, lui tournaient le dos. Elles pointaient leurs épées sur un hérisson si petit, si miteux et si brave dans sa terreur qu'Oursin en brûla de rage.

– Je vais me battre contre vous…, disait le hérisson, mais d'une petite voix et la bouche tremblante. Je vais me battre contre vous. L'un après l'autre. Mais il va falloir que vous me prêtiez une épée, ou ce ne sera pas loyal.

Sans faire de bruit, Oursin bondit sur la table et prit le plateau pour s'en servir comme d'un bouclier. Si le hérisson l'avait vu, il avait été assez sage pour ne rien dire. La sortie était libre, aussi les taupes se sauveraient-elles sans doute plutôt que de se battre.

– Le capitaine Pastor sera très en colère, disait le hérisson qui faisait de grands efforts pour ne pas pleurer.

– Aaah ! Pauvre hérisson tout dégoûtant ! dit l'une des taupes.

– Aaah ! dit l'autre, qui se retourna au moment où Oursin bondissait du haut de la table.

– Aaaarh !

Pas besoin de se battre. Ce que les taupes avaient vu, ce n'était pas un jeune écureuil, mais un guerrier en armure, fou de rage. La première prit la fuite, et l'autre suivit au moment où le plat de l'épée d'Oursin lui effleurait les côtes. Oursin remit son épée au fourreau et s'agenouilla à côté du hérisson tremblant pour en caresser les doux piquants. Le petit animal grogna, mais sans se montrer très convaincant.

– Je ne te ferai pas de mal, lui dit Oursin avec douceur. Les taupes sont parties. Je m'appelle Oursin – je suis le page du capitaine Pastor. Qui es-tu ?

– Espoir, répondit le hérisson. J'ai entendu parler de vous. L'écureuil à la drôle de couleur ?

– C'est bien moi, lui dit Oursin qui se rappela le hérisson myope de la garderie.

– Merci d'avoir chassé les taupes, dit Espoir. Je les aurais combattues, vous savez, monsieur.

– Oui, je sais, lui répondit Oursin.

Et il se demanda quoi faire, maintenant. Il avait vraiment envie de courir là où se trouvait Crispin, où que ce pût être, mais il ne pouvait pas laisser le hérisson. C'était à peine s'il voyait où il allait, et les taupes auraient pu le retrouver.

Il soupira sans bruit. C'était comme ça avant qu'il n'aille à la Tour. Depuis lors, il avait servi deux grands capitaines, failli être tué, avait traversé la mer en pleine tempête et les brumes en volant sur le dos d'un cygne. Et voilà qu'il en était revenu à s'occuper de nourrissons.

– Eh bien, allons-y, dit-il en enlevant la lampe de son support sur le mur. Où es-tu supposé aller ?

– Je crois que je vais pouvoir me débrouiller à présent, monsieur, lui dit le hérisson. Je sais faire des tunnels.

– C'est une bonne chose que l'un de nous deux

sache le faire, murmura Oursin qui venait juste de se rendre compte qu'il n'était pas très sûr de retrouver le chemin par lequel il était arrivé.

Le hérisson traînait les pattes à côté de lui tandis qu'Oursin essayait de se rappeler la carte des tunnels que lui avait dessinée Pastor. Il devait, ou bien revenir vers la Porte de la Source, ou bien continuer vers la Salle des Assemblées. Reprenant confiance, le hérisson faisait la conversation à Oursin en lui racontant qu'il avait passé un moment très agréable au Festival de Printemps, sauf qu'il n'avait pas vu sa maman, et qu'elle était peut-être triste de l'avoir manqué, aussi se disait-il qu'il ferait mieux d'aller à la Tour pour la retrouver, car il savait faire des tunnels.

– C'est là qu'elle travaille, expliquait-il. Elle fait des tapisseries. Elle est très intelligente. Et très, très belle.

Il raconta à Oursin comment il s'était un petit peu perdu et comment il avait eu un tout petit peu peur, sans que cela l'empêche de continuer à chercher. Cela durait depuis un moment, et il avait très faim.

– J'aurais dû y penser, dit Oursin.

Et il fit glisser de son épaule son sac à dos. Il y avait dedans une bouteille d'eau, des biscuits et des baies tout écrasées. On ne pouvait manger les baies écrasées sans faire plein de saletés, surtout dans un vieux tunnel poussiéreux, mais le hérisson les apprécia beaucoup et ne remarqua même pas les taches de jus sur sa poitrine et leur consistance poisseuse qui faisait coller des toiles d'araignée à ses piquants. Ils se hâtèrent, Oursin portant la lampe, Espoir marchant sur ses pattes de derrière avec un biscuit dans la patte et parlant la bouche pleine. Les taupes l'avaient découvert et lui avaient posé une foule de questions, « et elles étaient très grossières à propos de ma maman », dit-il avec indignation. Puis il se laissa tomber à quatre pattes, et renifla.

– C'est par là, dit-il. Il y a une odeur infecte et une bonne odeur. Oui, par là.

– Mais ça descend ! s'exclama Oursin.

– Ça remontera, dit le hérisson. Ça devient infect un peu plus loin, mais je sens l'odeur d'une chandelle. Et un écureuil. Un bel écureuil.

– C'est étroit, en plus, dit Oursin.

Il ne connaissait aucun autre chemin et il ne pouvait abandonner Espoir. Mais il y avait dans ce tunnel quelque chose qui lui hérissait les poils de froid. Il n'avait pas envie d'aller plus loin.

Bogue ne savait pas comment il s'était retrouvé au milieu de la Salle des Assemblées. Il supposa qu'il devait avoir reculé quand Crispin avait sauté du dos du cygne. Des écureuils volant dans le ciel. Cela aurait dû être l'heure de son triomphe, et tout se retournait contre lui. La joie de Pastor illuminait son visage tandis que Crispin se tenait en équilibre sur l'appui de la fenêtre. Et Pastor savait bien que Crispin n'était pas revenu le cœur chargé d'amertume ou de volonté de vengeance. Il était temps, tout simplement, de mettre un terme à ce qui n'aurait jamais dû commencer, et c'était à lui de le faire.

– Pastor, s'il te plaît, envoie quelqu'un à la recherche d'Oursin, dit Crispin.

Mais ses yeux pesaient sur Bogue. Pastor fit un signe de tête à quelques écureuils empressés.

– Et, Pastor, continua Crispin, si tu étais sur le point de régler son compte à cette vermine, veux-tu t'écarter, s'il te plaît ?

– Tu as sur lui plus de droits que moi, admit Pastor en faisant un pas en arrière.

Finaiguille, peu soucieuse de se trouver sur leur chemin, fila vers une porte de côté pour voir ce qui allait se passer.

Le silence s'était fait dans la grande Salle. Miraculeusement, merveilleusement, Crispin était là, aux commandes, levant son épée, en baisant la lame, le visage impénétrable et figé en face d'un Bogue au regard fou. Alors, avec un hurlement de révolte, Bogue brandit son épée et bondit sur Crispin qui l'évita en un éclair et pivota pour lui faire face, en parant le coup de taille. Les animaux retinrent leur souffle.

Bogue se battait avec rage, mais son habileté et son sens stratégique l'abandonnaient. Il avait le dos tourné à la fenêtre. Non, non, il ne devait pas laisser Crispin l'acculer à cette fenêtre ouverte. Il tourna, se plaçant dos à la porte, mais alors, Pastor était derrière lui…

… Il y avait un passage qui partait de cette pièce. Un passage, un escalier, un tunnel, qui lui tendaient les bras pour l'accueillir dans l'obscurité. Cette obscurité l'appelait. Le mal, captivant, respirable, du gouffre noir l'attirait. Personne ne se tenait près de cette porte, à l'exception d'une jeune hérissonne.

Il continua à se battre, en laissant Crispin le forcer à reculer vers l'endroit où il voulait aller. Il sentait derrière lui la présence de cette porte latérale, et du tournant à angle aigu menant à l'interstice caché dans le mur. Il y était presque et, comme l'épée de Crispin plongeait vers son cœur, il se glissa en arrière dans la porte, prit un virage serré, et se retrouva courant comme un fou vers ce lieu qui était sa vraie patrie.

Finaiguille tourna précipitamment le coin, juste à temps pour voir disparaître le bout de la queue de Bogue.

– Par là, mon capitaine ! cria-t-elle.

Et Crispin fila sans attendre sur ses traces. Pastor le suivit, se faufilant dans l'interstice avec Finaiguille sur ses talons. Courant après Bogue dans l'obscurité, ils étaient guidés par le son de ses pattes d'écureuil et par un rire dément.

Bogue courait dans les tunnels comme vers son destin, plus vite, plus vite, bondissant par-dessus des pierres, farouche, déchaîné et pourchassé. Ce lieu de ténèbres allait le sauver. Il lui suffisait de les y emmener, d'ouvrir la porte et de tenir bon. C'était trop étroit pour qu'ils se jettent tous sur lui. Ils viendraient à lui un par un et il pourrait les abattre un par un avant de les balancer dans le gouffre, vivants si nécessaire. Crispin d'abord, puis Pastor, puis tout animal qui oserait encore le défier. Il entendait le bruit de pattes qui le suivait. Laissons-les suivre. Il prit de la vitesse. Il y était presque quand il fut transpercé d'horreur.

Cette horreur, c'était celle de la lumière.

La porte du cachot était ouverte. De la lumière filtrait de l'intérieur, la lumière dansante de centaines et de centaines de flammes de bougies, qui palpitait comme si elle riait. Même l'eau et la boue gluante qui suintaient sur les parois étaient transformées en éclats d'or et d'argent.

Bogue posa sur le mur une patte tremblante. La peur montait en lui et autour de lui, toute sa peur, ses cauchemars, et la plus grande peur de toutes, la peur terrible de toute sa vie, celle de se retrouver sans défense, le paralysait. Le courage lui manqua. Son épée lui tomba des pattes.

Il ne pouvait pas revenir en arrière. Crispin et Pastor arrivaient. Les deux pattes sur les murs, il avança pas à pas, se glissant dans l'embrasure de la porte du cachot. C'est alors qu'il vit cette chose innommable.

Il ferma les yeux, puis les rouvrit pour regarder encore. Belle n'était pas là pour le réveiller et l'objet de son cauchemar accourait vers lui. Mais il savait qu'il ne rêvait pas. C'était bien réel. Le prince Culbute avançait vers lui en trébuchant, avec des toiles d'araignée qui pendaient de ses piquants, les yeux à demi fermés pour flairer son meurtrier. La tache sur sa poitrine était bien marquée et en train de sécher, exactement comme dans son souvenir. Sans qu'on puisse l'arrêter, le prince avançait. Une lumière le suivait.

Oursin suivait Espoir, de tout près, levant la lampe

derrière lui, le souffle court et faisant appel à tout son courage. Il se rappelait cet endroit avec sa terrible odeur de mort et de peur, mais Espoir avait besoin de lui, et en progressant, il vit de la lumière devant eux. Il continua à avancer. Et là, dans le tunnel sombre, devant lui se tenait Bogue, et Oursin n'avait jamais vu une telle expression de terreur.

Bogue reculait. Il avait un regard perdu, les pattes tremblantes, le poil hérissé.

– Non ! murmurait Bogue. Non !

– Ce n'est que moi, monsieur, dit le hérisson.

– N'approche pas ! implorait Bogue. Va-t'en, toi !

Il reculait pas à pas en chancelant.

– Non !

Venant du cachot, la voix de Frère Sapin parvint à Oursin :

– Bogue ! Arrêtez-vous ! Faites attention !

Oursin se précipita devant Espoir. Crispin et Pastor accouraient dans l'autre sens.

Le temps manquait pour tout comprendre. Il prit conscience d'un endroit sinistre adouci par la lumière des chandelles, de Frère Sapin s'avançant en claudiquant, les pattes tendues devant lui, d'un dernier cri désespéré – puis, sans qu'on sache comment, Bogue disparut et le cri résonna dans les profondeurs, venant de plus en plus loin avant de se transformer en quelque chose qui tenait des pleurs et d'un rire un peu amer – puis cela s'arrêta.

– Restez loin du bord, dit brusquement Frère Sapin. Tous !

Oursin recula et tendit une patte pour empêcher le hérisson de faire un pas de plus. Crispin et Pastor se tenaient à côté de lui. Il vit et sentit une cave humide, mais les parois gluantes en étaient adoucies par l'éclat des bougies, des rangées et des rangées de bougies alignées, comme des pierres précieuses. Il y avait une vague odeur de cire d'abeille. Un profond chagrin emplissait le regard sombre de Frère Sapin. La patte tiède de Pastor s'était posée autour des épaules d'Oursin.

– Quel est cet endroit ? demanda Crispin.

– C'est un lieu ancien et maléfique, dit Sapin avec gravité. Moi-même, je viens juste de le découvrir, et j'ai tenté de le purifier de son passé. Nous devrions le quitter à présent.

– Le roi, dit Pastor. Quel est le chemin le plus rapide pour sortir d'ici ?

– Excusez-moi, murmura Espoir. Que s'est-il passé ?

– Peu importe, lui répondit Oursin. Viens avec moi, nous allons trouver ta maman.

Frère Sapin les emmena. Pastor exerça sur les épaules d'Oursin une pression réconfortante.

– C'est fini, maintenant, lui dit-il. Bravo.

– Je ne me suis pas sauvé, cette fois, dit Oursin.

La patte de Pastor se resserra sur son épaule et sa voix était légèrement entrecoupée.

– Je sais, Oursin. Tu ne t'es pas sauvé.

Chapitre 27

Presque sans parler, ils retournèrent par les tunnels jusqu'aux rochers qui se trouvaient au pied de la Salle des Assemblées. Oursin fut heureux d'inspirer une fraîche goulée d'air marin. En se dandinant d'un pas bancal, Pomme courut à leur rencontre et il laissa Espoir à sa garde pour suivre Sapin et les capitaines dans les rochers.

Arane s'était chargée du roi. Il était couché, la tête sur ses genoux, et on avait pansé ses blessures, mais Arane secouait la tête. À quelques pas, La Semeuse était agenouillée dans un grand désordre de soie froissée et déchirée. En larmes, elle se penchait sur Belle, lui soulevant la tête pour tendre une coupe vers ses lèvres. Un bracelet cabossé gisait sur les rochers.

Le regard d'Oursin allait de Belle au roi. Tôt ou tard, quelqu'un lui expliquerait ce qui s'était passé, mais ils étaient tous deux tellement couverts de bleus et d'ecchymoses qu'il ne pouvait pas le comprendre tout seul. Pastor et Crispin étaient agenouillés devant le roi, aussi Oursin fit-il de même, et le roi tourna un peu la tête.

– Le page, dit-il. Un type bien.

Les yeux pleins de peine, il se tourna vers Crispin, et fit un effort pour parler. Oursin sentit la patte de Pastor sur son épaule.

– Nous ferions mieux de partir, lui dit-il. Laissons-les tranquilles.

Le soleil du matin dispensait une vraie chaleur. Tandis que Pastor donnait ses ordres à propos des prisonniers, Oursin se tenait sur la plage et inspirait de longues et profondes bouffées de l'air d'Outrebrume. Deux cygnes traversèrent la baie en vol plané pour le rejoindre, et il s'engagea dans l'eau en pataugeant pour aller à leur rencontre.

– Merci, leur dit-il.

Lord Colarqué inclina la tête.

– Le rat des bois qui avait envoyé sa taupe sur notre île, dit-il, est-il mort, serviteur ?

– Oui, Lord Colarqué, répondit Oursin.

– Dans notre générosité, nous avons décidé, lui dit le cygne, de relever Crispin de son service auprès de nous. Vous pouvez le lui dire.

– Merci, Lord Colarqué, lui dit Oursin.

– Et nous allons nous reposer ici ce soir avant de retourner dans notre royaume, ajouta Lord Colarqué. Conduisez-nous vers de l'eau fraîche.

Oursin les emmena plus loin sur le rivage, les confia aux bons soins d'une loutre, et retourna vers Pastor.

– Crispin est toujours avec le roi, dit Pastor. Nous devrions aller voir ce qui est arrivé à Belle.

Mais ils savaient avant d'être parvenus jusqu'à elle. La Semeuse était effondrée sur elle, sanglotant désespérément, la patte de Lady Belle dans les siennes. Quand Pastor s'agenouilla à côté d'elles, elle la couvrit de son corps comme une mère défendant son petit.

– Laissez-la tranquille, grogna-t-elle.

– Nous ne lui ferons aucun mal, lui dit Pastor avec douceur.

Il posa la patte sur la gorge de Belle, et secoua la tête. La Semeuse s'essuya les yeux avec le dos de sa patte.

– J'ai essayé de la sauver, dit-elle en refoulant ses larmes. Elle s'est rendu compte que j'essayais.

– Bien sûr que tu as essayé, lui dit Pastor.

– Je suis descendue ici en courant et elle était encore vivante, dit-elle. Elle essayait de dire quelque chose à propos de la reine. Je l'ai aidée à soigner la reine, je sais tout sur les médicaments, alors je savais quel était le médicament spécial de la reine. Lady Belle était très à cheval là-dessus. Elle ne s'en servait que pour la reine, et il n'y avait qu'elle et moi qui le lui donnions. Elle n'aurait laissé personne d'autre s'en approcher.

Pastor rencontra le regard d'Oursin par-dessus le corps, mais son visage ne laissa rien paraître.

– C'était le meilleur médicament de toute l'île, dit La Semeuse en reniflant. Il n'en restait pas beaucoup.

J'en ai pris les dernières gouttes et je les ai mélangées comme elle me l'avait appris, puis je suis descendue en courant aussi vite que je pouvais pour le lui donner. Elle a essayé de dire quelque chose, mais je ne crois pas qu'elle savait ce qui se passait. Je le lui ai fait boire. Je ne crois pas qu'elle voulait, car c'était quelque chose de si précieux, et elle était si noble, mais je le lui ai mis dans la bouche. Je suis restée avec elle tout le temps, mais ça n'a servi à rien. Ma Lady est morte !

En dehors des sanglots étouffés de La Semeuse, tout était devenu silencieux. Oursin entendait le son rauque, lent et douloureux, de la respiration du roi. Les autres animaux se tenaient à distance, anxieux. Certains pleuraient en silence.

Le roi ouvrit les yeux tout doucement, comme s'il lui en coûtait un grand effort, et chuchota quelque chose à Sapin. Oursin entendit le nom de Crispin, et Frère Sapin hocha la tête en posant la patte sur la tête du roi.

– Puisse le Cœur vous réclamer dans la joie et vous pardonner avec amour, dit-il d'une voix douce. Puisse votre cœur s'envoler librement vers le Cœur qui vous a donné la vie.

Oursin ne put savoir à quel moment exact le roi était mort. Il se rendit seulement compte que le souffle rauque s'était arrêté, et qu'Arane passait la patte sur le visage du roi. Pastor et Crispin enlevèrent leurs bandeaux d'or, et Oursin repensa au temps où il apportait de l'eau de source à la Salle du Trône, quand le roi était si gentil.

Il réalisa que Pastor avait mis un genou en terre. Il avait tiré son épée et la tendait en la tenant par la lame posée sur sa patte fermée, la poignée tournée vers Crispin.

– Agenouille-toi devant ton roi, Oursin, lui enjoignit-il.

Oursin mit un genou en terre en présentant son épée comme Pastor. Il se retint de regarder par-dessus son épaule en un moment aussi solennel, mais il entendit bruisser les fourrures des animaux qui, tous, s'agenouillaient. Pastor leva la tête pour regarder Crispin dans les yeux, mais sans se relever.

– Crispin d'Outrebrume, lui dit-il, je vous reconnais pour roi et seigneur légitime de cette île et de toutes ses créatures. Je vous demande de régner avec amour et sagesse, et je mets mon épée, ma fonction de capitaine et moi-même à votre service.

Il y eut une pause, puis il ajouta :

– Je confesse devant vous avoir combattu et répandu le sang de créatures d'Outrebrume, et je sollicite le pardon de Votre Majesté.

Oursin leva la tête et vit les yeux de Crispin fixés sur ceux de Pastor. C'était comme si Pastor était en train de le pousser, de l'aider à être le roi.

– Animaux d'Outrebrume, dit Crispin, ceux qui ont combattu pour le roi Cœurdepique n'ont rien fait de mal. Point n'est besoin de vous pardonner. Et je promets d'être, grâce à votre aide et à votre soutien, le meilleur roi possible.

Et, de la foule des animaux, s'éleva une immense

acclamation pour le roi Crispin qui donna à Oursin l'impression d'être l'animal le plus solitaire d'Outre-brume.

Crispin s'agenouilla pour recevoir la bénédiction de Sapin, et donna des ordres pour la veillée funèbre du roi.

– Et j'ai besoin de savoir ce qu'il en est de cet endroit, dit-il à Sapin. Ce terrible endroit, ce cachot où Bogue est tombé.

– Vous avez sans aucun doute besoin de le savoir, dit tristement Sapin. Nous allons nous rendre dans les quartiers de Pastor. Oursin, ton capitaine a une blessure qui a besoin d'être pansée. Viens avec nous.

Une brise de printemps soufflait, et ils avaient un sentiment de liberté en marchant sur les rochers pour se rendre à la Porte de la Source. Oursin vit deux hérissons se hâter pour les rejoindre, et il se mit à courir à leur rencontre.

– Salut, Espoir ! lui dit-il. Tu as trouvé ta maman !

Espoir avait l'air plus propre, plus soigné et beaucoup plus heureux depuis qu'il avait trouvé Triboulette. Il se retourna pour lever les yeux sur elle avec adoration tandis qu'elle esquissait une révérence maladroite.

– Je me souviens de vous, Triboulette ! s'exclama Crispin. Quand j'étais petit, vous m'avez appris à faire des bateaux avec des écorces de bouleau. Votre fils nous a rendu un grand service.

– Il a été très courageux, dit Oursin.

Espoir, bousculé par sa mère, s'avança en traînant les pattes, prit une profonde inspiration et dit :

– Merci, monsieur Oursin, pour avoir fait fuir les taupes et pour avoir veillé sur moi, merci, monsieur Oursin.

– Des taupes ? s'étonna Pastor.

– Ma magnifique maman ! chuchota Espoir à l'oreille d'Oursin.

– Très belle, chuchota Oursin en retour.

– Puis-je le ramener à la maison maintenant, Votre Votre Majesté ? demanda Triboulette.

– Tous les animaux peuvent rentrer chez eux, dit Crispin. Et ne vous occupez pas des tapisseries, Triboulette. Profitez de sa présence. Apprenez-lui à faire des bateaux en bouleau.

Oursin regarda les hérissons s'éloigner lourdement tous les deux. Il n'y aurait plus d'euthanasies à présent que Crispin était roi.

– Je suis impatient d'entendre cette histoire de taupes, monsieur Oursin, dit Pastor avec un sourire réjoui.

– Je suis impatient d'annoncer la suppression des équipes de corvée, ajouta Crispin.

– Liberté !

Oursin avait murmuré le mot, mais suffisamment haut. C'était comme s'il avait pu le goûter. Pomme les rejoignit, en maintenant son chapeau sur sa tête.

– Bienvenue, capitaine Crispin, Votre Majesté, je devrais dire, il va falloir le temps qu'on s'habitue, ooh, c'était quelque chose, notre Oursin qui volait sur un cygne, j'en aurais jamais cru mes yeux, et puis j'ai entendu dire que notre Oursin, il a flanqué une peur bleue au capitaine Bogue, et ils font tous la fête dans les bois, vous voulez venir avec nous ? On avait oublié ce que c'était, d'être libres.

– Moi aussi, dit Pastor. Sinon, je me serais battu pour ça plus fort et plus tôt.

– J'vous avais pas dit qu'c'était mieux dans les jours d'avant ? dit Pomme. Maintenant, j'vais envoyer une bouteille de ma meilleure pomme-menthe à la Tour, pour vous.

Elle s'éloigna tout affairée, et Sapin les pressa de gagner les appartements de Pastor. Il envoya chercher Arane et Finaiguille pendant qu'Oursin trempait des linges dans l'eau de mer pour nettoyer la patte blessée de Pastor.

– Vous devez tous être mis au courant, dit Sapin. Finaiguille et Oursin, vous êtes jeunes mais les jeunes aussi doivent entendre cette histoire. C'est une histoire d'Outrebrume, mais on n'en a jamais parlé dans la Salle des Assemblées et on ne l'a jamais représentée sur les tapisseries. On se l'est racontée dans le plus grand secret de roi à roi et de prêtre à prêtre.

« Il y a longtemps, avant que les taupes ne construisent le Vieux Palais, il y eut un mauvais roi en Outrebrume, un écureuil. Lui et ses courtisans ne comprenaient pas le Cœur. Ils célébraient le culte des Ténèbres en tant que telles. Ils honoraient tout ce qui détruit. La mort leur donnait de la joie, et non la vie. On disait qu'ils avaient un cachot sous les rochers du rivage, si sombre et si bien caché qu'aucun animal enfermé là-bas ne pouvait espérer revoir jamais la lumière du jour. Mortes ou vives, leurs victimes étaient jetées dans un gouffre, dans les ténèbres. Cet endroit était devenu si maléfique que même le roi le craignait, et y commettait des meurtres en guise de sacrifices pour en apaiser le courroux.

« Mais les taupes sont des animaux déterminés. Des taupes qui avaient survécu après avoir été jetées dans le gouffre ont fait des tunnels. Certaines ont foré de longs et profonds tunnels sous la mer. Mais d'autres en ont creusé sous l'île et elles ont construit un refuge secret, où elles ont formé une armée. Cet endroit est devenu le Vieux Palais, et c'est de là qu'est partie une armée qui a vaincu le roi écureuil et établi un royaume paisible. Le cachot a été fermé et scellé à jamais, pour qu'on n'en parle plus. Les tunnels qui y menaient ont été murés, mais il semble qu'avec le temps, les murs sont tombés en ruine, ou qu'un curieux les a percés.

– Bogue essayait tout le temps de trouver le Vieux Palais, dit Crispin. À la place, il a trouvé ça.

– Et cela l'attirait, ajouta Sapin. Tout ce qui était orgueil, amertume, ressentiment, cupidité, ambition, tout ce qui était dangereux en Bogue se nourrissait du mal présent en ce lieu. Le gouffre l'appelait.

– C'était sous la Tour pendant tout ce temps, remarqua Crispin. Et nous ne le savions pas.

– Hum, dit Sapin. Exactement. On n'aurait jamais dû le sceller. Le mal a couvé pendant toutes ces années, dans l'attente de quelqu'un comme Bogue, qui le nourrissait, et en était nourri en retour. Quand Oursin a parlé de ce qui s'était passé la nuit où la reine est morte, j'ai commencé à soupçonner que Bogue avait trouvé cet endroit mais, même moi, je ne savais pas où c'était. Dès que je l'ai découvert, j'ai entrepris de le purifier avec de la lumière et des prières. Il faudra encore des jours et des nuits de lumière et de prières avant qu'il soit lavé de son passé. Chaque acte d'amour sincère sur cette île, chaque gentillesse, chaque simple bonté, y contribuera. Et maintenant, Votre Majesté, il y a du travail à faire.

– Et comme je suis le seul capitaine qui reste, je suppose que je vais devoir le faire, conclut Pastor. Votre Majesté ne peut être roi et capitaine à la fois, et je suppose que Granit est renvoyé.

– Et c'est ce qui va t'arriver si tu continues à m'appeler Majesté, lui répondit Crispin. Bon, alors, de nouveaux capitaines.

Traînelapatte et Arane furent faits promptement capitaines, et la mère Câline et Miette furent nommées membres du Cercle. Crispin et Pastor firent le tour de l'île pour remercier leurs partisans et proclamer la fin des équipes de corvée et l'abolition de la loi sur les euthanasies. On remercia les cygnes, qui offrirent à l'île son indépendance. Le pardon fut accordé à ceux qui n'avaient combattu pour Bogue que parce qu'on les avait totalement trompés. Les autres, ainsi que les mercenaires, durent quitter l'île à jamais. Il y eut quelques discussions pour les distinguer les uns des autres.

– La Semeuse est pénible, dit Finaiguille. Mais, quoi qu'elle ait fait, c'était parce qu'elle aimait Belle.

– Et Tay ? demanda Crispin. Je pense qu'elle me croyait réellement coupable. Gardez-la en prison. Une cellule agréable, confortable, dans la Tour, mais une prison.

Pastor finit par dire qu'il allait tuer quelqu'un s'il ne pouvait aller nager un peu, et Oursin l'accompagna jusqu'à la mer. Pastor faisait la planche pour soulager son épaule luxée pendant qu'Oursin pataugeait ici ou là et montait ou descendait de bateau, et ils se racontaient mutuellement leur aventure. Oursin raconta à Pastor l'histoire de Murmure, pendant que Pastor grommelait « sale vermine de taupe » puis « pauvre Crispin ».

– Il a failli laisser son bandeau d'or sur son petit monument funéraire, dit Oursin. Mais je lui ai dit que cela pourrait être mieux de le rapporter ici avec lui. C'est tout ce qu'il a pu garder d'elle. C'était un petit peu comme s'il l'avait ramenée ici, faute de mieux, c'était ce qui s'en rapprochait le plus.

– Tu as bien fait, lui dit Pastor.

– J'aimerais qu'elle soit là, dit Oursin. J'aurais aimé qu'on l'ait pour reine.

Il resta silencieux un moment, regardant Espoir et Triboulette construire un château de sable sur la plage.

– Pastor, dit-il – cela le gênait mais il le dit quand même – est-ce que vous pensez que, si ma mère pouvait me voir, elle serait fière de moi ?

– Bien sûr qu'elle serait fière ! s'exclama-t-il.

Il se retourna dans l'eau.

– Et elle l'est probablement. Je ne sais pas ce qu'il

en est, mais je croirais volontiers qu'elle te regarde encore, plus ou moins.

« Peut-être qu'elle me regarde », se dit Oursin. Mais Arane nageait vers eux, et il s'éloigna pour les laisser seuls.

– Combien de fois faudrait-il que je te remercie ? dit Pastor à Arane qui nageait à côté de lui. Tu dois bien m'avoir sauvé la vie au moins trois fois, rien que dans mon combat contre Granit.

Il se hissa dans un bateau, et elle y grimpa à côté de lui.

– Je suis impressionné.

Les touffes de fourrure humide d'Arane se dressaient dans tous les sens. Il ouvrit la bouche pour parler, baissa les yeux, essaya encore.

– Tu sais, lui dit-il, après tout ça, et si tu n'as rien de mieux à faire, tu pourrais peut-être m'épouser.

Elle le frappa, il rit, et ils nagèrent ensemble jusqu'à la plage.

– Il nous faudra la permission de Crispin, dit-elle. Mais peut-être que nous devrions lui donner du temps.

Oursin alla retrouver Finaiguille. Elle disposait des assiettes et des plats sur la plage.

– Ils vont tous avoir faim à présent, dit-elle.

Avec l'aide de plusieurs membres de l'équipe d'Arane, ils préparèrent un repas de tartes froides, de bouteilles de cordial et de restes du festin, et le disposèrent sur les rochers. Ce fut une belle soirée et bientôt Crispin, Pastor, Sapin, Câline, Miette, Traînelapatte et Arane se trouvèrent réunis, avec Finaiguille et Oursin pour les servir tandis que tout le monde parlait et revivait cette journée. Crispin quitta son bandeau et le posa sur sa cape pliée, comme s'il devait lui réserver une place d'honneur. Puis il se tourna soudain vers Pastor.

– Tu sais, si Arane et toi voulez vous marier, vous avez ma permission, dit-il.

– Comment est-ce que tu as…, commença Pastor. Eh bien, oui, on allait te le demander.

– Est-ce qu'elle t'a frappé ? s'enquit Crispin.

– Pas trop fort, répondit Pastor.

Oursin et Finaiguille grimpèrent sur un rocher. Ils mangeaient des gâteaux au miel en regardant la mer.

– Tu te souviens, lui dit Finaiguille, tu m'avais dit une fois que tu pensais que tu avais sans doute quelque chose d'important à faire ? Eh bien, je crois que tu l'as fait.

– Je n'en suis pas sûr, répondit Oursin. Je veux dire, oui, je sais que j'ai fait quelque chose. Mais je n'ai pas l'impression d'avoir fini. Il me reste des choses à faire. Et des choses à être. Je veux dire, ce n'est pas comme si tu pouvais faire quelque chose de particulicr, et voilà. Ce qui compte, c'est ce que tu continues à être. Et, quand j'y pense, je ne sais plus qui je suis.

– Tu es cet écureuil qui a une drôle d'allure, dit Finaiguille.

Mais Oursin sauta à bas du rocher et s'inclina devant Crispin.

– S'il vous plaît, mon cap… Votre Majesté, dit-il, je ne sais plus ce que je suis. De qui est-ce que je suis le page, à présent ?

Pastor et Crispin échangèrent un regard.

– Il faut qu'on réfléchisse à cela, lui dit Crispin. Tu devrais être plus que page, à présent, mais te nommer membre du Cercle, ce serait trop. Tu le mérites, mais cela entraîne un tas de responsabilités et il vaut mieux que tu profites un peu plus longtemps de ta jeunesse et de ta liberté. Achève ta formation avec Pastor, et je pense que ce que tu es, c'est « compagnon du roi ». Ce que vous êtes tous les deux – Finaiguille et toi.

Oursin bafouilla des remerciements, après quoi, il ne savait plus où regarder. Et il ne savait plus non plus comment remercier Pastor pour tout ce qu'il avait fait, aussi vint-il s'asseoir en silence à ses pattes pendant un moment, et il sut que Pastor l'avait compris. Finalement, quand plus personne n'eut besoin de lui, il descendit sur le rivage. Il avait besoin d'être seul, pour méditer sur tout ce qu'il s'était passé.

« Compagnon du roi, se répéta-t-il à lui-même. Oursin des Étoiles Filantes. » Il se demanda d'où il venait, et ce que serait son avenir. Et, de là où ils étaient sur les rochers, Pastor, Crispin et Sapin contemplaient cette pâle jeune silhouette sur le rivage en se demandant, eux aussi, ce qu'il deviendrait.

MARGI McALLISTER

L'AUTEUR

MARGI McALLISTER est née et a passé son enfance en Grande-Bretagne, sur la côte nord-est. Passionnée de danse et de théâtre, elle conçut des histoires dans sa tête avant même de savoir écrire. En 1997, elle publie son premier roman pour enfants qui n'allait pas tarder à être suivi de nombreux autres. Aujourd'hui écrivain à temps complet, elle a publié plus d'une quinzaine de livres dans le domaine de l'éducation et pour la jeunesse.

Le Royaume d'Outrebrume marque un véritablc tournant dans son œuvre. Depuis longtemps, elle souhaitait évoquer une île secrète, qui servirait de cadre à une histoire, et elle eut alors l'idée d'y placer des animaux plutôt que des êtres humains. Lorsqu'elle rédigeait le premier volume de la trilogie, Margi avait vue sur son jardin peuplé de hérissons, de lapins et même d'un écureuil, animal qu'elle adore.

Margi McAllister, qui est mariée et mère de trois enfants, vit actuellement dans le Yorkshire.

Retrouve la suite des aventures d'Oursin l'écureuil et de ses amis dans le second volume de la trilogie :

LE ROYAUME D'OUTREBRUME
T.2 Le prisonnier de Grisemine

C'était une nuit d'étoiles filantes.
Au Royaume d'Outrebrume, elles annoncent
toujours un événement exceptionnel…

Toute l'île d'Outrebrume se prépare à de grandes réjouissances : le valeureux Crispin va enfin être couronné. Mais la pierre du couronnement, une pierre magique que seul le roi légitime peut tenir, a disparu. Oursin et ses amis se lancent à sa recherche…

C'est alors qu'un mystérieux navire aborde aux rives de l'île enchantée. Il vient du royaume de Grisemine et à son bord se trouvent des ambassadeurs en visite officielle. Leur mission : trouver et ramener sur leur île l'Écureuil Marqué, au pelage clair, dont une ancienne prophétie a annoncé la venue. Cet écureuil, seul, pourra libérer Grisemine…

Oursin des Étoiles va-t-il se laisser prendre au piège mortel qui lui est tendu ?

Mise en pages : Dominique Guillaumin

Loi n°49-956 du 16 juillet 1949
sur les publications destinées à la jeunesse
ISBN 2-07-050504-9
Numéro d'édition : 130102
Numéro d'impression :
Dépôt légal : octobre 2006
Imprimé en Espagne par Novoprint (Barcelone)